公元787年，唐封疆大吏马总集诸子精华，编著成《意林》一书6卷，流传至今

意林：始于公元787年，距今1200余年

U0852294

意林

新武侠

出门即江湖，

归来仍少年

月光の蒲苇

② 岁贪欢

巫山／著

吉林摄影出版社
·长春·

图书在版编目（CIP）数据

月光蒲苇 ② 岁贪欢 / 巫山著. -- 长春：吉林摄影出版社，2018.5
（意林告白的书）
ISBN 978-7-5498-3572-0

Ⅰ. ①月… Ⅱ. ①巫… Ⅲ. ①长篇小说 – 中国 – 当代 Ⅳ. ①I247.5

中国版本图书馆CIP数据核字(2018)第082758号

月光蒲苇② · 岁贪欢
YUEGUANG PUWEI ② · SUI TAN HUAN

出 版 人　孙洪军
主　　编　顾　平　杜普洲
责任编辑　施　岚　孙　瑜
总 策 划　蔡　燕
丛书统筹　黄　磊
策划编辑　黄　磊
特约编辑　廉荣臻
设计总监　资　源
封面设计　资　源
美术编辑　孔凡雷　张　迪
开　　本　880mm × 1230mm 1/32
字　　数　200 千字
印　　张　8
版　　次　2018 年 5 月第 1 版
印　　次　2018 年 5 月第 1 次印刷

出　　版　吉林摄影出版社
发　　行　吉林摄影出版社
地　　址　长春市泰来街 1825 号
　　　　　邮　编　130062
电　　话　总编办　0431-86012616
　　　　　发行科　0431-86012602
网　　址　www.jlsycbs.net
经　　销　全国各地新华书店
印　　刷　三河市宏图印务有限公司

书　　号　ISBN 978-7-5498-3572-0　　　定　　价：32.80 元

目录

目录

物是人非，人非物是，翻来覆去说不尽，念起又是一年岁九寒天，长元仙君忌日在即，望舒鼻尖一酸，泪水从眼角滑落。

过去陪在长元床畔尽孝的情景还历历在目，如今世上却再也没有因担心她肉身不成而彻夜难眠的阿爹了，也再没有人会为她奔波万里采摘新茶，逢人就夸她的好，将她捧到天上去，为了她与老友置气，好像一个老顽童，逢年过节送她新衣，与她雾里看雪，十里长亭背她走路……这样的阿爹，永远都不会再回来了。

也不知是被戏词唱到了心坎，还是被孤单的夜和迷乱的香挠了肝，望舒心痛难抑，气不能喘，一遍遍抚着胸口，被先前华井糊弄着喝下的三千年桃花醉弄得头痛欲裂。哭不出声，泪却不停地滑落，复杂的情绪积聚在心头，将她的身体搅得乱七八糟，一阵冷，一阵热。

就在这时，风中有琴音传来。

音律平缓，初时入耳还不觉得什么，好像汩汩清泉流入心田，带着一丝凉意萦绕其中，而后琴音逐渐加重，从四面八方温柔包围过来，将人彻底笼在高山流水般的悦耳琴音中，再难听到这声音之外的任何杂音，哪怕是今日华井特地高价请来的绝世名伶的戏音。

红楼里醉得不省人事的人莫名清醒了，晓得这琴音来历的人更是哭笑不得，也不知是沾了谁的光，数十万年后的今日，竟然还能有幸听一听上古唯一神佛的琴音。

而在这边，逐渐平复情绪的望舒也徐徐睁开眼睛。

不远处的山头摆了一架古琴，古琴后坐着一个人，绀青色的衣角被风吹成影子，狷狂地飘荡在万丈悬崖上。他在看她，她也在看他，四目相对，谁也没有先出声。

这算什么？

不是说好从此陌路的吗？

望舒的眼眶一圈圈泛着红，她固执地抬着头，与他对视，更像是对峙。

前传

今日红楼唱的是“曾经沧海难为水”的戏词。想当时年少，风光殊绝，二十年后此时此夜，却是桃花依旧、物是人非，能想到的都成憾事，能放下的都不敢称爱。

罗帐千重，红灯万里。

华井被他那些红颜知己缠得脱不开身，望舒也喝得醉散了身子骨，云里雾里不知何处，只听戏台上的唱腔刺耳得很，生怕自己再多待片刻就会失控，来不及和华井告别，狼狈地逃出了红楼。趁着录事君还在沐浴，无暇来捉她痛处，一头钻进藏书阁。

楼阁夜夜熏香，熏的是不知名的香，人在其中被香气绕晕了头，只会觉得偌大的书海空旷寂静，比深山中的寺庙还要清冷几分。一时间愁肠百转，她便搬了梯子过来，晃晃悠悠地沿着墙壁爬到了藏书阁的天窗，三两下开了锁，灰尘伴着月光悉数洒下，漏了一地尘埃。

她坐到屋顶，任由自己心神和身体都放松，在夜风中张开手臂，闭上眼睛。

命运好像在捉弄他们，当年初次相见，也是在这个地方，在一个月色透亮、夜深人静的冷冬，她被黑风追赶，他护了她，之后更是护了她一路，是她全部的恩与债。而今在和当年一样的寒夜，在她决意抛弃所有过往与他两清后，却忽然被勾起所有往事，他再一次悄无声息地出现，用一曲《长欢笑》抚平她心中所有伤痛。

他知她，懂她，能看透她，但计划决计不是这样的。旧债未偿，父仇未报，在此时此夜的藏书阁之上，哪怕有再多被命运故意拨弄出的相似人事，他也决计不在其中，不该出现在这里的。

望舒身上有了力气，二话不说掀开天窗，顾不得顺梯滑落，直接一跟头栽下去。她修为一般，逃荒似的一摔险些把她骨头都摔散了，却还是第一时间从地上爬起来，迅速消失在藏书阁间。

半壁月光，半室浓香，爵微推开门时，藏书阁里已经无人了。

他便知道，她还是不愿见他。

自从长元仙逝，她和他提及“再无瓜葛”四个字后，他就再未见过她。蓬莱三山四水总归就这样大，大概是她有意躲着吧。

寂寥，是两地相思的寂寥。

望舒一路跑回长庚岛，夜色中的孤岛宛如一座死城。

往日不管多晚，黔公都会在门口等着她，这回却没看到他，望舒敏感地察觉到不对劲，三步并作两步跑进庭院，看到重伤倒地的方槐，她的精神猛地一紧，头皮抽搐，冲上前去。

院子里的茶梅精们和蚂蚁精们都走光了，只剩下方槐一个人，因为心疼旧主留了下来。他倒在血泊里，嘴巴不停地哆嗦却发不出声音，拼尽全力将手指向一个方向。

望舒顺势看过去，脸色渐渐泛白。

方槐所指的是长元仙君原先的寝殿，他逝去后，望舒不让任何人进去，所以那屋子一直关着，里面的摆设不曾动过分毫，但现在门开了，里面黑漆漆的，从外面看不到一丝异象，可空气中却弥漫着一股浓重的血腥气。

望舒拖着双腿一步步走过去，越靠近门前，越是能清楚地嗅到那遍地鲜血中的气味，是草屑腥气，夹杂微不可察的苍梧树皮的浆香。她走到门口，听到断成一截截的微弱的求救声。

修罗忽然从她身后降落，率先一步进屋点燃蜡烛。光明亮起的瞬间，望舒没想过眼前会是这样一番场景，整个大殿一片狼藉，长元生前所用之物全都被毁，陈设横七竖八，杂乱无章，不像是打斗痕迹，倒更像是被人入室翻找过什么东西。

视线往上移，便看到一团黑影，黔公被一根粗绳系着缠在房梁上，衣裳尽碎，几不蔽体，四肢有数不清的刀片伤痕。

也许是因为痛苦，他露出了狮面，整张脸异常狰狞，头发蓬乱，看着丑恶无比，但被数道细纹包裹的一双眼睛，还是十年如一日地清亮坚定，与他粗糙嶙峋的皮肤格格不入。听见声音，黔公喘着粗气，慢慢地勾起嘴角，斑驳的脸颤抖着朝她露出一抹微笑。

望舒有一瞬想起了长元，想起当日被黑风杀死在莲藕塘的阿爹，也是这样带着一个长辈的慈祥，嘴角微微牵起……她顿时被恨意熏红了眼，紧紧握住拳头，冲上前去将黔公从梁上放下，脱下外套裹住他。

他安详地躺在地上，看着就像一个普通的老翁，唯一不同的是，这个老翁至死没有合眼，在人间就寓意着有冤仇，死不瞑目。

望舒静静地看着，过了会儿，将黔公的双眼合上，错身之际在他耳边轻声说道：“老阿公，小藕回来晚了，你别怪我……长庚岛终究还是太冷了，你走了也好，这样我就放心了。”

她声音放得很低，任是近在床畔的修罗都未听清，只是在与她匆匆对视的一眼中，又感受到那股深藏在她骨子里的戾气和杀气。

长庚岛中她为数不多的家人，至亲至爱的长元和敬重有加的黔公都走了，她再无后顾之忧，那么今后她遇神杀神，遇佛杀佛，谁还能再挡她的路？

长庚岛人丁不旺，黔公后事均由望舒一手操办，从前到后忙了一天一夜，还没喘上口气，就有人给她送来一张名帖。

不日王邢笑将在丰禾城举办桃花大会，群邀蓬莱各岛岛主莅临赏花游玩，最后高潮环节还会有天下第一绝色蝤蛴阁的王牌——画皮仙子助兴。

画皮仙子的名头在九重天上是与梭罗子齐名的，甚至因为鲜少有人见过她的真面目，而比梭罗子更受瞩目，因此这场桃花会噱头十足，场面盛大，堪比人间的武林大会。

名帖中洋洋洒洒数百字，将她奉为长庚岛新任岛主盛情相邀，可见诚意拳拳。

只是时机未免太巧。

方槐已把事情的经过都讲给她听，那一晚华井为了哄她开心，将她接去红楼听戏，修罗寸步不离地跟着。就在他们离开后，一阵黑风卷进长庚岛，直奔长元寝殿而去，将里面翻得乱七八糟，方槐和黔公均是为了阻拦黑风而被重伤。

如不出所料，黑风应该就是顾乘媛，而她又是王邢笑的人，选在这个时机送来名帖，难道不是有意羞辱?

望舒还未应答，被赶来吊唁的梭罗子撞见，将帖子撕了个粉碎不说，还将送帖之人一脚踹到十里之外。他自然不是一个人过来的，发生了这种事，于情于理，爵微都该来看望一下。

望舒避无可避，将二人领进屋内。

修罗四人一围坐，拆了酒，谁也没开口，就是喝。喝到后头连千杯不醉的梭罗子都醉了，磨人似的爬到修罗身上，修罗无可奈何，只好将他拖回屋里。

望舒便知道那蓬莱第一美男子是装醉，故意留下她和爵微二人独处。面对面坐着，不说话也会尴尬，还不如随便道几句家常。她将他杯子满上，瓮声瓮气地说道："谢谢你来送黔公，他走时还能热闹一回，应该值当了。"

她不抬头，爵微更直截了当地打量她，青衣未褪，只见加厚，他心下浅浅一叹，喝了她这杯酒，说："不用和我这么客气。"

望舒晃着脑袋轻笑了声。她有零星的醉意，这笑酝酿在嗓子眼儿里，软软的，带点儿甜香，平添了几分孩子气。

爵微又说："若有什么需要帮忙的，你尽管直说。"

"什么都可以答应我吗？"她仰起头朝他笑。

他微微颔首："只要是你开口。"

"那可不可以请你不要再来了？"

"望舒……"

"我是说认真的。"她眼眶倏忽间红透，但睁着眼硬是没落泪，"你看啊，黔公尸骨未寒，阿爹忌日在即，我的仇人却递来名帖邀请我去赏花。她们明明就在我眼前，我却杀不了她们。秦昭雪让我韬光养晦，等待最佳时机，这些日子我总是在想，什么才是所谓的最佳时机？我到底还要等到什么时候，得忍到什么时候？我真的不想再等下去了……我要去参加王邢笑的桃花大会，为我阿爹和黔公报仇。"

"我可以帮你。"

"我不需要你帮！"

她下意识地拒绝，声音不自觉地抬高，眼睛里写满倔强。她不看他，将头别向一边，"我就是不想你帮，才请你不要再出现。我欠你太多了，已经还不清，不想欠你更多。"

停顿片刻，她抿着唇又挤出一句话："阿爹直到死还恨着你，我也不想再看见你。"

她含着刀锋来和他说话，句句尖锐，让人心中泛苦。爵微将双腿盘于膝下，手肘支撑着长榻，换了个舒服的姿势半靠着，一边慢悠悠地醒酒，一边从余光中看她。

眼神一道道变柔，心仿佛就在过坎，因她话语间的冷漠和疏离而变得苦涩。他长舒一口气，问道："长元与我，我与你，用一笔账来算？"

她不应声，像是默认。

“那你这样算，对我可公平？”

也许是他这番话说得太轻，又太缓，她想声嘶力竭地反驳一句“你凭什么”，却迟迟说不出口，忍了片刻，她又低下头，拎着剩下的半坛酒往死里灌。

爵微看着，没拦。

她喝得太急，咳嗽了一阵继续。长元与黔公相继离世，她心中痛苦难言，有意想醉，但喝下大半果浆酒竟然还有一丝理智，这丝理智足够支撑她站起来，自上而下看着他，一字一句清晰地吐出一句话来：“你既爱着月光神，又何必来管我的死活？这样对我又有几分公平?”

那些日子的相伴和维护，一次又一次的纵容，她既不傻又不痴，只是装疯一样当作什么都不知道，用痛失亲人的悲伤麻痹自己，可伴随着时光的流逝，伴随着每一次大醉后的大梦忽醒，伴随着那些物是人非缱绻暧昧的唱词入耳，她的脑海里总会不由自主地浮现出他的脸庞，浮现出当日在无间狱生死关头时他看她的那一眼，当真是无尽温柔。

她恨自己太不争气，大仇未报心却已乱，乱得稀里糊涂。

长庚岛的冬日是湿冷的，风中有寒气，寒气中带着水汽，吹到骨子里最是疼。

爵微始终没有应声，手覆在膝上不动声色地揉了揉。当年以神魂假离之法救长元之后，他去了半生修为，不曾好好养伤，又为寻找死灵而四下奔走，左右都是他这个病人不省心，在精魂虚弱之际染了寒疾，落下病根。

疼的时候连筋带肉一直疼到最里头。

望舒注意到他的小动作，脑子跟不上转，自然没在意，趁着自己将醉未醉的最后一丝理智还在，将话说完：“南珠侯，阿爹于我而言是前半生的全部念想，后半生的全部寄托。我如今还活着，全靠替他报仇的信念在撑，除此以外，别无其他。”

“我这么说，你懂我的意思了吗？”

未得回应，望舒身子一软，彻底醉倒了。一双手及时递出，拦腰一抱，将她拥在怀中。爵微迟疑一二，还是弃了修为，双臂收紧，实打实地将她揽进胸口，平放在榻上。

她刚刚的几句话当真是提醒他了，往深一想，他才惊觉原来事情变了样，变得不是他以为的那样。想到当年也是他烂到骨子里的温柔，将吴歌逼到了绝路，他顿如醍醐灌顶般清醒。

手一松，他卷起被子将她盖好。

明知她已熟睡看不到，他还是点点头，指腹揉了揉她的鬓角低声说：“你的意思我懂了，只是你我的账不该算在长元头上。望舒，真要计较，其实你一开始就对我不公平。”

他又笑，叹自己傻。

“但是上天何曾对我公平过？我只是不想你太为难自己。”

他走后，床榻上的女孩子睁开眼睛。瞳仁里一清二白，毫无醉意。

第二日，她答应了王邢笑桃花大会的邀请，临去之前见了周臣一面。若说普天之下还有谁值得她挂念不舍的，便只剩他了。

他闭关的日子总是很漫长，近些年来越来越长，让她与他一度暧昧的亲近又变得有几分生疏。望舒不敢回味，生怕这份生疏里掺杂着其他。

周臣已经很多年没有出过山门了，走得最远的地方就是山下的长庚岛，他说想再去看一看，望舒便陪着，落后小半步跟着，并未与他比肩。从这个角度，她能清晰地看到他鬓角的一根白发，以及窄小却又孱弱的肩头。

他身上常年萦绕着檀香味，那是她印象里佛门中人会带着的一股香气，掌间绕佛珠，足膝对木鱼，晨钟暮鼓，没有情欲气息。

她从未问过周臣，为什么他总要闭关。

周臣也从未问过她，为什么她从来不问。

他只是在长元仙君病着的那些日子，担当了父师的角色，与她讲述了一些天底下的事，这些事有的关乎大局，有的直抵人心。

他这样带着她慢慢地、一圈又一圈地重走长庚岛，仿佛是要让她将这些年的岁月重走一回。从调皮捣蛋的无知孩提到幽居孤岛也能闻八方风声的小女娃，从长平安乐到一身债仇，这日子过得并不长，仿佛就在弹指之间。

望舒走了三圈，浑身轻松舒爽，内心也逐渐清明。

周臣对她说："小藕，人生在世，即是修行，但凡血肉之躯，有七情六欲，内心都藏有难以言说的苦。你今日来找我告别，我就送你一程。你想做什么就去做，我不拦你，只有一句话想交代给你。"

望舒抬头，一言不发地看着他。

"杀人，成魔，都可以为你带来报仇的快感，但终究无法磨灭内心的苦。"

"那我要怎么做？"

"为你自己而活。"

她不懂，拧眉追问："难道我一直都是为他人而活？"

周臣细细思量了片刻，想和她解释。但是转念一想，她陷入愚孝的旋涡又何止千百年，倘若她真能认清自己的立场，便不会走到这一步。许多事还得她亲身经历一回才能懂得，多说无益。

"你如今心中有恨，是邪魔作祟。他日心中有爱，便会懂得何谓终生浪漫。"

他给她讲了几千年的故事，从经世伦理到国策兵法，样样都提到了，唯独没有提起"爱"这个字眼。

话及此，周臣眼神闪烁，再多看她一眼都不得地转过身。

望舒在原地站了站，上前一步拂去他肩头不知何时落下的枯叶，手指勾了勾，将那根刺眼的白发挑出来，握于掌心。

她又走了一遍四面环水的长庚岛，而后纵身一跃，再没回头。

第一章

人间霜雪 亘古未变

桃花大会定于十二月初八，在丰禾城城主上驷大人的私宅——雪园举办。

雪园占地十里，白雪皑皑，十里长亭，更有飞雪绵延不绝，即使在这样冷的环境下，雪湖四周却开满桃花，终年不谢，是值得一看的奇景，故而在城中小有名气。

但这处奇景，底下却埋了无数尸首。

黄土妖正说到月前王邢笑十面埋伏在雪园取王琅人头的事，后肩突然被人拍了下，吓得三魂七魄离体，待看清来人面目，又是一阵惊喜交加。

“小主人，你……你怎么？”黄土妖顾不得和小乞丐们聊八卦了，将望舒拉到后墙根下，细细看她的装扮。她显然是乔装过，虽然还裹着厚厚的青衣，但最外层的衣裳褴褛，头发散乱，脸上还涂花了，可他为她在丰禾城收集消息这么多年，又怎会认错那双眼睛？

早前听闻长元仙君仙逝的噩耗，知道她打发了长庚岛的众多茶梅仙灵，还以为她再无谋算之心，打算放养这些年散布在丰禾城的眼线，再不管他们的死活，没想到今日却在城墙下再见她，黄土妖一时间喜不自胜，自告奋勇地说起近日来的城中大事。

他们俩窝在墙根下小声交谈，看着就像两个小乞丐在商讨生计。

望舒刚从他身后过来，听到他提起王琅，觉得名字有些熟悉，便问道："你刚才说的王琅是什么人？"

这是黄土妖得的一手消息，提起来颇有些得意。

"王琅是西海前鲛人族族长，前一阵被王邢笑设计围困在雪园暗杀了，这事尚未公开，也就青草精在雪园打杂才知道些内幕。"

望舒拧眉："王邢笑为什么要杀他？"

黄土妖左右张望，见四下无人，放低声音说道："应该是为了西海新霸主之争。听说早些年西海发生战乱，那时统领西海的是仙界中人，王琅等鲛人身份低贱，只是被拘禁在西海受仙族管辖的人妖。后来不知怎的，王琅一族突然越狱反抗，在西海掀起腥风血雨，虽然最终战胜，但他们内部心不齐，这些年来内斗不止，不久前鲛人族支部统领和王邢笑勾搭上了，于是联合起来将王琅害了，取而代之。"

听他这么说，望舒隐约想起什么，问道："王琅上位前，统领西海的是仙界中人？是不是一位少年？"

"这我就不大清楚了，我只知道西海战乱发生之时，天界正在北荒平定野兽之战，所以无暇分身去西海，这才让鲛人一族钻了空子。"

西海之战与北荒异兽突起同一时间发生，这在札记中只有过一次，就是南珠侯因一时心软放过桃止山野兽，故而引发的一系列祸乱，当时西海的统治者正是他的弟弟——少年吴歌。

蓬莱九重天一向遵循弱肉强食的生存规则，当年鲛人族取胜，仙界便割让了一块领地，自此不与之来往。后来西海在王琅的统治下，逐渐扩大边界，自成一派，鲛人族可谓开了妖界称霸一方的先河。

但是就算仙界不管，王琅杀害吴歌，南珠侯又怎会放过他？

两个人正说着话，一个浑身脏兮兮的小乞丐突然冲了过来，看也没看望舒，直接将她往旁边一挤，蹲黄土妖身边去，叽里咕噜说了一大串。

望舒还未听明白，黄土妖脸色大变，猛然起身往外走，望舒赶紧拉着他："大黄，怎么了？"

小乞丐这才看清她的脸，慢半拍地张大了嘴。黄土妖揪住小乞丐的衣领将他丢到身后，急吼吼道："青草精在雪园偷听王邢笑密谈被抓了，我要去救她。"

"我跟你们一起去。"

"这……这怎么行？王邢笑一向心狠手辣，小青这回落到她手里多半是死路一条，我不能再拉着小主人你一起去送死。"

望舒沉吟片刻，将脸上的泥渍都抹掉："我有门帖，你们可随我一起进雪园，等进去之后再另做打算。"

明天才是正式的桃花大会，但因此次受邀人数众多，王邢笑提前安排了三日入园。也正因为这三日都是各岛岛主入园赏雪的好日子，王邢笑应该不会选在这个关头处死仆从，惹出不必要的麻烦，所以青草精应该尚算安全。

望舒几个人找了一家名叫忘忧馆的客栈梳洗换衣，这家客栈是青草精和黄土妖等"信鸽"交换信息的据点，是他们的地盘，十分安全，但自从上次进过蝤蛴阁，望舒就知道了任是再安全的地方，只要在丰禾城边界内，就有可能逃不过王邢笑的眼线。

果不其然，前后不过一盏茶的工夫，望舒还没从黄土妖口中多获取一些桃花大会的消息，就有人堂而皇之地进了客栈，更是如过无人之境般，把原先在外头把守的小妖们都弄晕了，悄无声息地出现在她面前。

“你来丰禾城，怎么不找我？”拄着木拐站在门口的少年板着脸问。

黄土妖被少年的丑模样吓得一哆嗦，忍不住朝望舒身后躲了半步，被鬼刹看到，一个冷哼直接吼道：“滚出去，我要和她单独说话。”

“你……你是谁？凭……凭什么？万一你伤……伤害我家小主人怎么办？”

“一句话都说不利索，你能保护她什么？”鬼刹扯着嘴角一笑，仿佛魔王降临，整间忘忧馆都变得冷飕飕的。

黄土妖还要再说什么，望舒给他一个眼神：“大黄，你先出去。”

“可是他……”

“放心，他不会伤害我。”

万幸来的这个人虽是王邢笑的人，但也只是明面上的人。等到黄土妖一步三回头不放心地离开，望舒取过一只白玉瓷杯倒上茶，自顾自地说道：“我记得第一次见面时也给你倒过茶，当时你被热茶烫得撒了手，摔了茶杯，后来我将面前的冷茶递给你，你不肯喝，还大声骂我，但是你临走前还是喝了那杯冷茶。”

他是个性情古怪的少年。不按常理出牌，正如他突然出现在这里，她猜不到他的来意。

鬼刹哼了声，大步走到她面前，自上而下盯着她：“我见过秦昭雪了。”

“我有没有骗你？”

她抬头，嘴角掀起一丝弧度，任由他看。鬼刹目不转睛地看了半天，转过脸去，置气似的说道：“你没骗我，他也许真是我爹，但我已经想不起来过去的事了。”

望舒点点头。

鬼刹又说："当时我们约定好有一换一，你给了我想要的，我却只给了一半消息，今天我是来还你的，剩下半个消息，你还想不想听？"

望舒盯着杯中沉下去的绿叶失神，片刻后说道："当时我知道你有所隐瞒，但是所给的消息已经足够我猜到答案，所以剩下的半个实属多余。"

茶冒着热气，升起一团白雾。

鬼刹在白雾中再次端详她的脸。初次见面时，她和一个男人过来，从浸着迷香的黑罩屋穿过时，他就坐在暗处看着，亲眼看到她摔进男人怀中时，男人自然而然地握紧了她的腰，但她却丝毫没有察觉到。而后在那间茶室，他清楚地看见她的脸，她也看到他的，从来没有一个女子在看到他的脸时那样平静淡然，没有失声尖叫。

当时他心里想的是，这家伙真够迟钝的。

后来第二次见面，在四方斋他们交换消息，她浑身湿透，像一条刚从水里爬上来的鱼，又脏又乱，问她怎么了也不说话，离开四方斋在丰禾城游荡又是一副六神无主的样子，他不放心地跟了一路。当时他心里想的是，这家伙脑子是不是有病？

……

鬼刹不知道为什么只见过三次面，那些细节他却记得这样清楚。他别扭地抬起下巴，看也不看摆在面前的热茶，拄着木拐起身。

"你不想知道，我也要告诉你，我还要告诉你这半个消息绝不多余。不久前紫瞳女回过一次蛸蛴阁，身上又带着藕香气，她从何处归来不用我说你应该知晓。那晚我从照顾她的老嬷嬷口中得知，她受了伤，手背被咬掉了一块肉，中了苍梧树独特的浆毒，此毒蓬莱无解，但是鲛人族镇族之宝泪嬛珠可以化解，所以王邢笑伙同他人杀了鲛人族族长王琅，那个人答应将在桃花大会上奉上此珠。"

顿了顿，鬼刹声音带笑："据我所知，王邢笑也邀请你参加桃花大会了，你现在还觉得我这半个消息多余吗？"

望舒没作声，理了理衣襟。从她这个位置，可以对着窗口的菱花镜看清自己的眉目。镜子里的人既不陌生，又不熟悉，她陷入恍惚，几乎忘记自己曾经的模样。

他这番话又是什么意思呢？

"如果我是你，紫瞳女杀我亲人，害我长者，我虽无法潜入蜡蛴阁最高地将她手刃，但我至少可以毁了这颗宝珠，让她失去救命良药，求生不得，求死不能。"鬼刹说完便大步往外走，临到门口，回头看了眼桌上的茶，白雾散去，他们之间再无阻隔，眼睛里藏的是什么一目了然。

深仇大恨，狂风暴雪。

她与上次所见确实有些不一样了，但他喜欢这样带劲的她。鬼刹勾勾唇角，吐出一句话："还了这半个消息，你我之间本该再无瓜葛，但我喝过你一杯茶，所以还有以后。"

他这话说得有些让人摸不着头脑，望舒想了会儿没明白就放弃了，临到雪园门口看见来来往往络绎不绝的仆从和宾客时，她才恍惚想明白。

第一次见面的时候，他一开始不肯喝她那杯没动过的凉茶，那时他应该不想和她有任何瓜葛。但是后来他还是喝了，那杯茶让他们有了"以后"。所以他是想着有"以后"，才喝她那杯茶的。

望舒不由得想笑，果真是天下第一鬼才秦昭雪的亲生骨肉，不是蠢货。哪怕少时离家，又身有残疾，但他始终心如明镜，能猜到她的心思，还能在恰当时机雪中送炭，助她报仇，她那杯茶果真是值得的。

她抬头，望着雪园双开的朱红大门，心想着这道门跨进去，她便再不是以前的望舒了。

望舒交了门帖，守门的人比对帖子中的姓名，将她从上到下看了好几遍，又将大黄从头到脚搜身，左右检查了小半炷香才放他们进去。有专门的仆从领路，进门右转一直走，转过几道长廊和石桥，又走过假山群，才到真正的雪园。

遍地白雪，不消不融。

仆从将他们引到事先安排好的别苑，简单交代几句便离开了。别苑还有几间空房，看起来已经有人入住，眼下却不在屋内。望舒将门合上后，一直如鬼影般尾随她的修罗从梁上飞跃而下，大黄还在忧心青草精的安危，冷不丁被吓了一跳，浑身发抖地指着修罗问："你你你……你从哪里来的？"

修罗淡淡瞥他一眼，没有应声。

以他今时今日之修为，若想刻意躲藏，是很难发现他的踪迹的。他的存在就似浮于蓬莱尘土上的一阵风，可以无声无息地去到任何地方。

望舒简单地将方才走过的地方描绘出来，其中多处布满机关迷阵，假山群更是陷阱重重，以她和黄土妖之力，贸然行事只会打草惊蛇，所以重任只能交托给修罗。

修罗从没离她左右，心下迟疑不定。望舒二话不说，捞起茶壶往地上一砸，门外顿时响起一阵急促的脚步声，不一会儿就有四个人来到她门前，询问屋内的情况。

这四个人事先藏于何处，连修罗都不知晓，可见雪园内外高手如云，戒备森严，此时修罗也认真起来，待来人进屋察看之际，悄悄溜走。

望舒等了一个时辰没见修罗归来，有些坐不住，携了黄土妖出门。没走几步，身后便出现两个人，也不上前阻拦，就这样光明正大地跟着。

望舒在别苑里走了走，七绕八拐地来到雪园风景最佳处，正应人间那句诗：

雾凇沆砀，天与云与山与水，上下一白。湖上影子，惟长堤一痕、湖心亭一点，与余舟一芥、舟中人两三粒而已。

她来到长亭之上，远景近景全都成白色，天地之间只剩无边无际的白雪，若说还有什么其他的色彩，那便是湖中心的一芥青竹小舟，以及舟上三两色点缀，船头艄翁一袭青衣，船尾二人一黄一紫。

他们离得远，瞧不清舟上人的面目。

然在这种环境里，长亭中央却没有寒气，反而还有丝丝暖风拂面。望舒仔细观察了一圈，发现脚下所踩的玉石是热的，暖风也是从玉石间隙往上飘浮至半空，才使得亭中温暖如春。

黄土妖早听说过雪园十里长堤的妙处，忍不住卖弄起来：“小主人，你可知这玉石为何会发热？”

望舒不明所以，他故意停了一停，见身后跟随的二人站在长亭外没有上前，才说道：“小青刚进雪园时只能在柴房后院做些杂务，有一次上驷大人在红楼喝醉归来，被王邢笑连打三巴掌，气得糊涂了，险些冲进湖里，小青拽了他一把，事后他就将小青调到前院，这才算真正进了园子。不过刚开始那几天，她还是被派去做杂役，所做的就是进入一条很长很长的通道，运送源源不断的柴火，供最里头的火夫烧灶。听她描述，那是一个半人高的灶口，火夫需将成筐成筐的柴火丢进去。这是一门技术活，既要保证灶膛内的大火不灭，又不能烧得太旺。”

黄土妖说着，望舒走到石桌后面，佯装休息，由他挡着，蹲下身摸玉石。

“小青说那个烧火的东西叫作灶炉，灶膛内墙壁开了三道‘金门’，简称三条主龙，另外还有九条分龙通往各处，以保证热气不散，烟道也不会直接升上地面，这个装置就被称作‘地龙’。地龙一般是用来蓄热水池供人沐浴的，会按照热度不同将水池分为头池、二池、三池、大池，头池的热度最高。小青起先不知地龙尽头是什么，后来听常年在那里烧火的一个老瞎子说，雪园何处是暖的，何处就是地龙的尽头。”

因为脚下穿鞋，只觉温风阵阵，并不知道玉石表面有多高的温度。望舒用手探之，刚开始没注意还被热得缩回了手，再次去碰，仍需缓慢接受玉石的温度，等到皮肤适应，才能将整只手覆盖上去。

这时，因为她久不起身，长亭外的两个人互相使了眼色，已朝里面走来。望舒赶紧起身，黄土妖迅速在她耳边说完最后一句。

“听说王琅就是被王邢笑骗进了头池，活活烫死的。”

望舒心下一凛，抚着指尖，那里尚有余温。依照她刚刚所感受到的热度，这片玉石地应该是在三池或大池，虽然刚接触时觉得有些烫，但绝不至于能活生生烫死一个人，那么可见头池的温度是有多高了。

单看这座园子，还以为只是一处游玩赏雪的好地方，没想到底下竟还深藏“地龙”玄机。如此看来，王邢笑将桃花大会选在此处，应当另有深意。

回到别苑不久，修罗便回来了。

从这里出去后，他一直在高处走，但还是不免绕晕了路。连走几圈，才逐渐找到方向。除了他们所居住的别苑，雪园还有上下三个别苑，住了一些来参加桃花会的宾客，也均有暗卫把守，但看着都很寻常，并无异样。

唯有一处仆从宅院，位于雪园最西角，四处破败，荒无人烟，要不是他四象感极差，也不会跑到那偏远之地。院子里尽是一些穿着粗鄙，弯着腰砍柴打水的仆役，他刚开始也不以为意，但在看到其中一名杂役双手拎着八只装满水的木桶穿过两扇紧闭的大铁门落脚竟无声无息时，突然惊觉有什么不对劲，细细去看，才发现那些仆役都是伪装的，内在功夫很是了得。

由此他判断西墙角的院落应该就是王邢笑关押犯人的地方，青草精多半是在里面。

“现在怎么办？明天就是正式的桃花大会，按照王邢笑的性格，一旦大会结束，小青就会被立刻处死，今夜不去救她就没机会了。”

眼见望舒思来想去做不出决定，黄土妖见势急了，向她请缨：“小主人，干脆让我去吧，我乔装成仆役，应该可以接近西院。”

“然后呢？那里守卫森严，你怎么进去？”

“……那怎么办？难道就任由小青被处死吗？”黄土妖急得弓着背在屋里打转，叽里咕噜不知道说些什么，忽然一个转身跪在修罗面前，哭着喊着求他一定要救青草精。

“修罗大仙，你行行好，现在只有你能救小青了，我求求你，求求你救救她吧，以后当牛做马任你吩咐。”见修罗全然漠视，只看着望舒等待示意，黄土妖心下明了，转向望舒不停地磕头。

“你怎么哭求都没有用，眼下形势明了，整座雪园机关重重，大牢肯定更是密不透风，别说进去救人了，怎样进去都是问题。你让修罗去救小青，有没有想过万一不成，他也被困，到时候谁还能再去救他们？”

她说这话时口吻不疾不徐，不轻也不重，平静得好像一口深井，没有任何波澜。

黄土妖只看到她的冷漠，一时气急吼道：“所以你就不打算救小青了，对吗？在你眼中我们是不是都贱命一条，根本不值得你去冒险？”

“你这么看我？”

“长元仙君一死，长庚岛的茶梅精们就都跑了。若你真心相待，他们岂会弃你于不顾？”黄土妖说的是实话，之前她为长元之病，何止一次地伤害院中茶梅？他在城外听到这些言论，还不敢相信，每每都为她辩驳，小青更是数次为她跟人争红了脸大打出手。

两厢对比，黄土妖只觉失望透顶，跟错了人。

望舒无意解释，淡淡看他一眼，转过头去。

黄土妖虽然修为不高，生在世上也才不过两千岁，但他天生双耳灵动，能隔墙听声、隔海听音，这些年来全靠他收集了许多小道消息传去长庚岛，她才能坐辨蓬莱大势。她一直将他看作最信任的人，从未轻视他分毫。

但他刚刚那番话，显然是轻视她了。

“你对小青有情有义，我能理解。但你是同我一起进来的，守门的都知道，若你出了什么事，我也脱不了干系，所以你最好不要轻举妄动。”

黄土妖正要冲出门口的动作僵住，难以置信地瞪大眼睛，气呼呼道：“你真绝情！”

望舒没应声，给修罗一个眼神，修罗直接上前将黄土妖绑了。他知道她是不想让黄土妖白白送死，刚想替她解释一二，谁知黄土妖忽然不管不顾地破口大骂，一下子将外面的守卫都招来了。

真是个蠢货。

修罗挠挠耳朵，干脆将他的嘴也堵上。

守卫到了门口，修罗和望舒都没应声，正想着如何逃过守卫的检查，忽然一阵谈笑声传来。看样子是隔壁几间屋子的人回来了，见两名守卫鬼鬼祟祟地扒在门口，其中一个人大笑道：“哪里来的小黄狗，怎的随便听人墙脚，主人家也不管管？”

另一个人嗤笑附和：“若主人家也是一样的德行，还怎么管？”

“哇，那可真是什么样的人养什么样的狗。”

几名守卫被说得面红耳赤，身子一退，也不好破门而入了。望舒听声音十分耳熟，起身推开窗户一看，不禁笑了。

庭院里站了三个人，从左边窗格往右挨个是紫华君、秦昭雪，还有华井。他们刚从十里长堤回来，泛舟大半日，浑身都是冰凉的雪意，那阵凉比触手可及的月华还要冷锐几分，映照得堂前屋后无比明亮。

见是她，华井率先笑出了声："哟，我当是谁呢，原来是我未来的小媳妇儿，那这事可就不好随随便便算了……"他一边说一边搓手朝她走过来，临到门口将刚刚听墙脚的两只小黄狗提起来，轻轻松松一手一只，捏揉搓弄折腾了会儿，直接扔到一旁去。

看起来随意，倒也算帮她出了口气。"小黄狗"们看他出手不凡，没敢再反抗。

有他在前头，落后一步的紫华君和秦昭雪也不得不跟上来了。暗卫看他们五个人进到一间屋子，从远处走出，围到屋前。

里面的人心里透亮，只是看破不说破，该说什么继续说。

长元仙君仙逝后，蓬莱就剩紫华君同几个年长的仙者了。其他人他不知，但王邢笑也往他那里递了帖子，说是请他来喝酒。紫华君就这点儿嗜好，明知酒量不行，每每喝醉都会耽误事，但就是抵不住美酒的诱惑，到底还是来了。

秦昭雪自不必说，他是蓬莱的鬼才，是三足鼎立的大势中尚且中立的一派，自然能拉拢就拉拢。

但是华井怎会也……

"嘿，你又不是不知我是红楼的老客，我那老冤家听说这次桃花会能瞧见天下第一美人，叫我替她来看看，究竟是她美一些，还是画皮仙子更美一些。她磨我多日，我心里也有些好奇，只好厚着脸皮来求王邢笑了。"他双手支在桌边，跷着二郎腿打量屋子。转眼看到梁上的修罗，还笑着同他打了个招呼。

秦昭雪看他吊儿郎当，揶揄道："你眼下打了她的人，不怕她给你扔出去？"

"怕！哪里不怕，我可怕死了，但凡事都比不上我的小媳妇儿重要，对吧？"

望舒知道他天性风流，平日最不好管闲事，除了为人治病时说的话有八九分可信，寻常说的多半是骚话，不必过耳，因下回道：“自然比不上你的红粉重要。”

她这么一说，三个人都笑起来。

笑着笑着，华井发现了被塞在床下的黄土妖，咦了声：“这是在闹哪一出？”

望舒忽然心中一动，刚刚面临的困难已经迎刃而解。若有他们三人打掩护，想要不动声色地从暗卫面前逃走就容易多了，这样一来，修罗便可带她前去救青草精，哪怕遇见机关阵法，胜算也会大一些。她便用腹语向三人解释，三个人听完来龙去脉，神色各异。华井又笑了声，紫华君深看她一看，秦昭雪自是一副游戏人间万事等闲的不着调模样。

片刻，紫华君和秦昭雪一前一后率先出屋，他们走得快，不过眨眼工夫便各自消失在院落。暗卫始料不及，分了两拨人分别去追，留下一拨人继续盯着。未几，华井揽着假扮成望舒的黄土妖的肩晃悠悠地出门，背对屋子挥手：“你家主人今夜就睡我那里了，明早再给你送回来。”

“望舒”佯装害羞，低着头匆匆向前走。

暗卫想上前察看，华井手一拦，直接将面前的两个家伙掀出十米开外，挑着双丹凤眼似笑非笑：“我带我小媳妇儿回屋，你们也敢过来看？不怕眼瞎啊……瞅瞅刚刚那俩老头儿，就比你们识趣多了。”

他单腿一勾甩上门，矫揉造作地大喊道：“哎哟！我的媳妇儿，多日不见，可把我想死了！”

他那嗓门，别说这院子里的暗卫了，怕是院子外的也都听到了。趁着他们分心朝屋前聚拢之际，修罗揽着望舒从后屋一掠而过，徒留华井在屋内一个人演双簧，捏着嗓子一声声喊，喊得屋外暗卫纷纷面红耳赤，坐立难安，黄土妖黑着脸盯着他看。

由着他们三个人分散暗卫兵力，修罗和望舒两个人一路畅通无阻，直朝西墙角逼近。

此处重兵把守，夜幕降临之后仍有三名仆役在中庭劈柴、打水。他们宛如机械一般不停地重复手下的动作，自始至终没有任何交谈。等了大概有半炷香时间，一名身着黑色长衫的中年男子走进院子里，拍拍手，让他们先放下手中的事去领饭吃。

北面墙壁上有一扇小木门，一名仆役进去后，剩下两名继续劈柴打水，看样子是要一个接一个地去吃饭。中年男子抬头朝前院的方向望了望，突然朝地上啐了一口痰，骂骂咧咧："日日夜夜轮番把守，到底还拿不拿我们当人看？连吃个饭休息的时间都没有，就这鬼地方谁会来？"

砍柴的仆役没敢应声。

中年男子看他们这副窝囊样，又骂了一声，挥挥手说道："得了得了，都去吧，我在这儿替你们守一会儿。"

两名仆役一听这话，总算有了眼神交流，齐声对中年男子说道："谢谢朱管家。"

朱管家长叹一声："看你们这精神萎靡的，那么大一只苍蝇飞进去都看不到，能守得住水牢吗？去吃完多休息会儿再过来。"

"这……"

"有我在这儿你们还不放心？"

两名仆役赶紧摇头，你推我搡地快步走进小木门，之后院子便只剩朱管家一个人。朱管家见他们走远了，从腰间掏出一大串钥匙，急吼吼地打开大铁门，进去后又小心翼翼地将门合上。

在门完全合上前，修罗背着望舒一阵风似的钻进去。

朱管家被风吹得往后退了两步，狐疑地四下打量，嘀咕："怪了，哪来的妖风？"

他丈二和尚摸不着头脑，但也许有更心急的事，脚步只略微顿了一顿，就继续朝前跑，穿堂而过，打开第二扇门。就这样接连打开七扇门后，来到一扇玄金铸造的铜门前。

此门约有三丈高，门上绘了两条金龙，龙眼呼之欲出，栩栩如生。门口还站着两名守卫，见朱管家忽然出现在这儿，守卫显得有些惊讶，也不知朱管家上前对他们说了什么，几个男人笑得不怀好意，不过片刻就将朱管家放进去了。

一进去，扑面而来就是巨大的热气，阵阵热浪从脚下一波波往上涌。整个环境晦暗不明，充斥着各种刺鼻的气味和凄厉的哭声，应该就是王邢笑审讯和关押犯人的水牢。

水牢中间是一个大圆池子，池子里的水烧开了，咕嘟咕嘟地冒着泡，池子上方的水汽都散开了，一团团地飘浮在空中，让人仿佛置身于巨大的锅炉之中。哪怕隔着数米，也能感受到池子里惊人的热度，好像一个人丢进去，顷刻间便会被剥皮削骨一般。

在池子四周靠墙摆放着八只铁笼，笼子里关着各色妖魔，这些妖魔便是哭声的来源。他们被隐藏在暗光下，看不清面目。除这八只铁笼外，水池上方还有一只金色铁笼悬空而立，里面关着一名女子。因为被高温水汽蒸发了多日，女子浑身都湿透了，头发贴着脸，衣服贴着身体，气息奄奄地躺在笼子里。

朱管家不理会旁边笼子里的鬼哭狼嚎，径自朝那名女子走去，一边走一边殷勤地唤道："画皮仙子，我来了，我来救你了。"

他三两步上前，将笼子从水池上方拉回，扒着笼子和里面的女子说话："画皮仙子，是我呀，我是朱管家。"

笼子里的女子脸色苍白，被头发遮住了大半张脸，看不清神色。朱管家见她没有反应，想伸手进去替她理一理头发，奈何他这人平时好吃懒做，怠慢修行，长得肥头大耳，肉嘟嘟的手臂只伸进去小半截就被卡住了。他使出吃奶的劲，又往里面探，终于握住女子的一缕发丝。

女子虽然浑身都湿透了，但发间仍有一股天生的清香，朱管家被弄得五迷三道。手再往前探半寸，几乎要摸到女子的脸时，女子忽然转过脸来，勾着唇轻轻地笑了声："别碰我，小心我剁了你的手。”

画皮仙子的绝色并不是指她五官长得有多么惊艳，而是眉眼间自成一股无人能敌的风情，媚而不妖，惑而不涩，韵味绵长，相当传神，好比那人间上了妆的青衣，风姿绰约，神韵天成。

她这话说得轻飘飘的，眼尾吊着，唇角撇着，仿佛失了主骨，却平白为她添上一股娇柔的风情。朱管家口水流泻，眼巴巴地讨好道：“画皮仙子，这话就不好听了，我可是来救你的，你……”

“来救我？呵呵，救到你床上去呀？”

她有些江南人的口音，软糯低缓，尾音常飘着，将人的魂勾着。朱管家腿都软了：“你要是愿意，我什么都听你的。”

“行啊！你倒是来救我呀，先将这笼子打开。”

“大美人儿，你可别动什么歪心思，要不然我……我……”

“你看我都这样了，还能动什么心思？朱管家，你到底是救，还是不救呀？”

“救救救，哎哟！我的心肝哟。”

朱管家忙不迭地摸了下她的纤纤素手，笑得合不拢嘴，满口大黄牙都露了出来。他半边手臂还卡在笼子里，进不去又出不来，整个人都挂靠在笼子上，因为心急将手臂都磨红了。他不得已先放下这只手臂，改用另外一只手，解开衣襟的纽扣。

他动作进行到一半，却突然停住。

这只金丝笼是王邢笑找人特制的，没有钥匙，就算大罗神仙也打不开，但他刚和两名守卫都说好了，明日桃花大会之后画皮仙子就会被王邢笑当作筹码卖给别人，今夜是最好的时机，趁着王邢笑要款待贵客无暇顾及这里，他们兄弟几个还能先爽一爽，过后统一口径，这事便能悄无声息地过去。

正好那两个也都是色中恶鬼，瞧着画皮仙子已经被王邢笑折磨得半死不残，又有人在外头把守，料想她就算有通天的本事也跑不掉，心思一活络就与朱管家达成了一致。

但这事真的不会被揭露吗？

朱管家默默地往外看了一眼，恰好听到一名仆役喊道："老朱你动作利索点儿，跟她说那么多有什么用？早干完早省心！"

朱管家暗道是这个理，于是将心一横，从衣襟里头挑出一只缝在衣裳内衬里的口袋，小拇指一勾，就将钥匙拿了出来。

画皮仙子浑身无力，发丝滑到嘴角，她张嘴含住，借着头发使力，将自己抬起一点儿高度，气喘吁吁地靠在笼子上，就这样看着朱管家开了锁，一步步朝她靠近……她知道如果就这样任由他取出卡在笼子里的半只手臂，今晚她的命怕是要留在这里了。

怎么办？认命吗？

画皮仙子轻唤一声："朱管家……"

朱管家被她这一声甜酥酥的叫喊乱了心智，刚要凑过去亲她的脸，就被画皮仙子用腰绳缠住了脖子，一头系在笼子上，一头被她握在掌心里。猛一拉扯，朱管家就被勒得吐出了大舌头。

他奋力挣扎，发出痛苦的叫唤声，门外的守卫却相视一笑，露出意味深长的表情。过了片刻，他们听朱管家的声音越来越弱，到最后已全无声响，这才意识到不妙，掀开门冲进去。

朱管家被缠在金丝笼旁已然断了气，而画皮仙子也全身力殆，虚弱地倒在地上。她的嘴皮都被咬破了，一张素脸被满嘴的血衬托得如妖似魔，有股颓废的消亡的美，像是折翼的蝴蝶。

两名守卫面面相觑，露出一抹贼笑。

就在他们抽出腰带走上前时，门外忽然响起一声猫叫，其中一个人爆了粗口，不得不回到门口察看，循着猫叫声走向暗处。片刻后，门外又响起一声猫叫，人却没了声响，屋内这名守卫顿时意识到不妙，正要出门"捉猫"，动作一停，又转过身来，一步步朝画皮仙子走过去，腰带也变作软剑。

他不是愚蠢的武夫，哪怕在此危情下亦知晓事情的轻重缓急，唯有先解决了画皮仙子才能安心。这么一想，他的剑锋有如破竹之势，狠狠地划过面前女子的玉颈。

画皮仙子筋疲力尽，已然全无反抗之意，闭上眼睛等着受死，谁料就在剑锋抵着脖子的那一刻，一阵强风吹过，顷刻间将那柄长剑折成两段。她立即睁开眼，守卫已被一掌劈晕，洞开的三丈高门里拂来一阵凉风，将浓雾吹散……在黯淡的微光中，她看到一名身量极高的冷峻男子走进来，他身后还跟着一个瘦瘦弱弱的小女孩儿。

小女孩儿刚走到水池边，角落笼子里就爆发出一阵哭声。青草精激动不已地看着望舒，朝她招手，望舒赶紧示意她安静，一路过去顺手将其他笼子里的妖魔鬼怪也都放了出来。

由他们打前阵，门外守卫的注意力都被吸引过去了，望舒故意落在后头。见画皮仙子了无生气地趴在地上，她本想任由她自生自灭，但不知为何，走到门口时忽然被某种不知名的力量扼住喉咙般浑身僵硬，然后一回头就与画皮仙子四目交接。

画皮仙子的面目变得模糊不清，又似曾相识。她冲望舒微微一笑，望舒仿佛被人解了穴，身体重获自由，但还是鬼使神差地走回去，让修罗将她背起。

因这片刻耽误的工夫，前头的妖魔都跑了，他们终究还是受到了阻挠。等到出门时，外面已聚集了大批守卫。

以修罗之力，以一当百足矣，只是还要护着三个人，便显得有些吃力。

水牢中央的大水池仿佛一头永不会沉睡的远古巨兽，张着大嘴，掉下去的人不消片刻就被活生生烫得皮肉不剩了。画皮仙子死死盯着这头“巨兽”，不知想起谁，忽地冷笑，从修罗背上翻下来，提起长刀冲上前去……

她杀红了眼，吊着嗓子大笑，像个孤单地飘荡在世间的艳鬼，笑声中尽是悲凉。望舒受她感染，也卷起衣袖，提起长刀。

一行四人硬是咬着牙横穿重围，闯破七道大门，谁知到了门口，却见更多守卫，一时绝望没顶而来。就在这时，有鬼魅琴音凌空而出，拨乱守卫的心弦，将他们定在原地痛不欲生，望舒一行才得以逃脱。

一直到回了别苑，那阵琴音还盘旋在雪园上空，经久不息，直将十里长堤内外森严的守卫击了个一败涂地。喊了半宿的华井终于可以歇一歇，喝口茶润润嗓子，只是听这琴音始终忍不住想笑，逮着望舒便问道："你可知来人是谁？"

不等她回答，他又说："有意思有意思，不知今夜又是沾了谁的光。"

是沾光，还是又一桩恩仇债？

望舒沉默不应，有些气馁地站在窗边，对着琴音来的方向发呆。多日不见，不见多日，她以为面朝黄土背朝天，义无反顾往前走，过了这道门，她的生死便再与他无关，可是……可是既来了，为何又不肯露面？

忽地一想，他不肯露面，罪魁祸首还不是她？女儿家的心思为何总是这样翻来覆去、三心二意的？弄得人好不郁闷。

她一声烦叹，扭过身去。

及至晨曦大亮，琴音才袅袅散去，余留落雪三千铺满脚下的路。秦昭雪与紫华君在外游荡大半夜，疲累归来。

临进院门，望舒刚好从华井屋内出来，秦昭雪看她满脸愁容，无精打采，联系前后两次突然出现的琴音，一寻思就都明白了，捻着水烟色的长衫哼了声："心如双丝网，中有千千结。你这样的心思留在雪园，今日的桃花会能做出什么有出息的事？照我说，还不如现在回长庚岛养茶梅算了，待到明年开春，你那院子就又热闹了。"

望舒不搭理他，知道他是故意这么说，刺激她的。

华井不明，撑着头问："这是闹哪出啊？录事君你不是有意收这丫头做关门弟子吗，怎的这样凶？小心她跟人跑了。"

“她要能跑，我敬她心里还有股子敢爱敢恨的烈性。”

“难道她现在还不够烈？”华井拍着屁股说，“之前一阵子不说话的时候都能烧死人了喂。”

“哼，你问她，现在心里在想什么？”

她就在二人中间，偏他二人说话却跳过她，一来一往唱大戏。华井也是无聊，竟然还真的遂秦昭雪的意，掉转头来问她：“小媳妇儿，你说说，现在想什么呢？是不是哪个我不知道的美艳郎君？”

望舒低头，踢脚下的雪：“别瞎说。”

她脑子里却不受控制地想起那袭绀青色的衣角。

“哎哟！还真是？”

“哪有？”她下意识地反驳，一张脸被晨光照得透亮，眼底是气，双颊却隐隐飘上绯粉。

“你敢不敢照照自己的脸？还说没有！没有你脸红什么？”

“谁脸红了？我说没有就是没有。”

华井看她嘴硬，偏要让她承认，作势出来抓她。她赶紧朝屋里跑，赶在他过来之前“哐当”一声踢上门。廊下细雪被风吹得簌簌飞起，糊了华井满脸，一阵透心凉。

“啧，还死鸭子嘴硬，我看你能硬到何时。”华井也不在意，抹了抹脸，朝对面的秦昭雪抛去一道媚眼，“她不肯说，你可以告诉我呀。录事君，你在蓬莱可比江湖百晓生的名号还响亮，她心里的人是谁你不会不知道吧？”

秦昭雪装聋，面无表情地关上门。

“录事君，你别啊，我们好歹相交一场，怎么可以这样小气？要不这样，赶明儿我送两剂壮阳补肾玉华天成的良药去你那边，上次你跟我说治一治小儿子失忆症的事，我也答应你了还不成吗？”

“哎呀，你这老头儿怎么软硬不吃？”

“我跟你说，你那小儿子叫什么来着？哦对，鬼刹，他那失忆症是后天造成的，要寻找对症之法，需得找到症结所在才行。你打开门，我来给你仔细说道说道……”

华井这人一说到药理就是长篇大论，一直纠缠秦昭雪到晌午。

望舒就在屋内坐着，被听不懂的药理绕得头皮发涨，全身疲惫，那声音好似念经一般响在耳畔，令人昏昏欲睡，心思也就在滔滔不绝的“经声”中被逐渐剥离出身体，什么欲念都没有了。

很快桃花会就正式开始了，望舒到的时候，十里长堤已经坐满宾客，湖中心的亭子里是主人家的位置，沿堤往下两侧都是蓬莱各岛屿的岛主，按照名望身份从高往低排列。

望舒在蓬莱本是无名小辈，奈何长元生前身份尊贵，哪怕如今已经仙逝，她也被安排在上座。紫华君与她比邻，秦昭雪与华井落后一席，在她对面同为上座的则是一个素未谋面的中年大汉。

此人面相极似虬髯客，剑眉星目，魁梧强壮，眉毛卷曲往上，胡须连着鬓角布满两腮，眼睛炯炯有神。他见和他平起平坐的是一个无名少女，吹着胡须瞪大眼睛，狠狠剜她一眼。

真是莫名其妙。

望舒不想惹麻烦，赶紧移开视线望向别处。这不看不要紧，一看顿时吓了一跳。他们临湖而坐，身后便是一眼望不到的雪湖，放眼望去本应是苍茫的白，此刻在虬髯客身后却有一截细长翠绿的芦苇秆露出了尖尖角，且以迅雷不及掩耳之势朝长堤靠近。

她猜想湖底必然有人在借芦苇秆换气，伺机接近会中宾客，以行刺杀之事。她正打算上前察看，先前去与修罗接头的黄土妖跑了回来。

他昨夜撒疯说了胡话，今日倒没什么脾气，低眉顺眼地在她耳边低语道：“小主人，不好了，画皮仙子趁修罗大人为小青疗伤之际从假山群溜了。”

“什么时候的事？”

“半个时辰前。”

望舒微微皱眉。

昨夜虽有琴音相护，但始终没办法突破天罗地网将人送出去，于是她思来想去，还是决定将画皮仙子和小青暂且藏在假山群中，料想园中护卫知道里面是机关阵，应该不会傻到自寻死路，所以赌了一把。她还将修罗留下来保护她们，以便他在桃花会正日寻找时机将她们送出雪园，谁料……

想到这儿，她又看向湖面，刚刚还在眼皮底下的芦苇秆又不见了。她下意识转过头来，在湖面四处张望，没再发现疑似“刺客”的踪迹。

难道刚刚看花了眼？

望舒不放心，正准备去河堤下看一眼，黄土妖轻唤她一声，示意某个方向。她跟着人群看过去，只见铜锣香粉满城飞雪，这次桃花会的主人家——上驷大人与王邢笑正携手朝这边走来。

上驷大人平时就好女色，经年累月纠缠于床笫之间，虚耗了半截身子，现如今走路都需人搀扶着。一路而来虽勉力强撑，为自己争了几分脸面，但是上阶前一个踩空的跨步，还是使得他主掌丰禾城数千年的尊严顷刻尽失。

他以狗吃屎的姿态摔趴在地上，因一时惊吓竟然尿失禁，双腿不停哆嗦，裤子全湿了，惹来众人嘲笑，王邢笑当即嫌恶般捂住口鼻，让人将他抬下去换衣裳。

像是大戏开锣前的一出笑话，上驷大人在王邢笑的凝视下，一个屁没敢放，就被强行拖了下去。

黄土妖扁扁嘴，小声道：“真是仗势欺人。”

望舒想的却是另外一个层面，早就听说王邢笑耍弄人心乃是一绝，如今亲眼看到才敢相信。上驷大人是帝君钦点的丰禾城城主，却沦为她手中傀儡，将私宅变作她藏污纳垢杀人于无形的修罗场，若非她当真有几分玩弄人心的手段，上驷大人又怎会落到这一步？

“在这种场合都不给上驷大人留点儿面子，他肯定要恨死她了。”黄土妖嘀嘀咕咕。

“他敢吗？”

“什么？”

黄土妖没想到望舒会回应，头一偏，撞上她的眼睛，神色一怵，只听她淡淡说道：“他不敢。”

这边两个人还在耳语，那头王邢笑已重新整理好仪容，走到亭子中央。她面带歉意地对众人说：“让各位取笑了，实在不好意思，城主大人身患顽疾，近来每况愈下，脑子也跟着糊涂了。看来今日的桃花大会他是不能参加了，就由我代替他来主持，欢迎各位岛主莅临……”

冠冕堂皇的开场白之后，望舒随大流举杯，面向主桌。王邢笑含笑环视一圈，最终将视线定在她身上，与她对视。

今日之前，她见过王邢笑两次，一次是在瓠犀酒楼的鉴宝大会中，她在台上谈笑风生，从容与萧演舌战，将神珠泰斗玩转于股掌之间。一次是在刺纹楼附近被她的手下暗算，她装模作样第一个赶来问候，伺机试探南珠侯立场。

如今已是第三次见面，却是两个人之间第一次正面交锋。

匆匆一瞥，随即擦过。

说是大会，其实就是一群人聚集在一起，表面切磋武艺，畅谈蓬莱诸事，内在门道却深。王邢笑将毕生珍藏的宝贝都拿了出来，看似供人赏玩，实则是在一样样置换兵马，行见不得光的交易。

宝物赠送给谁，谁不日就将奉上他的“诚意”，上古神兵利器也好，家中豢养的下等妖怪也好，左不过都是她与萧演、梭罗子这场三足鼎立争夺战中的牺牲品。

王邢笑看他们倾囊相授自然高兴，整个人红光满面。席中便有人趁机要她揭开面纱，也好让诸位见一见传说中杀人于无形的毒娘子的真正面目。此话一出，呼声甚高，她却突然敛了笑意，对那个人轻轻说道："见过我的脸，你就该去见阎王了。"

那个人不信，还要追问，她当即快步上前搂住那个人后肩："好呀，你想看我就给你看。"

面纱一揭一合之间，那个人瞪大眼睛，同时气息全无。她是如何出手的根本没人看清，整个动作相当之快，正应了那句杀人于无形。

座下有人鼓掌称赞她杀术高明，其余人连声附和，之后再没人敢拿面纱后的那张脸做文章。

杀鸡儆猴灭了臭男人们的威风，王邢笑很是得意，见众人给出的筹码越来越高，恨不得将家中老底都掏出来讨好她，她笑得合不拢嘴。临到望舒，见她自始至终没有出声，王邢笑想羞辱她，故意抬高嗓门问："我这里宝物众多，没有一样是你喜欢的吗？"

望舒缓慢地摇头，王邢笑似笑非笑："那你喜欢什么？"

"我喜欢什么，你都能拿来？"

她这样问，静静地看着她，仿佛在无声地问她："倘若要你的命，也可以吗？"

王邢笑一挑眉："想要便来取，只要你取得，只怕你不敢。"

"我不是上驷大人。"

王邢笑像是听到了天大的笑话，笑得直不起腰来："小女娃子真是初生牛犊不怕虎，不知天高地厚。"

两个人之间怪异的气氛惹来诸多试探的目光，身居上座本就惹人猜疑，现又不买主人家的账，还不更让人好奇？可一个接一个均是摇头不知，话题便接二连三地递到秦昭雪处。

秦昭雪满心无趣，闷不作声，于是话题又落到他身边的华井身上。

华井挠挠头，不知该怎么介绍。其实真想介绍也很简单，一句"长元仙君的遗孤"便能打消众人疑虑，但在今日的场合，在王邢笑这婆娘面前，公然提起"长元"的名字似乎有几分自灭威风的嫌疑，更是怕会伤了望舒的心，于是他摇头晃脑，也装傻充愣没有作答。

好在这时望舒开口，给了自己一个台阶下：“我并非没有喜欢的宝物，只是因为长庚岛家徒四壁，拿不出能交换的东西。”

她这么说，众人就回过味来了，看她的眼神也变得庄重起来。王邢笑没想到长元避不见客数千年，在如今蓬莱众人心中仍有不可小觑的分量，不禁想嘲弄一番他精心养育的女儿，便说道：“谁说没有？我看你就不错。”

“你想要我？我能帮你做什么呢？”

“你年纪还小，已经长得很不错，等到开苞了会更美丽，到时可以去蝤蛴阁做个活招牌。”

红楼是丰禾城的烟花之地，买卖全靠银两，而蝤蛴阁充其量就是一个高档的烟花之地，不管是谁，要进去都得先拿出重要的东西来交换，这比银两更加值钱。王邢笑的一番话摆明是在羞辱她，望舒也不在意，在众人的唏嘘声中低下头来。

他们都当她年纪小，面子薄，气不过又比不过，只得忍气吞声，谁知道她却突然幽幽地冒出一句：“王娘子的老路我就不走了，你伺候过那么多人，还不知道这是一条不归路吗？如今你诓我辱我，倘我阿爹地下有知，怕是不会轻饶你。”

“呵呵，去了阎王那儿喝茶的，一笔笔账都只能来生算，我可不怕。”

“那你也不怕我吗？”

“怕你？”王邢笑的嗓子几乎笑哑了，“小丫头，我为何要怕你？”

她出身寒门，以精怪之身修行了数千年才飞升成仙。入了蓬莱的道，她斗过天地，斗过命法与萧演，杀了数不清的人，手上沾染的血多到可以开染坊……到今时今日这一步，她还有什么好怕的？会怕区区一个女娃娃的复仇之心吗？

王邢笑且看着她，还是那句话：“想要便来。”

望舒紧紧握着拳头，脸上一阵红一阵白，平复了好一会儿，眉头渐渐松开，紧咬的牙关也透了气，才溢出一声：“总有一日，你会怕我的。”

她们一来一往说着旁人不懂的话，座中宾客有不乐意的了，将话一拦，大声说道：“好了好了，你一把年纪跟一个女娃娃置什么气？快点儿把画皮仙子叫出来，老子都等大半天了。”

意识到还有画皮仙子这位压轴嘉宾，众人急不可耐，嚷嚷着要王邢笑办正事，她只得暂且放过望舒，给底下人一个眼色。

几名守卫立即朝雪湖两边跑去，分站在长堤两侧，握住埋在树下的渔网线。

众人翘首以盼，只见十几名守卫大喊三声，合力往上抬，一张巨大的渔网从湖底升起。数丈水花与积雪一同被拉起，向四处飞溅，众人赶紧用衣袖挡着脸，避免被雪水泼到，望舒没动，眼睛一眨不眨地盯着与渔网一起被拉起来的人。

那个人被缠在渔网中心，浑身湿透，头发散乱，艳红的唇叼着一根芦苇，一张素脸风华绝代。

“是画皮仙子！”

不知是谁大喊一声，宾客们都跑着离开座席，围到湖边去看传说中的绝色美人，指指点点，像是在看百花山里的猴子。

望舒对面的虬髯客见状很是愤怒，一把揪住王邢笑问：“她怎么变成这样了？”

“昨夜闹那么大动静，你没听见？”王邢笑冷哼一声，拨开虬髯客的手，“雪园可不是谁想来就来、想走就走的地方，进了园子，就休想在我的眼皮子底下逃脱，哪怕是藏于万丈雪湖之下，我也有办法将她揪出来。”

这话是对着虬髯客说的，却似乎意有所指。

“你到底想怎么样？说好人要给我的，赶紧将她放下来。”虬髯客神色凝重，压低声音说道，“你想要的东西我已经给你带来了。”

王邢笑摊开手，一副要验货的样子。

“我们有言在先，泪嬛珠是你本该应允我的，除此以外，我还要西海兵将十万，鲛人五万。”

“你未免狮子大开口。”

“画皮仙子可是蓬莱第一美人，你不亏。”似乎是怕他再讨价还价，王邢笑也放低声音，几乎和他耳语，“王琅的位子是我给你的，他的女人也是我给你的。杨巍，西海已经太平无事，这十五万兵马对你而言只是摆设，对我来说却是夺回冰城最强韧的利器，你不会是要拦我的路吧？”

虬髯客一听，神色稍缓：“那你得答应我，事成之后绝不动西海。”

“你放心，我只要蓬莱。”

……

他们交谈声细，全拢在耳朵里，但是黄土妖有一双顺风耳，全都听见了，一字不落地复述给望舒。她这才知道原来虬髯客名叫杨巍，正是不久前取代王琅的西海新霸主。

他与王琅之争似乎不仅关乎西海霸图，还关乎一名女子。

那头杨巍与王邢笑达成共识，便将稀世珍宝泪嬛珠奉上。传闻此珠是集十万鲛人泪凝聚而成，可以化解天下奇毒，有了此珠，顾乘媛便能活命。

望舒眼睁睁看着珠子被王邢笑收入袖中却不能抢来，喉头一紧，手在桌下逐渐捏紧。就在这时，旁边的华井却突然喊了一嗓子：“你的那颗泪嬛珠是假的。”

“你说什么？”杨巍比王邢笑还惊讶，一声高喊震得湖水荡开长长的涟漪，“这是我们鲛人族的镇族之宝，怎会是假的？你别给老子瞎添乱。”

“啧，我说是假的，那就是假的。不信？容我来给你验验。”

到了手的宝珠又不得不拿出来，华井朝望舒眨眨眼，背着手吊儿郎当地晃过去。众人便好奇地围上前，看“华佗圣手”司医局大管事如何判别珠子真假。

“泪嬛珠之所以能化解天下奇毒，是因为它本身就是一味毒药，以毒攻毒，才有成效。它是鲛人泪珠炼成的，逢水就化，逢血会燃，我说的可对？”

杨巍点头。

华井二话不说割开手指，挤出一滴血融入泪嬛珠中。珠子就像贝壳一般逐渐开出一道小口，将血迹慢慢地吃掉，很快又恢复原状，看起来没有任何变化，血也没有在它表面留下一丝痕迹。华井便又包起一团雪，将珠子放在手心揉着，捂着，很快雪化成了水，珠子却没有任何变化。

众人惊讶不已，杨巍的脸却越来越黑。

“你敢骗我？”

王邢笑盛怒之下，将此珠捻成碎屑，杨巍仍觉得不可置信：“就……就算不是泪嬛珠，但是它刚刚怎么会吃他的血？”

“吃我的血有何惊讶的？我这身血肉是用冬虫夏草、鹿茸当归等数千种珍稀药材养出来的，寻常的小东西闻到我身上的香气就走不动路、流口水，更别说喝我一滴集满精华的血了。”

“你……”

“唉，我好歹也是蓬莱叫得出名字的人，不会骗你的，你那珠子就是假的。你仔细想想，平日里这珠子是放在何处的，说不定早就被人调包了。”

“这怎么可能？我族镇族之宝，除了历任族长，没人……”话说到一半，他好像意识到问题所在，与王邢笑对视了一眼。

是王琅。

就在这时，渔网之上传来一阵狂笑："杨巍，你没想到吧？你的狼子野心早就被我识破，真正的泪嬛珠只有我知道在哪里。"

众人回首，只见先前被缠在渔网上的画皮仙子突然变成了一个男人，男人面相很正气，国字脸，厚眉薄唇，鼻梁很高，整个人气度非凡。

望舒一下子就认出了他。

多年以前，阿爹发现自己日益精神倦怠，恐日后病重无法再照料她时，曾将她送去西海，拜托给一个人照顾。他不曾告诉她那个人的名姓，只说他在西海很有威望，一定能好好照顾她。

当时她满心都是长元，嘴上答应会住下来，可他一走她就跟着跑。没人阻拦她，她却跑不出西海。

西海广阔无垠，无边无际，就像一张无形的网，总让她迷失其中不知去向，绕来绕去最终还是会被海浪推回原地，那个人就一直在原地等着她。他也从不说自己叫什么，或者换句话说，他几乎很少开口，总是痴迷地望着某个方向，像是在思念着谁。

她在那里的小半年，他只和她说过三句话。

望舒还记得第一句话是他问她："蓬莱美不美？"

她说："就那样吧，你没去过吗？"

他摇摇头。

"呵呵，你连蓬莱都没去过，真没见识。"

那时她还很淘气，骨子里野性难驯，见他不搭理也不愿讨好，一心想着逃出西海，他就淡笑着看她，没有任何回应。当时的他仿佛被笼罩在一片抑郁哀伤之气中，就算是笑，笑意达不到眼底就会被风吹散，整个人毫无生气可言。

他是渔网上的男子，他们长相无二，但她记忆里的他又不像眼前的他，至少不会这样笑，更不会这样说话。

"杨巍，你为逼我下位，伙同外贼残害同族，你这样的人配做西海的霸主吗？"

"你闭嘴！"杨巍的脸涨得通红，不停大骂，"你闭嘴，王琅，我要杀了你，都是你，是你抢走了她，不然她就是我的，她就是我的！"

说话间，他从身后拍出一杆长枪，正要朝巨大渔网飞去，却被王邢笑按住手臂。他当即反手一甩，怒吼道："你不是说他已经死了吗？怎么还活着？你骗我！"

"我有没有骗你，你没看到吗？王琅身量七尺，你看她才多高？"

杨巍满腔怒火顿时被这句话浇灭。他傻愣愣地站着，张着嘴巴："你这话是什么意思？"

"杨巍，我看你真是被气糊涂了，难道你忘了画皮仙子最通天的本事就是画皮吗？难道看不出这个王琅是她假扮的吗？"

"我……"

杨巍后知后觉，惊出一身冷汗，这回再看渔网上的人，发现"他"竟然处处与往日所认识的王琅不一样。王琅比"他"高一些，是个药罐子，慢性子，久病缠身，整个人十分忧郁，不会高声说话，极少会笑。他就算笑起来，也跟没气的短笛一样，吱一下就没了。

可是面前的这个"他"却牙尖嘴利，满身气性，的确不像是王琅，倒更像是恨他入骨的画皮仙子。

他的心情在须臾间大起大落，看到画皮仙子被缠捆于渔网之上仍要以"王琅"之面申讨他，顿时从心底生出一股无力感，垂头丧气地问："你究竟想怎么样？"

"我想怎么样？"画皮仙子轻轻一笑，"她用我做饵，将王琅骗出西海，在这座园子里当着我的面将他活活烫死。杨巍，你若想让我跟你回去，便将她杀了。"

“这不可能，王琅是我让她杀的。”

“为什么？就为了这个位子？”画皮仙子痛斥，“你怎么可以卑劣到这种地步？”

许是被这句话戳了心窝子，杨巍被虬髯包裹的硬汉脸竟一寸寸变得苍白，宽阔的双肩也忽地被压垮一般耷拉下来，再无刚才在席间的半分意气风发，剩下的只是无尽的落寞。

“你的眼里总是看不见我。”

常言道，百炼钢成绕指柔，大约说的就是杨巍。他与王琅同生于一族，皆是鲛人中的贵族。那年西海大战，王琅出计，他出力，率数万鲛人在血海中杀出一条生路，事后众人只夸王琅计谋无双，却无人看到他满身伤痕，就连自小与他们一起修行的鲛人阿妹，也只是像跟屁虫似的日日跟在王琅后头，不开心了才想起来看一看他，向他倒暗恋无果的苦水。

他一个顶天立地的男人，却被一个女孩子的眼泪弄得束手无策，经年之后才逐渐变了心思，想保护她，想让她眼里只有他，想得到她。这样的心思一经而起，血气方刚的年纪谁又能忍？

他与王琅政见不同，他主张战，王琅却主张和，使得他们多年以来一直饱受海域边境贼人的骚扰，无数鲛人死在贼人虚伪和善的利刃下，这一切都是王琅天生的优柔寡断所致。就在这样的情形下，他才最终决定对他狠下杀手。

他自认这些年来无愧于西海鲛人一族，哪怕今日被小阿妹一剑封喉，他也无怨无悔，但他是个守信重诺之人，绝不会对王邢笑反戈相向。

画皮仙子了解他的脾气，也早就猜到结局，刚刚色厉内荏的一声声质问几乎将她的身体掏空，眼下她四肢无力地垂着，任由渔网将她束缚，如同被钉在生死簿上。

想起许多年前踩着浪花追着的两个少年，她突然之间泪如雨下。

“你还记得吗？在西海大战之前，我们都还是仙界阶下囚，那时因为长期生活在海底，我和王琅的身体都很虚弱，经常需要浮出水面换气才能活命。后来有个满头白发的老翁来找王琅，撺掇他起义，答应事成之后给他一个仙魂，这样他不仅能恶病除身，还能脱离鲛人奴籍飞身成仙，王琅这才咬着牙带领鲛人族叛变。但是事成之后白头翁给他的那缕仙魂，他却没用，而是种进了我的身体。”

因此她从鲛人族脱离，摇身一变成为九重蓬莱之上的画皮仙子，她却没有好好珍惜，而是在王琅一次又一次拒绝中走上歧途，落入风尘道，成为蛸蛴阁绝色王牌，更被王邢笑利用，沦为桃花大会的红粉噱头。

回想她这一生，从无到有，从有到无，真是恍如一场梦。梦中所有都是虚幻泡沫，唯一真实的就是王琅的死。

“鲛人族内部分支众多，难以统一管理。王琅在位这些年，虽无很大战绩，但也算守了西海数万年太平。他生前曾与仙界约定，此生绝不插手九重天的事，到死他都守着诺言，试问这样坦诚守信的人，在如今利欲熏心的九重天上还有几个？杨巍，你别忘了，他是你比肩而战的同族兄弟，鲛人族有今天全靠他，可他死后整个西海秘不发丧，打算让整件事悄无声息地过去，我就问一句，你这么做，对得起鲛人族的先辈吗？”

杨巍被这声轻飘飘的质问定住，全身发抖，双脚绵软，眼睛空洞。

望舒也想起王琅，那时她还不知道他就是王琅，是险些杀了吴歌的人，但当时的他看着并无杀戮强权之心，他整个人都太淡泊了，是对世间无欲无求的一种淡泊。他常常站在海上眺望远方，陷入漫无边际的思索中。

那时她问王琅：“你终年待在西海，不想出去看一看吗？”

王琅沉默。

她的问题再次被忽略，显得有些气馁，双手一抱坐在他边上：“其实上次我骗了你，我出生在长庚岛，阿爹不准我往外跑，所以我也不知道蓬莱究竟是什么样的，到底美不美。但我看过很多古书，书中记载蓬莱九重天有千山万岛，九大奇迹绝胜，是普天之下最繁华热闹的地方。”

她以为他会继续沉默，谁知他突然开口：“也是普天之下最复杂的地方。”

“你又没去过，怎会知道？”

王琅指了指胸口的位置，像是在告诉她，他在心里想象过蓬莱九重天的样子，所以知道那里酒肆繁盛，人心难辨。

当时她还不信，认为他故弄玄虚还嗤之以鼻，如今看来，西海虽只是九重天的一隅之地，但不得不承认，这是王琅在位的万年来最太平安乐的一隅。他懦弱优柔，从没走出过西海的一隅之地，但他心里装着远方，还给了族人最渴望的生活，他绝对称得上是一代枭雄。

可是这样的枭雄，死后却只落得秘不发丧的结局，最终只会被淹没在大时代的洪流下，逐渐被世人遗忘。

这就是现如今的羲和代，物欲横流的蓬莱九重天吗？

风吹动湖面上的绵绵白雪，将寒气带入人心底，一行鸿雁忽然从头顶飞过，发出长声悲鸣。英才早逝，大将故去，悲凉千道里，凄断百年身。

这一刻，长堤上的数十名宾客心中都莫名涌起一股人走茶凉的悲切之意。再看王邢笑时眼神也变了，齐人攫金唯利是图，这一刻的示好和投奔真的能为他们换来长远的安宁吗？

他们会不会落得比王琅更凄惨的下场？

许是看到他们被画皮仙子寥寥数语就忽悠得立场不定，王邢笑眼底闪过一丝狠厉之气，随即要杀了画皮仙子，一道身影却以迅雷不及掩耳之势晃到她面前，挡住她的动作。

“毒娘子这是要做什么？画皮仙子都已落到这般地步，你还不能任由她说完心中所想吗？她可是你蝤蛴阁的旧人，当真要赶尽杀绝吗？”华井做出一副失望的模样，连连摇头，“你这样真是令在场各位寒心啊，对待阁中旧人尚且如此，对待旁人就……唉，不提也罢，不提也罢。”

众人纷纷唏嘘，王邢笑却冷哼一声：“休要挑拨离间，我何时说要杀她？”

“原来你不想杀她，那确是极好的，是我误会毒娘子了。”

“你……”王邢笑被人拿住短处，有苦说不出，气得背过身去。

华井便大大方方地朝画皮仙子作了一揖，敬她骨子里为爱豁出一切的孤勇，又朝望舒眨一下眼。

王邢笑是临时起了杀意，他并没发现，倒是望舒给了他一个眼神示意，他才有所反应的。这小小动作本不起眼，但画皮仙子一直都注意着望舒，自然也发现了，朝她挤出一个笑容。

“我曾经见过你，你在西海四处瞎跑，王琅就跟在你身后。他走路很慢，常被海浪打得没影，但他始终都跟着你。你知道那时我有多么嫉妒你吗？”

望舒没应声。

那时王琅怕她走丢，偶尔也会跟着她一阵瞎跑。说是跑，对他而言顶多算是快走，她当时为了戏弄他，故意跑得很快，他却还是不急不缓地走着，竟然也没有将她跟丢。

她一直觉得这是件怪事。

“王琅生于西海，那里就是他的家，每一方水土他都很熟悉，熟悉到闭着眼睛也能辨别出海水的流向、味道和晴雨天。很难想象吧？他那样在意故土和家园的人，却是个冷情的人，从不会做多余的事。他没爱过我，也没爱过任何人。我只是遗憾，他那样的一生里，为鲛人族呕心沥血，最终却被兄弟背叛，举族遗弃……杨巍，鲛人常年生活在数百米深的海底，皮肤早就习惯了寒冷，最怕热，你知道被活生生烫死有多痛苦吗？可他自始至终没发出过一声痛苦的呻吟，你说他懦弱，他怎会懦弱？你只是不知，不知他心中到底在想什么。”

“他不说我怎会知道？你让我如何知道？”杨巍发疯般抓着自己的须发，因为痛苦和内疚，他整张脸几近扭曲，失声大吼，“我那样恨他，嫉妒他，我如何去了解他？我的心里都是你，想的全是怎样得到你，我为什么要去想他心里如何想？阿妹，别把我想得这样伟大。”

杨巍神志涣散，几乎傻了。画皮仙子看昔日兄长变成这样，一时间痛苦万分，又“嘤嘤”哭出声来。

“王琅心中所想，无非是鲛人族盛世太平，万岁天长。杨巍哥哥，是你变了，所以将我们的过去都忘了……”

鲛人族哪怕被终生囚禁在西海，只要他们三个还在一起，她就会觉得日子是幸福的，绝不至于反目成仇到这一步，一切都是王邢笑在背后作祟！是王邢笑将她诱骗至蛸蛴阁，惑杨巍，杀王琅，将他万年以来的心血付诸东流……

不过好在王琅早有预感，事先就派人将泪嬛珠送到她手上。想到这，画皮仙子忽然长笑一声，眼中尽是悲怆：“王邢笑，雪园底下有太多冤魂，今日你就在这里为我们兄妹三个陪葬吧……”

话音甫落，她咬破嘴唇，从腹中吐出泪嬛珠。

泪嬛珠遇血会燃，而在这座长堤之下还有一条终年大火不灭的“地龙”，能顷刻间将雪园烧成灰烬。画皮仙子放声狂笑，如妖似魔。

“王琅，杨巍，阿妹带你们回家了……”

血红唇齿，金光烈焰。

“嘭”的一声，天地间都亮了。

第二章 一生花酒 哪堪浅笑

“望舒，醒醒。”

“好冷，我这是在哪里？是不是死了？”

“别怕，你还活着，你会一直好好地活着。”

“你是谁？”

……

望舒的意识最后定格在一片巨大的爆炸声中，火光四溅，人声鼎沸，她被强劲的水波撞翻，从后面摔进湖中，顷刻间便沉入湖底。

在梦中一直有人低声唤她的名字，声音附在耳畔，热气钻进耳廓，连着神经通入大脑，一阵阵刺痒和心动。她觉得声音很耳熟，却始终睁不开眼睛。也不知过去了多久，她的身体被一股股热流包围，逐渐变得温暖。越是这般，她越渴望温暖的源头，一直在梦中追索、靠近、小心碰触，终于得偿所愿，落入温暖的胸膛。

温暖的胸膛？

望舒猛地一惊，意识慢慢回归。眼刚睁开一条缝，就被透亮刺目的白光闪到，她又立即闭上眼睛，过了好一会儿才睁开，霎时间就被眼前的景象震惊了。

他们应该是在一辆透明的水晶“马车”里，可以看到四周的深蓝色水波和各种各样的海底生物，背壳朝下的大海龟、成群的虾兵蟹将、五颜六色的鱼和海草……拉着“马车”在海中飞快穿行的却不是马，而是八名雄性鲛人。他们一人执一根铁索，一头背在肩上，一头缠在水晶车厢上。上身是半裸人形，下身是鱼尾，在海中游弋的速度相当惊人。

她就在四面隔水的水晶车厢里，仿若刘姥姥进大观园，惊讶地看了会儿海底世界，直到背后的温度逐渐升高，她才意识到车厢里还有一个人。

重点是，她还靠在那个人怀中。

梦中熟悉的声音与现实的人影渐渐重叠，望舒慢半拍回头，见爵微紧闭双眼背靠在水晶壁上，脸色略微苍白，额头渗出了一颗颗汗珠，看起来似乎很难受的样子，她不禁心下一紧，急忙问道：“你怎么了？”

听见声响，爵微缓慢睁开眼：“我没事，旧疾复发，休息一会儿就好。”

“什么旧疾？”

她将他扶起来一些，手搭在肩后虚搂着他。见他不回应，她自顾自说道：“你哪里有什么旧疾？近年来也只伤过一次，华井生怕我忘恩负义，将你的病情都告诉我了。神魂假离之法后你没有好好休养，落下了寒疾，碰不得水。”

“你这话让他听到了肯定又要倒苦水，他这么做是为了你好，不想让你糟蹋身体，才说些病人的事警醒你。他做任何事情都为你打算，心里是向着你的。”

“我知道，但是他嘴巴坏。”

她是下意识的反应，不自觉流露出小女孩的模样，爵微莞尔一笑：“你待他也更亲近些。”说完将她的手从肩后抽走，向她摇摇头，“不必如此，我没那么虚弱，只是刚刚在湖底找你费了些功夫，没什么大碍。”

“既然这样，为什么又来救我？你明知自己碰不得水，为什么还……”

话说到一半，被不知名的复杂情绪裹挟，想到前夜才受过他的恩惠，望舒顿时变成哑巴。

“怎么不说下去了？我以为你又要同我说不再见面的话。”爵微叹了声气，“望舒，你要报仇，我要寻找死灵城的下落，可是蓬莱只有这么大，抬头不见低头也能见到，更何况三方战局又与你我有撇不清的关系，那些友人还都牵扯其中，就算我想刻意避开，也会有难以预料避无可避的意外发生……其实你我之间不必那样。”

他话没说尽，但望舒已然晓得他的意思。那些恩与债他都不在意，她也无须在意，还当初识他那般相处就好，这样彼此也能相安无事。但这是他的想法，她并不认同，以前她就不肯稀里糊涂地和他相处，往后也绝对不会这样。

沉默片刻，她干脆将话题转移：“你怎么会在雪园？我还以为……”琴声散去之后，他也跟着离去了。

“梭罗子担心王邢笑借桃花大会招兵买马是个幌子，所以让我过来看看。”

“那你可看出什么？”

爵微看她，细细地看：“你这么问我，又是看出什么？”

她是聪明绝顶的人，而他是能看懂她的人，眼睛一对，就知道彼此都发现了桃花大会的问题所在。若只是想要鲛人族的十五万兵马，王邢笑本可私下将画皮仙子送给杨巍，但她偏要利用画皮仙子做大会噱头，公然交易，便是心怀鬼胎。

鲛人族刚经历过内部清洗和新族长上任，正是军心不稳的好时机，杨巍性子耿直，一击则怒，王邢笑便利用他对画皮仙子的感情，为他精心布置一场杀局，将他困于雪园让他们互相残杀，以换取兵力，出其不意地抢占西海。

这场大会从根本上来说，重夺冰城是假，图谋西海才是真，王邢笑从一开始接近杨巍的目的就不纯粹，但她没有想到王琅摆了她一道，泪嬛珠会在画皮仙子手上。

棋差一着，险些玉石俱焚。想到这儿，她不免想起同在长堤的秦昭雪等人，不知他们有没有逃出去。

爵微看出她的困惑，说道："我赶到时雪园已在火海之中，不过你不必担心，他们不比你，个个都是修为上乘的仙尊，要保住性命应该不难。"

"那杨巍呢？他当时已近痴傻，还能……"

说话间，又一辆透明的水晶"马车"从她身边疾驰而过，她看到里面趴在水晶壁上冲她挤眉弄眼的杨巍，到嘴边的疑问又咽了下去。

杨巍怕真是傻了，但这些鲛人又是怎么回事？

"当时我在湖底找到你时他们已经在了，二话不说就将你我押进水晶车中。我寒疾复发修为大减，也担心湖面之上火势太大不能护你周全，索性没有反抗。后来我看他们从雪湖之下一直西游，穿过数十条水沟山涧汇入大海。如我所料不错，我们应该已在西海海底，应该也快到鲛人族的领地了。"

他说得漫不经心，望舒却听得暗暗心惊。

横穿数十条水沟山涧，听起来不过尔尔，但要确保河流最终能汇入雪湖就难了，在水下探路的人必然是游过千山万水，试验过无数次，才能将数十条水沟山涧排列组合，最终验出一条正确的路。

这绝对不是一件易事，也绝对不是杨巍能想出来的事。后来在鲛人族掌事的验证下，望舒才知道这一切都是王琅死前安排好的。从杨巍频频出海与九重天上的人来往之时，他就已经猜到鲛人族将有大难，于是将真正的泪嬛珠偷龙转凤，还早早安排了人"挖地道"。

掌事说王琅有帝王之相，望舒相信他所言，不过这一切都是后话了。因为就在他们刚刚到达鲛人族的大本营时，王邢笑事先埋伏好的兵马也到了。

纯洁的深蓝色水晶宫都变成了刺眼的红。

望舒不知道王琅有没有算到这一天，但她在席间猜到王邢笑的真实目的时，就已经料到这一刻。只是她没想到这一刻会来得这么早，而且就在她的眼前上演。

她细细思索，将整件事情从头到尾捋了一遍，忽然发现一个问题。

按照吴歌所说，西海大战发生时，鲛人族族长也就是王琅并没有将他赶尽杀绝，而是将他交给了一个白头翁。白头翁制造了他的假死，骗过所有人，之后将他带去瓠犀酒楼，藏在与蓬莱咫尺天涯的无间狱中。

这个白头翁应该就是在天机阁上救他们一命的老头，可是他为什么要这样做？

他和用仙魂与王琅做交易的白头翁会是同一个人吗？否则，王琅怎会将吴歌交给他处置？

望舒想不明白，但她隐约觉得事情没那么简单，握在白头翁手中的一张网很大很大，几乎网住了整个蓬莱。从西海大战的很多年前开始，他就在织网了，不只是吴歌，连王琅也是他网中的一个结点，或许……或许还有更多的人。

更多的人。

她忽地抬头，目不转睛地看向爵微，心思越发复杂难解，连带着眼神也变了味，平白惊出一身冷汗，脸色苍白如纸。爵微以为她是哪里不舒服，连忙上下打量她："你怎么了？受伤了吗？"

她一动不动，任由他将她翻来覆去检查了一遍，没有发现任何伤口后不得不询问她："望舒，说话。"

"我有一个问题想问你，吴歌……"她一张嘴声音都哑了，喉头好像被利物堵着似的，一阵阵疼。她想告诉他曾在无间狱看到吴歌的真相，但随即一想到少年临死前的重托，就咬着牙忍下来了，只是情绪涌到心口，让她无端变得哽咽，“秦昭雪告诉我的，你的弟弟吴歌……”

爵微不出声，神色说不上有多自然，但很显然在听见这个名字的时候变得落寞了。他往后一靠，双臂下垂，问道：“你想说什么？”

“当年是王琅害死吴歌的，事后你怎么……怎么没有为他报仇？”

他笑了一声：“我要想杀王琅，只是手到擒来的事。”

其实这已经是很久远的事了，若非画皮仙子在席间旧事重提，他已经忘记“王琅”这个人。当年西海大战，他虽人在北荒平乱，但心思都在西海，每日战况都会传递到他手边。普天之下没有人比他更清楚王琅为人，鲛人族能取胜全靠他的深谋大略。

大面积散毒制造混乱，以值钱的鲛人泪珠私下收买仙界守将，以此作为要挟，逼守将打开牢门，还知道百万军中取上将首级，声东击西分散各部兵力。鲛人族上下齐心，势如破竹，只用三日就将整个西海瓦解。

就算当时他在场，也未必能保得住西海，保得住吴歌。

“吴歌死后，我不是没有找过王琅，他是个有心之人。当时我不杀他，是不想再添血债，再掀起一场腥风血雨，我想吴歌也不愿意我这样，后来我便洗了手，再不过问九重天的事。”

“你后悔吗？”

他又笑一声，这声笑将他眼角的细纹勾勒出来，都是被沧桑岁月间的物是人非磨的，磨得痕迹深了，即便是笑，也显得十分寂寞凄冷。他不说话，望舒便知他内心也是极其复杂的，不杀王琅，便对吴歌有愧，倘若杀他，便对苍生有愧。

直到这一刻，望舒才记起当年王琅同她说的第三句话，也是最后一句话。

“我曾去西海小住过一段时间，当时阿爹就是将我托付给王琅照顾。他对我说这辈子只做过一笔交易，但是他最终后悔了。”

“后悔什么？”

“倘若没有西海之战，也许鲛人族至今仍被困于仙界海底，终年不见天日，但是他们不用上阵杀敌，不必历经妻离子散家破人亡……当年鲛人族血屠仙界，如今历史重演，仙界血屠鲛人族，也许王琅早算到结局，所以他后悔了。他曾答应永不掺和九重天的事，永不走出西海，但他最终还是食言了。”

这一天也终究来到。

马车外的鲛人一个接一个坠落深海，鲜血染红了水晶壁，在上面绘画涂鸦。爵微陷入一段时间的沉默，他没有看残忍的杀戮，但他一直紧锁眉头。

须臾，他扬眉看她：“王琅不会后悔。”

“为什么？”

“因为鲛人族不会输。”

拉车的鲛人被杀死了，铁索直穿胸口，将他们与这辆“马车”永远地捆绑在一起。他们不停地下落，下落，仿佛要落到海的尽头……血融入大海，像炸开的烟花一样绚烂、耀眼。

望舒还未反应过来，高大的身躯已经压下，从后面将她揽在怀里，低沉的声音说道：“抱紧我。”

这一刻她有种奇怪的感觉，仿佛找回了丢失的灵魂一般，心缓缓落到实处，全身又积聚起力量。

霎时间，水晶“马车”炸裂了，无数碎片伴随着海水朝他们涌来。她被爵微紧紧护在胸口，没有感受到一丝海水的凉意，但她还是本能地拂开一片血光，看向一处，朝着那唯一一处光亮破水而去……

王邢笑手中能上战场的兵马不多，她原先打算等杨巍交付了约定的十五万兵马之后再行抢夺西海之事，却因一场大火愤然出动，兵行一夜赶至西海，布置仓促，准备不够万全，被爵微翻出海面毁了几艘主战船后，便立刻偃旗息鼓。

再加上王琅事先已做多手准备，在海上遍撒矛珠，珠子都浮在海面上，矛尖往上，只要船只一靠近就立刻会被扎得千疮百孔。船只翻沉，贼人落水，又不如鲛人熟悉水性，三个一围，两个一困，鲛人族便以数量庞大取胜，王邢笑不得不先撤兵休整，再做打算。

鲛人族大获全胜，夤夜高歌不息，杨巍被人簇拥在上座，抱着青梅酒笑得像个大傻子。

听闻此酒是画皮仙子生前最爱，也是王琅亲手酿制的。鲛人天生酒量差，青梅酒度数低，喝上两小盅也不会醉。想到这些往事还历历在目，往事中的人却已经走了，唯一活下来的还傻了，族中老掌事突感悲从中来，抹着眼泪呜咽出声。

望舒与爵微因为出手相救对鲛人族有功，也被奉为上宾，就坐在老掌事下方，见状不得不上前安慰。老掌事便抓着他们说了一夜关于王琅、杨巍和画皮仙子三个人之间的故事，说得最多的还是王琅。

明知杨巍对他有异心，还是将他留在身边，不管亲信如何劝谏，还是信任杨巍；为人重情重义，待鲛人子民有如亲生，事必躬亲，所以很得民心；并非鲛人族忘恩负义，不给王琅发丧，而是他事先就安排好的，不希望因为此事闹得民心不安；不仅如此，他还嘱咐老掌事在他死后要像辅佐他一样辅佐杨巍，不得有二心，更是将亲信早早安插进杨巍一部，以让他们上下齐心，生死相依，务必将杨巍视作真正的族长。

如此可见，王琅心胸之宽、仁德之广，这样的帝王之才生前却只困于西海，从未走向更广阔的天地，实在是可惜。

老掌事一连三叹，泪雨涟涟，望舒不禁想到阿爹和黔公，一时心软，安慰道："他虽没走出过西海，但我想他的心已经去到很远的地方了。"

老掌事一愣，顿时忘了悲伤，在灯火中细细打量她。

面前这个女娃子长相稚嫩，看起来也就三千岁的样子，可眉眼间却深藏一股雄厚之气，深沉似海，与她年龄实不相符。

先前敌人进犯、战火纷飞时，他曾在杀红眼之际举目四望。碧海潮浪间匆匆一瞥，只瞧见了这个女娃子。当时她站在大礁石旁，风吹得她头发散乱，厚重青衣紧裹上身，将她瘦小的身影勾勒得越发弱不禁风，然就在这样的形势下，在海浪拍着礁石卷起惊天骇浪、一道血柱横眉泼下时，哪怕被风浪打得连连后退，她的眼睛也没有眨一下，就那样静静地看着，任由满脸满身被泼上鲜血，自始至终没有眨一下眼。

是时老头子心中便热流滚滚，眼底浮现泪光，仿佛看到少年王琅昨日重现。想当年西海大战时，王琅也是如她这般屹立在礁石旁，满身风雨，兜头血光，岿然不动。

那股深藏在二人眉间的坚定与孤勇简直如出一辙，老掌事的心思就在打量中历经百转千折，忽地伏身朝她跪下，痛哭道："王琅已去，鲛人族群龙无首，难成气候。西海陷入血战，万年安乐难再守，老头子有愧先祖，深负王琅厚望，今看小女有大将之风，遂斗胆做一回主，拜请小女接掌鲛人族。从今往后是生是死，是荣是衰，鲛人族上下必将全意跟随，矢志不渝。"

他一席话铿锵有力，掷地有声，直将望舒说愣了："老掌事你……你莫不是醉了？"

不仅是她，连在场诸位鲛人首领也都愣了，七嘴八舌地询问怎么回事，怎么会突然将鲛人族的生死大权交给一个……一个才认识不过一晚的女娃子？莫不是疯了？

老掌事思来想去，只给出一句话："是王琅托梦给我，让我做这个决定的。"

望舒一听，便晓得他是在说瞎话，糊弄这些将王琅奉为天神的鲛人也就算了，她又怎会相信？为鲛人族挑选族长不是小事，堂堂一族大掌事怎会如此草率？她连忙推拒，再三表示无法胜任。

正当众人相持不下时，一直抱着青梅酒傻笑的杨巍忽然爬上桌子，甩出长枪往桌上一磕，场面顿时陷入死寂，只见他缓缓敛了笑意，双手拂面，逐渐将鬓发理顺……他的目光在这须臾间几度变幻，最终温和地定在众人身上。

“我是王琅。”

他一开口，鲛人们全数伏地叩拜，叩拜之后便是一声声哭泣。杨巍与王琅同为一族，是有血缘的兄弟，五官也有相似之处，眼下他看着众人，就仿佛真的王琅回来了。

这一刻，王琅的笑容终于到达了眼底。

望舒从没见他这样笑过，安心适意，充满温暖。他说：“我要走了，这一生我得到过很多，也失去过很多，但是最终我一无所有，落得满身轻松，可我却觉得很快乐，所以你们不必伤怀，便是去了阎王那里，我也希望你们如我一般快乐。”

这句话是对鲛人族说的。

“吴歌曾和我说过你许多事，他说你是真正的神佛慈悲之人，我本不信，但在这万年间我终是信了。我后悔的从不是当年受人撺掇，起义反叛，而是没能交下你这个朋友。”

这句话是对爵微说的。

最后一句话是对望舒说的。

“你不好奇当年为什么长元会将你送来西海托付给我吗？只要你接掌鲛人族，我就会给你答案，届时你心中的谜团都会解开。”

“可是我……”

她一句话没说完，眼前的王琅面目渐渐模糊，很快就又变成疯疯癫癫的杨巍。她猛一回神，好像做了场梦似的，待老掌事解释后，她才知道刚刚那一幕是王琅用鲛人族秘术在遥远国度为他们编织的幻影，令他们产生错觉，看着五官相似的杨巍便以为看见了他。

交代完遗言，王琅终无牵无挂地离去，从今往后天地间将再无他踪迹。鲛人们亲见王琅寂灭，纷纷抱头痛哭。望舒却因他突然而来的托付，陷入漫长的思索之中。

她到底该怎么办？

望舒想起雪园长堤之上那一声巨大的轰鸣，想到顷刻间化成一团烈火的画皮仙子，想到疯疯癫癫地说着“我没你想的那样伟大”的杨巍，想到方才定定注视着她微笑的王琅。

闭上眼睛，她仿佛找到冥冥之中一直牵引她的那股无名的力量，仿佛从绵长遥远的风声尽头，又一次听见了王琅的声音，他在呼唤她，请求她，以对生命前所未有的热烈邀请她——救一救鲛人族吧。

她一个颤身，朝前走去。

忽地她又想起黔公，想到衣不蔽体被人吊在房梁上的老人家，想到被情蛊折磨三千年的阿爹，理智一瞬间回来，神色又变得淡冷。

她答应了老掌事，接掌鲛人族，对抗王邢笑。

次日深夜王邢笑率军卷土重来，鲛人族再次遍撒矛珠，王邢笑早有对敌之策，弃大轮改用小船，在船底涂蜡，矛珠一碰即粘在船底，反倒增加浮力，令船速行进更快。他们夜袭鲛人族，悄无声息地围逼主帅营帐，掳了杨巍威胁鲛人族。

杨巍背叛王琅，王琅旧部早就心存杀意，不愿相救，但老掌事和杨巍新部都曾受命于王琅，誓死要保护杨巍，更要维护鲛人族尊严。两方意见相悖，一时争执不下，到最后不得不由望舒来做决定。

王邢笑只给他们半日思考，若是明天晌午还看不到投降的十五万俘虏，便会杀了杨巍，让他的血流遍西海。

大家都看着望舒，等着她定夺。

这是前一夜王琅为他们选出的新族长，一个完全不知道从哪儿来的小女娃，忽然就掌控了数十万鲛人的命运。

望舒站在十米高的石峰上，俯视海下群鱼，周身被冷风海浪包围。她想了很久，最后说道：“杨巍背叛王琅在先，间接害死画皮仙子在后，他是鲛人族的罪人，罪该万死。”

鲛人们稀稀拉拉地哭起来。

人群中有一抹灼热的视线一直定在她身上，望舒想忽略却忽略不了，声音一顿，下半截话好像被鱼刺卡住一般，怎么也吐不出来。她狼狈地跳下来，头也不回地往外逃："再让我想一想。"

可是没逃多远，就被他追上了。

爵微从后头三步并作两步跨过来，一把揪住她，不管她如何挣扎，都将她死死圈在胸膛中。他的眼眸从未这样深邃过，在波澜壮阔的大海和星空中，被衬托得一望无际。

"你为什么要跑？"

望舒转过头不看他，小声推拒："你先放开我。"

"你告诉我为什么要跑，我就放开你。"

"我没有跑。"

"……望舒，你的心思这样明显，以为能瞒得住我？"爵微无可奈何，叹了口气，手指微微一松，她又要跑。

他一时不察让她挣脱，心下更气，直接喊道："以你之心，舍杨巍无关紧要，哪怕舍弃整个鲛人族都无关紧要，因为从一开始你就只是把他们当作你报仇的工具，对吗？"

望舒脚步一顿，浑身僵硬。

"王琅选择你，才是他平生最后悔之事。"

这句话可谓失望透顶，不只是王琅对她，更是他对她。

"以你一己之力要杀王邢笑是天方夜谭，所以借鲛人之手是最快捷便利的。你根本就没想过要救鲛人族，不管成功与否，你都不会有任何损失。只是你有没有想过，这么做便要负王琅，负长元，负许多人曾对你施以援手的善意，还有……"

负了他的一片苦心。

他将君子协议交给她，放手让她去报仇，是想让她成为那个"我就是我"的望舒，而不是第二个秦昭雪，更不是第二个萧演。

爵微一时气闷，眉心攒聚成小山头，看她这样自然气愤，气到最后亦是无奈。他想转身就走又不舍，忍了忍，又逼着自己回过头去，不搭理这狼心狗肺的小东西，谁知刚抬脚，她又走回来，瓮声瓮气地告饶："你别走，我……"

他当真是一丁点儿气性都没了，又和她讲起道理。

"你看过许多书，可知人间的宋仁宗赵祯？"

望舒摇头，他便与她细细说起宋仁宗在世时的政绩，最后道："他那个时代被后人传颂为仁宗盛治，远过汉唐，风采无人可及，得到过当世多名才子赞美。他驾崩后整个京师罢市巷哭，数日不绝，小到乞丐稚子也为他焚烧纸钱，哀悼痛哭，全因他在世四十一年没有战事，百姓安居乐业，所以很得民心。

"我不知你怎样看他，这个人政绩一般，只是给了百姓想要的太平，如同王琅给了鲛人族想要的安定，所以他此番离去，鲛人族上下痛哭不舍。也正因宋仁宗做得太好，之后历任帝王都不曾得到如他一般的称颂，还常常拿来与他相比较，所以你该知道，王琅之后，鲛人们再也无法像信任他一样信任后面的历任族长。

"可是做与不做，做得好抑或是做得不好都是其次，最主要的是你该明白，你的选择究竟是为了什么？是为了报仇，还是真心为鲛人族设想？

"如果你只想报仇，那便一心一意地去报仇，不要拿其他人当靶子。一千个人不要，一百个人不要，十个人也不要，一个人都不要，就一心一意地去杀敌人，那样报了仇才得劲，才解恨。

"望舒，一步错，步步错，我今日跟你说这些话，是想让你抛弃一切他人所想，只扪心自问，你扛得起吗？这么多条人命，这样的一个战火纷飞的时代，你敢吗？

"如果你真的不敢，现在回头还来得及。"

望舒摇摇头，她很累，推开他朝外走去。

西海是吴歌的故里，鲛人族是王琅的心血，天下无战是爵微毕生的心愿……他们都曾对她有恩，她究竟该怎么做？

距离天亮只剩两个时辰了。

由于大战，水晶宫内外破败，尸首还未清理干净，虾兵蟹将介入不了鲛人族这种相对他们而言皇室阶层的事，也不知杨巍被掳，心特别大，正背靠着背睡大觉。

她走到一个老龟身边，见他断了四肢，翻不过身来，不停地低声哀怨，正要上前帮他一把，忽然从旁边蹿出来几个老弱病残的战友，相互帮衬着将他翻了身。老龟赶忙吐出一大串气泡，也不说谢，傲娇地抬起下巴，几个老友便挨个爬上他的背，骑着他浮上海面，逍遥自在地享受月光。

不久前的杀戮血气还未消散，死亡近在咫尺，他们却全然不在意的样子，活着一刻，享受一刻，生存一刻，酣战一刻，喜怒哀乐都是这样自由随心。

望舒不得不扪心自问，她想要怎样的生活？想起离开长庚岛时周臣对她说的话，又是满腹困惑，为自己而活，心中有爱？

所以宋仁宗是真心为百姓着想，王琅也是真心为鲛人筹谋，他们都爱着自己的子民，因为爱才能深得人心，对吗？那么王邢笑呢？她用媚术和蛊毒来掌控人心，这样不是更易掌控吗？

究竟何谓爱？

望舒再往前一步，一脚从湿滑的礁石上踩空，摔进海里，顷刻间被翻腾的海浪淹没。她干脆展开手臂，任由自己被海浪推来推去，寻找自由的感觉。

月光就浮在头顶上，远远地有清风捎来暗香，她的脑海中忽然出现一番场景，万年老榕树下的棋盘，对坐的一白一青两名男子，皓皓月色，漫山冷雪……温暖与之同来。

望舒瞬间清醒。

不知何时爵微来到她身后，以热流推动她在海浪中起伏，某一刻钻出水面，踏浪逐月而去。望舒如驰骋在草原的烈马，翱翔在天空的雄鹰，浮游在世间的尘埃，真真切切地体会到“自由”二字，那感觉令她酣畅淋漓，浑身发烫，好比新生。

她像是第一次去市集的小孩，被各种新奇花样吸引，转不开眼，高兴得眉飞色舞。

“你看到了吗？刚刚在我眼前突然钻出来的一条大鱼，它好大好大，通体雪白，太好看了！”

“我好开心，从来没见过这么多鱼，像风暴一样。”

“海上的月光是我见过的最明亮的，比长庚岛后山成片的星光还亮，还璀璨……”

她说到后面也意识到自己高兴过了头，脸一阵阵潮红，显得很不好意思，爵微却觉得这样的她才是真实的、鲜活的，充满她这个年纪的女孩应该有的明艳，十分耀眼，耀眼到他几乎怔忪，想将手臂收紧，实实在在地拥住她。

念头一经而起，他自己也吓了一跳，虽然只有一瞬，但他不得不承认，看着她笑起来的那一瞬间，确实动了歪念。

歪念让月色变得含羞带怯，缩回了半张脸，泛着点点星光的茫茫大海暗淡了几分，却徒增暧昧。他们拥在一起，隔着很近的距离，鼻尖对鼻尖，呼吸纠缠呼吸。

热闹之后的安静里，一切小心思都变得敏感而细腻。

望舒往后退一步，他下意识地往前一步，寸寸相近就是不放手，她羞了恼了推他一把，却反倒被调皮的海浪又打回他怀中，这一回真是身体贴着身体、皮肤挨着皮肤地亲近了，距离已到零点，不能再深入。

望舒的呼吸一道比一道沉，心脏也“扑通扑通”跳个不停。

“我……”她浑身好像被火烧一般，脸红到脖子根，“不知道修罗大人找不到我，会不会担心。”

现下的暧昧里，她顾左右而言他，说起煞风景的话。当日在雪园，一直不离她身的修罗被派去保护青草精，之后就再也没有出现过，不知道是不是被王邢笑的暗卫发现，出了什么事。

“你放心，梭罗子尚在蓬莱，不会让他们有事的。”

“嗯。”

她点点头，一个话题过去，两个人再度陷入尴尬。

过了会儿，望舒鼓起勇气抬头看他，说道：“你先前的话，我……我隐约有些明白，也不是很明白，但我还是想接掌鲛人族，想手刃王邢笑，想替阿爹报仇，但更多的是为了我自己。我想试一试，试着找一找我真正想要的东西，试着明白何谓爱，何谓大爱。”

两个人四目交接，有的没的欲望一下子都蹿了出来。月光又变得明亮，涛声滚滚，白浪翻腾，然种种喧闹都沦为陪衬，不及这一刻，这一刻的靠近浓烈。

还是爵微先回过神来，往后一步拉开与她的距离，却没有离太远，将近不近地护着她，以防她再被海浪冲走。停顿片刻，他回应道：“我一直在想，如果当年的我是对的，吴歌是对的，王琅也是对的，那么今时今日走上这条路的你必然也是对的。我不信因果报应，只相信事在人为，这片天地往后就交给你守护了。望舒，向我证明你是对的。”

望舒心中一动，忽然想起无间狱中吴歌对她说的话，他说曾有一个人告诉他，鲛人天性纯良，所流眼泪皆是珍珠，所以一直到最后他仍心怀期慕，一直咬牙活着，就是为了等一个答案，后来他终于等到了——他的兄长不会错。

那个传说中真的无尽温柔的南珠侯，永不会错。

这一刻，她莫名地、无比坚定地相信他，他不会错，她也会是对的。

她浅浅一笑，有点儿孩子气：“今夜月色真美。”

爵微低头摸她的脑袋。

确实，今夜月色很美很美。

第三章 仙姿玉色 神韵天成

望舒用实际行动获取了鲛人族的信任。

在天光乍现的最后半炷香里，在王邢笑自鸣得意准备接收十五万俘虏之际，望舒出其不意地烧了他们所有的战船，之后又以反间计让王邢笑两位主副手相互怀疑，以抢功之嫌让他们大打出手，鲛人族便趁机将其一锅端，救回杨巍不说，还俘虏对方近五千兵将。

王邢笑始料不及地被打了个灰头土脸，气得连夜撤军，回到蓬莱。

九州秘闻录将此战记载为——西海二战，因此望舒一战成名，成为西海历史上第一任女霸主，她的名字一夜间传遍蓬莱九重天。

但是鲛人们不信服她这外族之人，哪怕她帮着鲛人族打退敌寇，也打心眼里瞧不上她，在她上任受封族长之位当天，故意放出千条水蛇吓唬她。原想杀一杀她的威风，谁知她不仅不怕，还让人杀了蛇，摆下蛇宴，邀鲛人族上下同食。

此事一时感化了许多鲛人。

当年王琅初统鲛人一族时，他们也这样对待过他，当时他也是以同样的方式对待他们，设宴款待，进退有度，让鲛人们备受尊重之余，也对他有了亲近之意。现如今望舒效仿王琅，打动鲛人，虽只能赢得一时“和平共处”，但也算朝前迈了一大步。

她知道要让鲛人族彻底信服她，仍有很长的路要走，便事必躬亲，全心全意帮助鲛人族战后重建，修葺水晶宫，加固宫墙，还特地央求秦昭雪从藏书阁里挑了一批奇闻异录给小鲛人们看……老掌事亲眼看着她做了许多，一步步打入鲛人族内部，直到那时才将王琅留下的东西交给她。

是一纸书信和一只锦囊。

王琅在信中写道：

天教心愿与身违，王琅之心何止是在四海，但王琅终究错过。王琅虽不知是何人在身后施云布雨，掌控蓬莱风向，但知世事如棋局，你我随人摆弄，长元仙君与王琅、吴歌都是一样的命运。

王琅被人利用，起义造反，引发西海大战；吴歌则沦为战争的牺牲品，被秘密送往无间狱；她的阿爹被王邢笑以情蛊祸害，也落得凄惨下场。

倘若他们皆是棋子，受人摆弄，那么幕后黑手究竟是谁？

会是天机阁上那位白头翁吗？

他究竟在图谋什么？

……

望舒满心困惑，无力去解，如今王琅信中所提多人均已不在世，仿佛这些被选中的棋子最终都会走向死亡，她每每辗转反侧，越来越发现蓬莱之局深不见底，除了有王邢笑、萧演与梭罗子三方明面势力的领地争夺之外，还有伺机崛起的死灵城、与王邢笑勾结的黑风顾乘媛，现如今又多一个在幕后施云布雨的弄棋人。

越是往里头走，越能感受到局内寒风四起，险象环生。好在第二年春，鲛人族上下齐心，铜墙铁壁一般的王宫重新建好，望舒终窥得一丝温暖的天光，在西海尽头种下数亩青梅，又亲眼看到十里桃花盛放，王琅心愿得偿，吴歌落地生根，她才放心归去，回到蓬莱。

西海二战让王邢笑大为受挫，她自掌管瓠犀酒楼与蝤蛴阁以来，以世间男女情为诱饵遍捕对敌之人，图谋一己私利，速成蓬莱首富，以为这样就能掌控天下人心，谋取帝尊之位，谁承想西海区区一群乌合之众，就将她经营多年的心血毁之一炬。她失了颜面，也有所收敛，多日避不见客，好像不再管蓬莱诸事，蝤蛴阁更是全权交给鬼刹打理。

蓬莱一派祥和，众人恍惚间又回到羲和代的鼎盛时期，谁料一转身，王邢笑不再作妖，萧演却又惹出一堆幺蛾子。

自两百年前萧演击败王邢笑获得冰城，并在里面推演“雪中火”和“山间事”两处稀罕格局后，虽然得了“雪山君”美称，却没能在蓬莱一举成名，而今时隔百年故技重施。

之前就传出他在推演秘密新格局，不日将霸图蓬莱的消息，还张贴告示邀请天下有志之士加入幕府，见证绝顶神迹，只是一直藏着掖着不让众人知晓，直到几日前揭开新格局的面纱，竟然是要在冰城之巅推演出“熔炉之光”！

冰城之巅天凝地闭，非常之高，是四海八荒最高之地，寻常人别说登顶了，一旦靠近就会被它周身的寒气所伤。萧演不仅登顶了，还要在上面创造有如火山喷发一般的“熔炉之光”稀罕景象，此举若能成功，冰城将领先九大奇迹，成为当世独绝。

消息一经传出，顿时惹来众议，无数书生子弟前仆后继申请加入幕府，对五行术数之法推崇的人更是趋之若鹜，澄云岛一时间门庭若市，萧演摇身一变，又成帝尊之位的热门人选。

临近澄云岛，隔着一条小河与之相望的画舫云楼近来也跟着沾光，变得热闹非凡，整日华盖云集。望舒还是第一次瞧见蓬莱有这样盛大的场面，仿佛平日不得见的、得见的，地上走的、天上飞的、水里游的，德高望重的、鼠狼无名的，一时间都出动了，皆来看澄云岛的热闹，看一看传说中能颠倒乾坤的雪山君能耍出什么把戏。

望舒在码头下河，经转几条小船，最终走进一艘停泊在偏僻角落的画舫，上了楼，揭开身上的披风，抖落一路风尘。眼前人影未明，笑声已传了出来。

“整整三个月，到底是回来了，你俩要再不回，我可多想了。”

望舒没应声，朝前走一步，给后头跟上来的人腾了地方。楼梯窄小，他一路弯腰而上，到顶了才抬头，解开披风丢在一旁，单手虚扶在她肩后，率先挑开帘子，笑对众人打趣和玩味的目光。

说是玩味，也只有梭罗子一个人最好八卦，平白糟蹋了那张颠倒众生的脸。

“西海的时日过得快一些，我倒没觉得已经有三个月。你日日与我千里传音，西海有什么你会不知道？”

“自然有一些是我不能知道的，你不想给我知道的。就怕你在西海乐不思蜀，不再回来。”

“你的嘴皮子功夫倒是见长。”

“承让承让。”梭罗子拱手假笑两声，暂时闭嘴。

爵微在门口让了让，将临窗的位子留给望舒，她也不矫情，直接挨着雪骊坐下。“姐姐，你怎么也来了？”

“自然是晓得你今日回来，特地来看你的，顺道凑个热闹。”雪骊多日不见她，仔细瞧了她一会儿，见她双眼澄澈透亮，一扫长元仙逝时的灰暗与阴霾，顿时松了口气，与此同时，又看向她身后的爵微，想到他们两个人在西海朝夕相处三个月，竟不自觉地怄了口酸气。也不知是为月光神，还是为帝君周臣，总之这酸气来得莫名其妙。

“别看萧演此刻出尽风头，倘若你在西海二战大胜之时回到蓬莱，风头定会比他更盛，排场比他更大，守在长庚岛门口要拜见你的人比他更多，多上好几番。”

“姐姐故意笑我？”

雪骊摸摸鼻头，也察觉到话语间的酸气，揽过她的肩大笑一声：“我哪敢笑你，你如今在蓬莱也是响当当的能叫得上名号的人。”

“是了是了，古语有言‘士别三日，当刮目相看’，小女娃如今也不是我当初认识的小小藕人了。”梭罗子提起衣摆，装模作样地朝她作揖，“西海少年小霸主，以后还请多多赐教。”

他两句不离逗趣，拐着弯地笑话她，到后面连修罗都看不下去了，满上一杯酒硬塞到他嘴里，才堵住他的嘴。

望舒这才能和修罗说上话，经他解释，她才知道原来当日在雪园还发生了许多事。

画皮仙子溜走之后，王邢笑将宾客聚集于长堤之上举办桃花大会，私下里却派暗卫大肆搜索雪园。修罗正要带青草精离开假山群时，不料青草精慌张之际碰到机关，于是两个人被困假山之中，遭守卫围攻。好在上驷大人来得及时，问了一遍情况后便要将守卫都打发掉。

青草精救过他一命，上驷大人有意相救，但当时情况特殊，他半身不遂，被人抬着，裤子都湿了，十分狼狈，左右指挥侍从都得不到应允，反倒被他们嘲笑，上驷大人情急之下摔落轿辇，磕在石头上撞破了腿。他干脆拿起石块将腿划开，任由鲜血肆意飞溅，一边痛骂王邢笑，一边放话哪怕血尽而亡，也不会放过这些守卫……

守卫们拿不准他在王邢笑心中的地位和作用，不敢太过放肆，赶紧将他抬上轿辇，见他以死相逼，不得不撤掉假山外的守卫。青草精对上驷大人日久生情，看他舍身相救，担心他事后被王邢笑责备，不肯离去。几个人正相持不下时，雪园瞬间被大火吞噬。

青草精与上驷大人趁乱失踪，修罗寻不到人，只得先行离去，至今也不知道他们二人是死是活……之后的事，他们都知道了，王邢笑奇袭西海，鲛人族虽然战胜，却是占了她轻敌的便宜。所谓伤敌一千自损八百，短时间内亦无法再战一次了。

综观如今蓬莱局势，若再放任王萧二人随意处之，蓬莱怕是没有一日安宁了。梭罗子深思多日，找到解题关键，盯着望舒双眼放光。

“小女娃，你要不要跟我联手？”他凑到她面前，奋力劝说，“你定是要对付王邢笑的，但有萧演一日在，就是干扰，不如我们联手先将萧演摆了，之后再一齐对付王邢笑？”

望舒佯装没听懂他的意思，咬着杯口说：“梭罗子大仙，你今日请我来不是只为喝酒看热闹的吗？”

“酒要喝，热闹要看，但咱俩要做的事也不能耽误啊！”

“咱俩？”望舒没憋住，白玉团一般软软的脸颊浮起一丝笑意，“梭罗子大仙，你跟我套近乎可问过我姐姐的意思？”

梭罗子赶紧将笑脸对向雪骊，一阵好说将她吹捧到天上去，直道她是上下五千年间最爽朗硬气的女中豪杰，到最后嘴都说干了，雪骊却是回一句：“哦，此事我做不了主，还是问我妹妹吧。”

梭罗子这才惊觉被耍，往后一瘫，耍无赖道：“我不管，你们谁做决定都好，今天得给我一个准确的答复。”

望舒没应声，席间安静了一阵。就这会儿工夫里，他们都看向窗外。画舫虽在芦苇树丛的掩映下，但位置绝佳，能清楚地看到澄云岛门口的动静。

萧演推演格局正到关键时刻，没出来迎客，代替他的是座下大弟子陈元方。

陈元方原先只是青崆派门前的一个扫地奴，青崆派说是以修仙著称，但业绩平平，已经没落了。

他穿一袭水白色布衣，露着大拇指的草鞋，剃着光头，进了萧演的幕府，过去扫地奴的行头也没换掉，因此还与萧演大吵一架。萧演觉得他不诚心，他反驳说人不能忘本。哪怕入了萧姓幕府，也时刻谨记自己是青崆派出身，至今仍守着在青崆派时的戒律，不杀生，不偷盗，不非梵行等。

梭罗子一度觉得陈元方能获得萧演重用成为首席大弟子，就是因为他一清二白，好比一头脑袋简单的倔牛，而且是怎么也拉不回头的倔牛。

“你们知道吗？他曾效仿先人以单钩钓鱼，在湖心苦等三年没有鱼上钩，不管谁人劝说他都不听，势必要亲验一回，冻成雪人蜷成一团还是继续等。我看他日日蹲在湖面上委实煞风景，放了一条小毛鱼下去，他高兴地在湖面蹦跶，像个智障，你们说是不是很傻？”

梭罗子摸摸鼻头，想起陈元方蹦跶的样子有些忍俊不禁：“不过我实在想不出来他这样性子的人，怎么会去投靠萧演。你们看他招待宾客的样子，跟只呆熊似的，笑得比哭还难看。萧演找他来掌事可就放心了，不管别人想打听什么，他多一个屁都不会放的。”

“我倒是觉得挺有趣的。”雪骊唇角一勾，将杯子一放，“我去试试，你们在这儿等我一会儿。”

“哎？”梭罗子挠挠头，“还真去了。”

雪骊说到做到，一眨眼就晃到陈元方面前去了。陈元方正在游说一个不知道从哪儿来的小孩。小孩梳着八只小羊角辫，穿着一件红色布兜，赤脚而来，脚底都磨破了，走一步一个血印。

陈元方赶紧将她一拎，放进平日里采药的竹篓里，神色比木讷多了些温和，用哄小孩的口吻问道：“小施主，你来这里做什么？”

“我阿娘说这里有人可以引圣火，如果我能接一盆回家，我阿娘身上的风寒病就能痊愈了。”

“小施主，你阿娘知道你来吗？”

"不知道，我偷跑出来的。"

"小施主，我劝你还是快些回家吧，阿娘找不到你会着急的。"

"不，我一定要治好阿娘的病！"

小毛孩不听陈元方劝，不管他怎么劝说都不行，非要接一盆圣火回去。陈元方性子直，不会拐弯，无可奈何之下与小毛孩大眼瞪小眼，嘴一扁，置气道："坏孩子，不听话。"

"哼。"小毛孩也噘嘴。

雪骊看他们对峙有些想笑，走过去不由分说直接取了陈元方半截衣袍点燃，假模假样地从柴房里走了一圈再拿出来递给小毛孩，说是萧演念她心诚孝至，特地送给她的，让她小心端着回家。

小毛孩高兴地从竹篓里跳出来，雪骊又取了陈元方另半截袍子，将她的脚裹了，小毛孩也不在意，一溜烟跑了，陈元方深感欣慰，连半截衣袍的账都不想同雪骊算了，双手合十虔诚道谢。雪骊见他这般简单无二，觉得十分有趣，逗着他玩儿："我帮了你，你怎么谢我？"

"女施主尽管直言。"

"哦，我家中缺一个伙夫，你要不要跟我走？"

"伙夫？"

"还要我说得更直白点儿吗？"雪骊挨着他的肩，眼尾勾起来，"意思是，缺个男人。"

陈元方顿时像被鬼吓到一般脸如菜色，浑身颤抖："女施主你不要瞎说，我不是那样的人。"

"哪样的人啊？"

"不是随便的人。"

"哦，你的意思是我很随便？"雪骊扬眉一笑，她是豪爽之人，这样笑起来眉宇间都是巾帼不让须眉的英气，眼睛十分有神，"你看我像是你认为的那样的人吗？陈元方，你多年潜心修道，才见过几个女人，就懂这样和那样的区别了？”

雪骊说话时姿态淡然，落落大方，陈元方被唬得一个字也说不出来，脸泛起一阵阵热浪，心想她确实与红楼里那些说“和我回家”的女子不太一样。

谁知他刚刚对雪骊有些改观，她却敛了笑意，话锋一转问道：“我问你，萧演这次搞这么大动作，幕府之中门生死伤多少？”

“你……”陈元方始料不及，连忙左右打量，示意她朝旁边走，“女施主，你……你过来一些。”

见她不动，陈元方急了，壮起熊胆去扯雪骊的衣袖，拈住一角奋力将她引至旁边榕树下。

“女施主，你……你刚刚说的话是什么意思？”

“我什么意思你不知道？当年光是‘山间事’与‘雪中火’就让他名下数千门生去了大半，至今生死未卜。如今他搞什么雪山之巅‘熔炉之光’的噱头，征召天下有志之士，难道不是为了让他们做试验品？”

“你……你瞎说，萧师不是这样的人。”陈元方急得满脸通红，用他所能发出的最大的声音说道，“萧师做事不在乎外面人的看法，他……他自有他的用意，我们只需相信他便可。”

“萧师？你没眼睛看吗？那么多人进了幕府有几个活着出来的？你相信他什么？相信他是个心狠手辣玩弄权术的伪君子吗？”雪骊被这个称呼讽刺到了，挑起他的下巴盯住他双眼，“陈元方，总有一天你会被自己恶心吐的。”

“你……你……”陈元方被气得说不出话来，又羞又恼，也不尊称她为女施主了，抬起发抖的手指着一个方向，“你走吧，这件事我不会告诉萧师的。”

雪骊没想到他憋半天就说出这句话，顿时笑了：“就你还没断奶的样子，出来跑什么江湖，还是回青崆派继续修仙去吧。”。”

“你……你真毒。”陈元方嘴一扁，掉头就走，一边走一边念念有词，“色即是空，空即是色，不要相信她，不要相信她……萧师答应过我一定会让他们都完整无缺地出来的，我要相信萧师。”

雪骊盯着他细长的后背看了会儿，嘴角一掀，回到画舫，抬起凉茶直接喝完，忍了片刻还是忍不住大笑出声，看向众人说道：“照我说何止是头倔牛，还是只蠢驴，呆熊也没错。”

梭罗子便猜到她会碰一鼻子灰，捧腹大笑：“谁让你闲着没事去惹那傻子，有什么收获没？”

“倒是有一些。”雪骊停顿片刻，声音也凝重几分，“萧演这次推演格局，怕是又要死一批少年英才了。”

“我就不明白了，这些读书人脑子怎么这么迂腐？怎会相信萧演这种专行旁门左道之人的鬼话？”梭罗子由心底升起一股烦躁，俊俏的眉头都皱得快变形了，“读书人都这么好骗？”

“并非读书人好骗，而是他们的心思都相对简单纯正。”爵微正对萧府门口，眼见着又一群年轻子弟冲进幕府，是那样青春年少，又是那样义无反顾。

“你别忘了，萧演当年也是险些与秦昭雪齐名的鬼才，他的幕府也一直打着传扬周易之学的旗号，声称要将萧姓幕府打造成九重蓬莱第一座百家学堂，如此这般，才让众多求入无门的学子疯狂趋之。”

“萧演真是名副其实的伪君子，比王邢笑更加虚伪。我不能眼睁睁看着更多的书生学子去送死，还是得去挡一挡。”梭罗子忽地起身，朝望舒拜了一拜，“小女娃，我先前所说一字一句都是真心，你若想与我联手，三日之内劳你阿姐去一趟莲花海即可。若是三日后我还不见她，合作之谈你就忘了吧，我也会另作他想。”

他这人是潇洒惯了，左右待不下去，掀起衣袍即走，只是走前朝雪骊多看了一眼，发神经般问了一句：“我看陈元方脸红得跟猴屁股似的，你是不是调戏他了？”

不等雪骊回答，他已经消失得无影无踪。雪骊也是心里藏不住疙瘩的怪脾气，看他这样莫名其妙哭笑不得，二话不说追了上去。

修罗见状，也一声不吭地走了出去，站在不远处等着。

这情形着实让人难堪，望舒也不知修罗为何会有这样的举动，但知多留也只徒增困扰，心下思忖道："既然这样，我也就先回去了。"

爵微不知在想什么，一时不察，待她挑起帘子才醒过神来，匆忙追上去抓住她的手："等等，我有一些话想跟你说。"

"什……什么话？"

画舫停在水中央，时不时地会伴着水波晃动，他二人站在过道里也跟着晃，左右没护栏，爵微想护着又觉不妥，几番下来都觉得有些矫情了，干脆将她牵着走回屋里。

"再坐片刻，有些事想跟你交代。"他取了茶壶，将她面前的玉盏满上，"之前你交给我的刺纹图，我一直没能参透里面的玄机，直到不久前在西海偶然抬头看到七星连珠，才有了想法。"

月光神应该是怕刺纹图落入歹人之手，所以留了一手，没有直接在图中留下线索。而刺纹图中只有一双交缠的男女手臂，就这么看不觉巧妙所在，但沿手臂轮廓将图案绘出，就是一张蓬莱地形图。其中有九处位置绘制了蒲苇，除了已经变成暗黑色蒲苇的瓠犀酒楼地标外，还剩八处地标，应该就是当年帝将封印死灵城的地方，其中离瓠犀酒楼最近的地方就是冰城。

"我们回来之前，我便已经千里传音给泰斗，让他秘密前去冰城寻找死灵的下落，但是这几日他一直未有消息传回。眼下看萧演在冰城大动干戈，怕是不妙。"

"你怀疑？"

"你心中所想，一切与萧演相关的都不是没有这个可能，一旦冰城局面被彻底打开，死灵就会群涌而出。"

想到当日在无间狱活生生吃掉吴歌的死灵，望舒神色一紧：

“你跟我说这些，是什么意思？”

“如果可以，我与长元一样不希望你搅和进蓬莱的政局风云，只希望你能开开心心地成长。但是西海之事已让你在九重天崭露头角，你不找麻烦，麻烦也会自动找上你，所以方才梭罗子所提议的合作，我想请你放在心上，好好考虑一二。并非我对他没有信心，而是觉得就目前的形势来看，你们联手是最稳妥的。”

“我知道。”

“望舒，我还是那句话，想清楚你到底想要什么。”

她目前所处位置尚有退路，倘若再往前走，便是一脚踩进深渊，再难回头，到那时很可能一无所有。爵微晓得她心中疑虑，更是知道她在怕什么，以她目前的年纪和心性，能这样端坐在一个位置理智思考已是万人难及。

他只是觉得每与她再进一步接触，就发现她越是可爱得无人能敌。这种可爱是理性的，睿智的，有些明亮，又有些阴暗。

正如她微笑时总达不到心底，沉郁时又相伴着柔软的月光。

察觉到他在看她，望舒头一低，嗫嚅道：“这事我知道了，我会好好想想的。”

“嗯，不急，梭罗子给你三日，我便给你久一些。”

“不，三日足矣。”她急急起身，不敢再多看他一眼就疾步朝外走去，过了一会儿又从帘子后钻出来，语速极快地说道，“你觉得对的事，我也觉得是对的。你不会错，我就不会错。”

说完她一阵风似的跑了，爵微挂在唇角的笑意却是过了很久都没消散。

也不知在想什么，脑子里就冒出一句诗：那日绣帘相见处，低眼佯行，笑整香云缕。敛尽春山羞不语，人前深意难轻诉。

不。又不太像，本不是初次相见，感觉却像得紧，羞的不是那闺中女子，倒更像是他。心甘情愿被她的聪慧和可爱折服，不由自主地想微笑。

他端详双手，仿佛上面还有她的温度。

舫主不明就里，以为人已走空，上来一看却惊了，半晌后离开。此日之后河间画舫便又传出一句：面晕浅春，颉眼流视，仙姿玉色，神韵天成。

是小仙们私下里偷偷议论上古神佛南珠侯时惯用的一句，谁也不晓得那个人究竟是怎样的仙姿玉色，但又无比坚信他那样的神韵天成。

而后不知是哪一日，望舒喝醉了，经过一间香屋时听见几个少女的悄悄话。若论姿色，梭罗子绝对担得起天下风流的华容绝色，无人能比。

若论真风流，那必是司医华井。

望舒许是真醉了，听到这边没忍住“扑哧”一笑，险些将涌在小腹的酒都吐出来，却在听到后一句时忽然心平气和，脚尖微微踮起，靠着墙壁飘飘然。

三垣六合唯一神佛南珠侯，仙姿玉色，神韵天成。

她不知道还有这个传言。她摇着头嘀咕，他才不是，他不是仙姿玉色，神韵天成，他是那种从头到脚骨子里都刻着温柔的人，那种温柔是与皮相无关的。

世人终难见其笑，遂不知销魂意何解，终不懂他的温柔。

望舒是极少喝醉的，她想不起那一日究竟发生了什么，竟让她酩酊大醉，醉后还一股脑地跑去了南珠流光，只是很多年后她才想起，那一晚究竟发生了什么。

而在这一刻，与那一晚之间还隔着一个萧演。

望舒没有回长庚岛，只是让修罗给留下守岛的茶梅方槐捎去了西海贝壳珍珠，让黄土妖按照西海王宫的图样，在长庚岛打造一座一模一样的宫殿，她则直接取道藏书阁。

去的时候不巧，赶上秦昭雪沐浴，她一个人无所事事，将藏书阁简单理了理，想起当年她偷过的南珠侯画像，心血来潮想再取来看一看，谁知刚一转身就被一阵风吹得压在书橱上，手脚好像被无形的钢针钉住，浑身无法动弹。

刹那间她已嗅到空气中那股熟悉的气味。

裹着深黑色长袍的紫瞳女第一次与她面对面站着，她依旧看不清黑袍中的面目，但依稀能看出她藏在黑领下的一截脖子，非常之白，几乎是毫无血色的惨白，像是被白漆刷过一般，应该是中了黔公的浆毒所致。

泪嬛珠被毁，浆毒无解，她的皮肤会渐渐被白色的浆液包裹，皮肉被浆液吞噬填充，直到有一天血液也变成浆液，到那时她就会软成一摊死水。

“是你，顾乘媛。”

紫瞳女没应声，朝她走近一步，只这一步，望舒就感觉笼罩在她头顶上的黑风力道变强了，她的呼吸仿佛受到压制，胸口有如被千斤石压着一般。

她很明显地感觉到顾乘媛是来杀她的。

“你为什么……为什么要……”

望舒被黑风镇压，胸口疼得一句整话都说不出。顾乘媛似乎知道她心中疑虑，缓缓说道：“为什么要杀你？”

她的声音有如声带被毁一般，十分粗哑，全然不似女子的嗓音。她每朝前走一步，望舒胸口的压力就重一分，脆弱的身板被风绞得咯吱响，却一直死咬牙关没发出呻吟。

顾乘媛似乎被她的反应惹恼了，从鼻尖发出一声冷嗤：“你为什么不求饶？”

“我为何要求饶？你不过是个被仇恨蒙蔽的可怜鬼，一个将死之人而已。”

“你说谁可怜？”顾乘媛被激怒了，如鬼魅一般瞬间移到望舒身边，手掌覆在她的小腹上一寸寸深入。不知是不是因为常年裹在黑袍中，她的紫瞳非常妖异，瞳纹是螺旋状的，像是深藏在黑夜中的一股龙卷风。

“你知道吗？如果那日在长庚岛不是长元阻拦，替你挡了一掌，你早就一命呜呼去地下陪他了。”

“你……你说什么？”

“我说，长元寿辰那日，我本不是去杀他，而是去杀你的。怎么？很惊讶？”

“你……”望舒喉咙发紧，声音微颤，“你个疯子！”

望舒痛得脸色煞白，瘦削的身体不住地颤抖，她这才知道长元临终前那奋力一扑竟然是为了替她挡灾的。当时她在问他，和她在一起的日子是否不开心，长元一句话没说完就被突如其来的黑风打得断气了……

养育她的那些日子，长元究竟开不开心？

望舒永远都不会知道答案了。她的眼眶瞬间红透，泪水在眼眶打转，死死咬着牙关。她看顾乘媛的每一眼都恨不得将她凌迟。

“是不是恨死我了？我告诉你，你这个眼神我很熟悉，当年我也这样看过四神，他们灭死灵城，杀我爹爹时，我也恨死他们了。”顾乘媛轻轻地笑，笑声令她藏在暗光中的脸异常恐怖，“你想知道为什么我的仇家是他们，却几次三番要杀你，是不是？我不告诉你，我要让你直到死都心存疑惑，死不瞑目。”

她的手在望舒身上游走，犹如狂风席卷大地，顷刻间便将她厚重的青衣刮得碎片凋零，藏在衣内的锦囊也随之掉在地上。

顾乘媛嗤了一声，将锦囊捡起，放在掌心掂了又掂。

就是这么一样长元留下的小东西，惹来了王邢笑的注意，非要让她找到，害得她染上浆毒。顾乘媛从鼻子里发出一道不屑的哼声，问道：“长元有没有留其他东西给你？”

“呸。”

“我看你真是迫不及待想死了。”

顾乘媛二话不说，掌风再次游走，将望舒身上的底衣也剥下来，确定再无其他东西后，她抬眼打量望舒赤裸裸的身体。

这是一具稚嫩的纯洁的身体，因常年被厚衣包裹，皮肤白皙细腻，光滑透亮，是一具美丽的身体，但是太瘦了，没有风情。可就因为瘦，长年累月留在身上的暗疤才显得惊艳，像是刺在骨头上的花纹，有一种萧条的、残破的美。

顾乘媛的目光忽然定在她的小腿上，怎样也移不动。

不知过去多久，她突然戚戚一笑：“蒲苇长出来了，你真的是她。”她的手捏住望舒的脖子，疯狂大喊，“我不会告诉你的，你休想知道自己是谁，就带着这个疑惑下地狱吧！去地狱找长元吧……”

“他养了你六千年却不知道你究竟是谁，真是报应啊！”

“月光神，南珠侯……你们都该下地狱，都去地狱找答案吧。”

顾乘媛像是发了疯一般不停地自说自话，一边说一边大笑，还不忘手下发力。望舒被勒得无法呼吸，浑身的力气都在抽离。

余光中，她看到半壁山崖外的月光，想起一个人，眼眶又涌上酸意。

也许是真的要死了吧，否则怎会这样疯狂？

南珠侯，南珠侯……

望舒张嘴，一个字也说不出来，眼泪终究滑落。

就在这时，不知从哪儿飞来一根木拐击中顾乘媛的后脑，她手一松，与此同时，藏书阁外响起一阵说话声：“修罗大人你回来啦！”

“嗯，望舒呢？”

“好像在藏书阁里。”

下一秒，一个高大的黑影背对着山影月光站立。望舒的心“扑通扑通”跳个不停，似乎要跳出嗓子眼儿了，眨也不眨地盯着门口。

那个人似要进来了。

顾乘媛暗想不是修罗的对手，有些游移不定，只片刻间便错失了杀望舒的良机，怒气冲冲地瞪她一眼，随即揣着锦囊飞身离去。望舒脱离束缚，背贴着书架滑坐在地，巨大的恐惧涌上心头，后脖处一阵阵发凉。

门外的少年将木拐扔飞出去，假扮修罗，虚晃一招骗过顾乘媛，心下定了定才瘸着腿一步步蹦到她身边，离得近了发现她浑身赤裸，浑身一哆嗦直接转过脸去。片刻后，他窸窸窣窣脱了自己的衣裳丢过去，一句整话没凑出来，就被望舒掀开，一阵风似的跑了出去。

她一口气跑到南珠流光上方，被冷风吹了一路，理智也渐渐回归，想到顾乘媛的最后几句疯话，身体还是一阵阵发寒。

没见到想见的人，她已经转身离去。

到了秦昭雪门口，她一刻没有犹豫地直接推门冲进去，大声问道：“你知不知我前身是什么？”

她来得突然，毫无预兆，惊得里头正在浴桶中的秦昭雪大惊失色，揽过衣裳披在身上，一起一落间扑腾起的水花打得他遍身湿透，浑然一副被冒犯了不爽的模样。

秦昭雪活了这把年纪从没这么狼狈过，根本没听清她说什么，强忍杀人的冲动手朝门口一指：“滚出去等我。”

望舒二话不说扭头朝外走。

约小半炷香后，她与秦昭雪面对面在香室坐着，中间只有一张矮桌，两人均正襟危坐，不苟言笑。秦昭雪从没见过她这样冒失，料想她定是为要事而来，细细回想了一番，将信将疑地重复道：“你刚才问我，知不知道你前身是什么？”

“嗯。”望舒低着头用鼻音回应道。

“哦，这我怎么知道？”

“你不是号称蓬莱百晓生吗？”

“你还给我来劲了？百晓生就得知道你是从哪里冒出来的吗？照我看，你这脾气又臭又硬，应该是从石头里蹦出来的。”秦昭雪也怒了，手往桌上一拍，面前的小木桌顿时散成一地木屑。

他气呼呼地瞪着眼，浑身都是不爽。

早前长元仙逝，她要死不活，他念在她帮着找回了小儿子的情分上没有教训她，给她收拾心情的时间。而后她来找他，虽说是将君子协议交给了他，答应他的要求，却不与他论道，他便没有和她正式行师徒之礼，她也只是厚着脸皮日日龟缩在藏书阁里，他照旧是忍，且看她何时振作。桃花大会时凑巧碰见她，还是一副神思不定的小孩样，哪里还有当初在瓠犀酒楼与他指点江山时的半点儿心性？

他以为她是初出茅庐空有一时劲头，细细一想又觉得她不是那样的人，她敢偷进藏书阁，自学五行八卦，通晓天地间事，绝对不是一时兴起。后来多加琢磨总算明了，一切起因于长元，也终结于长元。

长元一死，将她浑身的气性都抽走了。她如今左摇右摆走不直路，还敢给他使脾气？

秦昭雪越想越气，直接撂话：“我不知你前身为何，你若当真好奇，就去萧演的‘山间事’问一问，许是能问出个明白。”

“山间事”所述之事，皆是人心中所想难言，所求不得的，有缘人观山而得回应，足以窥见前世今生。当年八脚怪就在“山间事”看到了自己的前身，尔后潜心修行，如今已经能腾云驾雾，很快就得道升仙了。

望舒晓得秦昭雪在同她置气，她心里也是满腔困惑，尤其在得知自己的前身或许……或许与那个人有关时，整个人更是憋闷异常。不知是被顾乘媛打的，还是自己急的，只觉一股潮腥的热流朝喉头涌，一个不防吐了出来。

秦昭雪被吐了一脸血，整个人蒙了。

“我左不过说了两句狠话，你就被气成这样？”

望舒摇头，断断续续说了句话晕倒过去，秦昭雪这才晓得前因后果，赶紧将她扶起来，替她疗伤。

一直担心她出事，悄悄尾随的鬼刹直到此刻才放心离去，照旧是瘸着腿连滚带爬地回到藏书阁，找回木拐，想到顾乘媛飞身离去前朝他看过来的一眼，不由得浑身发抖。

也不知她究竟有没有看清他，若是看清他非修罗，该直接回头给他一掌才是，但他那根木拐她是见过的……唉唉唉，鬼刹一连三叹，早知道不回来看秦昭雪了，平白惹一身腥，回到蝤蛴阁指不定还要被王邢笑怀疑。

少年就这样憋着一肚子气回去了。

往日里热闹非凡的蝤蛴阁今夜分外安静，曲径通幽的巷子里只有犬吠猫叫，没有丁点儿丝竹乐声，这已是奇事一桩，谁料一路走到黑罩屋里还听不到一点儿说话声，鬼刹便暗道不好，寻思里头定然是出事了。

果不其然，一走出黑罩屋，鬼刹便看到王邢笑坐在堂屋正中，手上拿着一条软鞭，鞭子上都是血。脚下还躺着两名嬷嬷，均已被打得快断气了。数层楼阁四面都站着人，却没有人敢发出一点儿声音，甚至连个正眼都不敢给王邢笑。

王邢笑冷冷地看着鬼刹问道：“你去哪儿了？”

“在四方斋点货。”

鬼刹心跳如雷，面上镇定万分，说得很随意。

“四方斋？那为何派过去的人说找不到你？”

“你找我了？我在地窖点货，一不小心睡着了，不知道。”他一贯都是这副不咸不淡的性子，连王邢笑也不怕，说话直，不绕弯，沉着张丑脸，谁看都觉得凶恶。

王邢笑派过去的人确实没去地窖寻找他，被他看了一眼实在心虚，哆嗦着不敢应声。王邢笑一看就知道跑腿的敷衍她，心下一气，直接将跑腿的甩地上去了。

软鞭狠狠地抽打在跑腿的身上，疼得他“嗷嗷”直叫。

王邢笑还不解气，又朝鬼刹撒火：“我把蛸蛴阁交给你打理是要你看着这些下人的，你到底是怎么管的？一个个被纵得胆肥，私下妄自议论主子的事也就罢了，连阁楼的房间也敢随便进了？我今日在这里就放个准话，谁要再敢靠近阁楼那间房，谁就是找死。”

王邢笑在蛸蛴阁有个房间，在最顶层的阁楼，是任何人都不准碰的。这是蛸蛴阁的规矩，他们都知道，但也许近来王邢笑很少管事，再加上鬼刹不问，底下的人就生了贼胆，于是才有今晚这一出杀鸡给猴看的戏码。

所谓的猴，自然也不是鬼刹，他是替旁人背的锅。

王邢笑说话难听，里里外外都有指桑骂槐的嫌疑，别说鬼刹这只假猴子了，是个活物都忍受不了。眼看她要走，真猴子忽然从楼上飞身扑下，死死抱住王邢笑。

“王邢笑你个臭娘们，没良心的，枉我平日对你样样尽心，雪园失火你却不管我的死活，这些我也就不跟你计较了，我好不容易捡回一条命，只不过想去你的阁楼休息片刻，让两个老嬷嬷给我打开房间而已，你就要杀了她们！我问你，你心里到底还有没有我？你还把不把我这个城主放在眼里？”

上驷大人也顾不得面子了，当着众人的面落下眼泪。

他原以为浮花浪海万树丛中过，可以片叶不沾身，谁想一朝入了她的魔道，梦魇缠身，撕扯不去，最可笑的是他竟然还对她动了真情。

“王邢笑，你……你是不是从没爱过我？”

“你说什么？爱？上驷大人，你醒醒吧，我们之间哪里谈得起这个字眼？”王邢笑嘲弄又嫌弃地踹了他一脚，便将身子残破的上驷大人踹到地上。

她的脚踩在他肩头，就这样将他的尊严和爱踩了个粉碎。

“别和我提爱不爱的，从你嘴巴里说出来真是恶心。”

“恶心？”上驷大人目眦欲裂，拼尽全力反扑，疯魔一般狠狠咬住王邢笑的胳膊，似要活生生地咬出一块连骨带筋的血肉，让她也尝一尝被背叛的痛苦滋味才可。

“谁能比你更恶心……”

众人都来不及反应，他就被王邢笑一掌甩出，直将十米外的柱子都撞倒了，重重地摔在地上，再也爬不起身。

上驷大人就这样干瞪着眼睛，一眨不眨地看着王邢笑头也不回地走出蝤蛴阁……想到那日雪园被熊熊烈火包围，青草精自顾不暇之际，仍是抱着他从下河游走，让他捡回了一条命，她自己却重伤而亡。想到这世间的痴男怨女们，疯疯傻傻，到底爱着的是人还是鬼？

谁又知道呢？

之后他便狂笑不止，渐入疯魔，不管谁人上前，一概不理，嘟哝着一句话：“王邢笑，你会后悔的，总有一日你会后悔的……”

鬼刹看他这般颓丧，再无半分当年的城主威仪，想上前将他裹一裹抬楼上去，谁知他大手一挥，挺身坐起，眼巴巴地看着一处。鬼刹循着他的视线看过去，见是王邢笑的阁楼，说道：“别看了，她不在那儿。”

上驷大人轻笑一声，眼神飘着：“连你也看不起我。”

鬼刹摸摸鼻尖，有些摸不着头脑，上驷大人便勾勾手，将他招到身前来，低声说道：“我不看她，我知道她不在那里。”

“那你……”

“告诉你一个秘密，她在那里藏了一个鬼。”

鬼刹觉得，上驷大人真的疯了。

这边秦昭雪替望舒疗完伤，见她气血恢复，脸也不似之前苍白了，这才放下心来。望舒睡了一觉，心思也变得清楚明了，一睁开眼就对他说："我要去'山间事'试一试。"

"这话待会儿再说，你先随我过来。"

望舒跟着秦昭雪出了香室，来到藏书阁，修罗已经回来，还给她捎来了最新的消息。冰城突发地陷，南珠泰斗下落不明，南珠侯已经动身前往冰城。

望舒不用细想便知道，这一定是萧演在推演格局的过程中惹出的烂摊子，冰城一旦全面城陷，其中门生必死无疑，死灵复出，而泰斗与那个人还有可能被埋在底下。

秦昭雪掐指一算便知道其中危情，问她："冰城眼下是这个情形，你还要去'山间事'？"

望舒没吭声，在藏书阁里踱步。

"即便去了'山间事'也未必能看到你的前身，你还是要一意孤行？"

"是你说让我去的。"望舒赌气，"你怎么反复无常？"

"我……"

秦昭雪甩开袖子："现下又是另一种情形，我是不想看着你去送死。"

望舒一听这话脾气也软了，声音放低："你怎么知道我一定是去送死？"

"萧演那厮祸害了多少人我还不知？"

"你既然知道，就应该清醒，这次得去，得在冰城全面陷落之前，在大错铸成之前救一救那些书生子弟。难道你想那些少年人和鬼刹经历同样的厄运？"

秦昭雪脸色一沉，瞧不出个喜怒来，这回换他在藏书阁踱步了。他走了两圈，又停在望舒面前，声音有些艰涩："你当真这样想？"

望舒轻点了下头。

“看来这次在西海你长进不少。”秦昭雪大手一挥，“你去吧，我等你回来。”

“倘若我不能回来，你……”

“别跟老头子玩虚的，我说等你回来，你爬着也得回来。不只是你，还有你心中所想所做，所能救的人也要一道回来……倘若还有更多的机会，便……”话说到后头，他有些哽咽，如何都不再继续，拂一拂手背过身去。

淡淡的月影间，她定定地看着他，也觉得他一身的气性在萧演走上歪路后被打击得所剩无几了。本应鬼才在世，翻他个天，倒他个地，斗他个神魔无阻，如今却蛰伏在乱世间消磨岁月，也是寂寞。

她想说什么，一时间又不知该如何去化解，正如她心中种种阴霾无法被顷刻扫荡，她懂那袭背影后的寂寞。临出门前，她说道：“等我回来。”

望舒与修罗星夜启程，一路腾云前往终南山，途经丰禾城上空，见满城灯火，人影憧憧，似乎全城的妖魔鬼怪都出动了，像是在搜索什么。

之后她才知道，那一夜王邢笑在蛸蛴阁大发一通火，杀了两名老嬷嬷，离开四通八达的窄巷子时突然失去了踪迹。她一失踪，吓得要疯不疯的上驷大人屁滚尿流，好像天塌了一般，连夜叩响了长庚岛后山上那道小门。

第二日，多少年没管过事的帝君周臣，终于下山了。

这一夜间发生了太多事，《九州秘闻录》遂将这一夜记载为星移。

群星而动，便是蓬莱又一场大战的开端。只是记载之人并不知道，在见过周臣后，要疯不疯的上驷大人彻底疯了，坐在城头狂笑不止，后来被秘密送进无间狱中。

在那里他也是日复一日地重复一句话：“她在阁楼藏了一个鬼，一个大鬼，大鬼要来吃人啦……”

第四章 如妖似魔 谁主沉浮

终南山是八脚怪修行之地，而八脚怪是这些年来唯一一个在“山间事”看到自己前生的精怪。望舒去拜访他，得知“山间事”的入口后才前往冰城。

临走前八脚怪拽着她，抓耳挠腮吞吞吐吐，好半晌才挤出一句话：“不要去。”他好像难以启齿的样子，“那里死了很多人，地下有冤魂。”

“我知道。”望舒说。

“你不知道！”他看她神色淡然，显然是未将他的话放在心上，着急地向她比画，“真的，死了很多很多人，我亲眼看到的，萧演在推演格局时把那些书生子弟一个接一个地推到冰山下，拿他们当试验品，不断调整山壁角度，按照奇怪的阵法排列。有的书生一进到里面就浑身发抖，口吐白沫，很快就死了，萧演看也不看，直接踹下山去……”

说到最后，他又突然气馁：“你是不是不相信我？其实……我也不敢相信。”

这些年萧演在外的名声很好，他的幕府天下闻名，百家学堂子弟不息，不管八脚怪怎么说，都没有一个人相信他。

他们总是会问，为什么有那么多人去过“山间事”都没有看到死人，就你一个人看到了？说得多了，连八脚怪也觉得自己是在做梦。

但是有什么梦会这么真实？

八脚怪双手抱头，不停地捶打自己。望舒看他的样子不像是说谎，便问道：“你在哪里看到的？”

他松开手，眼睛里闪过一道亮光：“山壁上有一块昆仑镜，我在镜子里看到自己的前生，回来后就一直噩梦缠身。有一次我在梦中惊醒，一睁开眼就看到昆仑镜悬浮在头顶，里面杀戮的场景竟然和梦中的情形一模一样，简直难以置信，对不对？”

八脚怪手脚并用，绘声绘色地将当时的场景呈现给她。

“我拼命说服自己只是巧合，但是后来昆仑镜经常来找我。他就像幽灵一样，每次都是无声无息地出现，会给我看‘山间事’建成之时萧演的种种恶行，每每都与梦境重合。”

八脚怪叹了口气。

“可是没有人相信我，他们都觉得我的梦太荒唐了，连我自己也觉得荒唐。”八脚怪抹抹脸，将满头的大汗拭去，盯着望舒问，“你相信我吗？”

望舒试图化解他的不安，肯定地说道：“我信你。”

“真的？”

他眼中闪烁着期待的目光，望舒点点头：“萧演本就是伪君子，他做出这些事很正常。”

“那你还要去吗？”

望舒沉默了一阵，还是点头。八脚怪身子一软瘫坐在地上，一颗颗豆大的汗珠往下滑落，他擦也不擦，双眼放空地望着远处，有气无力地说：“如果看到自己前生的代价是要一直做噩梦，要被……被那个臭镜子一直纠缠，那我宁愿从来没有看到过。你千万要小心昆仑镜，他是个很奇怪的东西。”

说完他立马左右张望，像是在看有没有人偷听，模样像极了私下里说人坏话的孩子，有些羞耻，又有些紧张。初次见面，他已经善良地给予她许多告诫，随后捂着脸钻进树洞里，再不敢出来。

望舒隐约觉得他害怕的并不仅仅是萧演造成的杀戮，更是像幽灵一样如影随形的昆仑镜。她在心里留了个神，想着之后见到昆仑镜，一定要小心提防他，谁知计划远远赶不上变化。

她刚到“山间事”入口，便险些与昆仑镜来个亲密接触。

“山间事”由十六块冰山组成，以八卦阵形悬浮于半空中，中间挂着一面半人高的大铜镜。望舒与修罗刚到冰城山脚，整个大地就开始震动，不一会儿山峦崩裂，飞沙走石，冰川流动……十六块冰壁摇摇欲坠，终于在某一刻，一点点地移出了原来的位置。

像是星球脱轨，位置一经移动，“山间事”立马分崩离析，冰壁倒转，大铜镜朝着山脚俯冲而下。望舒的双脚好像定住了，眼睁睁地看着铜镜越来越近，耀眼的金光似要让她的眼球烧灼起来，修罗忽然反身一扑，将她推到一边。

天雷滚滚，浓云叆叇，大地顷刻间陷入永夜。

整个过程就是四个字——出师不捷。

之后便是漫无边际的死寂，整座城池都被掩埋的死寂。

望舒缓慢地恢复了意识，睁开眼睛后粗粗打量了下周身的环境，不知是在什么地方，伸手不见五指，完全看不到一丝亮光。她又闭上眼睛适应了会儿，随后挣扎起身。手肘支在两侧，下半身却使不上力，骨头好像散架了一般，她奋力支起上身，却陡然被一股撕裂的疼痛侵袭，一个不察又倒了下来。

小腿应该是断了。

望舒这才意识到腿上还压着一块巨石，也不知压了多久，小腿血液不流动，神经变得麻木，她起先没有察觉，现在因为这么一动，骨头移位，伤口撕裂更甚，全身的血液又开始流动起来，疼痛便难以忽略，很快冷汗便打湿了衣裳。

整个环境黑暗潮湿，望舒摸了摸自己的腿，手掌一片黏腻湿滑，伤口还在流血。

不能这样耗下去。

望舒尽量将下半身忘记，双手一撑又支起身子，凭着本能摸索石块的轮廓，判断它的大小，在确定可以尝试将它往外推一次后，她没有任何犹豫，深吸一口气便开始动手。石块在她的小腿上打了个转儿，将将要滚落下去时，一个凹陷的窟窿却突然挡了路，使得石块凌空移动了位置，而最后还是压回腿上。

重力去而复返，似比之前又往下坠了几分，望舒紧咬牙关，还是免不了狠狠地倒吸一口凉气。就在这时，有窸窸窣窣的声音靠近。

望舒顾不得呼痛，立即捂住嘴巴。侧耳去听，黑暗中只有丝丝冷风在流窜，没有任何杂音。

难道听错了？

谁知她一松口，窸窸窣窣的声音又传来，这一次离她更近了些。望舒全身的汗毛都竖了起来，撑起身子四下打量："是谁？谁在走动？"

"是我。"

瘸着腿的少年满脸乌黑，匍匐在地上朝她爬过去，离得近了闻到一股血腥气，不由得声音一紧："你受伤了？"

望舒很明显口吻松缓了些："腿被石头压住了。"

"我来看看。"

鬼刹在身上摸了摸，掏出一只火折子。望舒被骤亮的光晃了眼，声音一顿："你怎么在这里？"

鬼刹没好气地说："你从丰禾城上方经过时我看到你了，一路跟过来的。"顿了顿，他补充道："你是不是疯了？明明知道萧演在搞事情，冰城很可能会塌，还选在这个时机过来？”

“你知道还跟？”

“我还不是……”话说到一半，鬼刹凶巴巴地瞪她，“我怕你死在这里，日后没茶喝。”

他一边说一边起身，将石块从她身上掀开。他虽然缺了条腿，但到底是个健壮的少年，这时男人的体力优势就体现出来了，望舒看他几乎没用多大力气，那块险些要了她命的石块就被掀走了。压力陡然被释放，望舒全身的神经都跳动起来，她没忍住低呼一声，鬼刹却哼笑着看她。

“我说你不自量力，你承不承认？”

望舒也没好气：“你根本不懂。”

如果她的前世只是一个很普通的人，不管是好人还是坏人，她都不会这样在意，但就是因为……因为也许并不是很普通的人，她才会不安、不甘、不信，甚至明明知道来冰城很可能是死路一条，也定要闯一闯。

鬼刹确实不懂，他觉得她身体里住着一个疯子。

她的衣裳在掉落的过程中被磨破了，小腿也断了，露出来的肌肤血迹斑斑，看着没一块地方是好的。鬼刹懒得与她计较，将木拐劈成几段，扯了衣裳裁成布条，为她包扎固定。

自从前几日不小心将她看光后，他就一直烦不胜烦，脑子里总时不时地浮现当时的场景。藏书阁书卷如海，天窗洒落一泓月色……

除此以外，还有她小腿上的图案也十分引人注目，当时他已经注意到，但没看清。眼下由火把照着，他一边包扎一边看清了。

从脚踝一直延伸到小腿，都是细细密密的蒲苇文身，呈现的是被风吹动时摇曳的姿态，好像一个妙龄少女，婀娜又动人，有点儿女人味。文身好像长在血肉里，早已与她合二为一。

他几乎傻了。

“你在看什么？”

鬼刹一惊，收了魂摇头道：“没什么。你的小腿折了，骨头的位置相当重要，千万不能随便移位，伤口更不能浸泡在酸水中，否则就会像我那样整条腿都废掉。”

他一句话说下来没带喘气，好像对处理断腿十分拿手，但望舒记得他失忆了，而且根本不记得自己的腿是如何断的。鬼刹起先也没在意，说着说着回过神来，看着自己的腿嘀咕道：“我是在酸水里泡了多日，伤口腐蚀才断的腿？”

“你记起来了？”

“我也不知道，刚刚那些我是怎么知道的？我……”

他的记忆像是漂浮在海上的船只，起起伏伏。他拼命回忆，将断断续续的情节拼凑。

脑海里出现一个场景，一条湿漉漉的地道，里面积聚了许多雨水，他的左腿膝盖往下好像没了，他拖着仅剩的一条腿一直走，一直走……

火折子的焰火晃动了下，将鬼刹从回忆中拉回。他循着一丝丝凉风吹来的方向看过去，一条黑暗的通道就在他眼前，他恍惚间觉得，这就是他记忆里那条永远走不到尽头的地道。

剩下的零碎片段组合不起来。

他捶捶头，绞尽脑汁仍旧想不出，他强迫自己重新回想，整张脸开始充血。望舒看他脸色不好，赶紧拉住他的手，将他的脸转过来：“鬼刹，别想了，快看着我。”

她不知道秦昭雪有没有告诉过他，他也曾发了疯般信奉萧演，着了魔般钻研五行术数。自打去了澄云岛便逐渐断了音信，之后更是了无踪迹，等他在丰禾城出现时已然断了腿，失去记忆，以乞讨为生。

这期间究竟发生了什么她也不知道，但她断定绝对与萧演脱不了干系。

不久前在桃花大会上华井也说过，他的病需要找到症结所在，只有这样才有可能恢复记忆。也许是因为他误打误撞地跟来了冰城，抑或是曾经来过这里，记忆才会开始苏醒？

她轻声将鬼刹拉回头。

鬼刹看着她的脸，水一样湿润的眼眸，俏皮的鼻尖，殷红的嘴唇，白得发亮的脖子……他又不受控制地想起那晚，那晚的书香，那晚的月光，脸一阵阵发热："你别看着我！"他像个别扭的小姑娘，一步三蹦离她远远的。

"你……我的木拐给你用了，你试着看看能不能站起来。"

怎么有人变脸的速度比换衣裳还快？

望舒不搭理他，自顾撑起身子。鬼刹见她动作吃力又炸了，像只跳蚤踮着脚蹦回去："我瘸你也瘸，现在两个瘸子了，怎么出去啊？"

话虽这么说，但他还是弯下腰，拉过她一只手臂搭在肩上。望舒看他左摇右晃立不住，赶紧将剩下的半根木拐拄在臂弯间，身子一直，总算站住了。

康庄大道就在前方。

两个人你看看我，我看看你，谁也没吱声，认命般地朝前走。谁知两步还没到，就被横在路中间的一只小土丘给挡着了。

土丘像是凭空冒出来一般，前一秒还没有出现，后一秒就钻出来了。

鬼刹来回看，摸不着头脑："见鬼了。"他用手拨了下土丘，拨不动，准备与望舒合力跳过去，谁知土丘却突然开始蠕动。

像是长在地下的春笋在以惊人的速度发芽长大，泥土稀稀拉拉往下掉，很快土丘松软成一摊碎渣，里面的东西俏生生地露出了原形。鬼刹被金光闪得睁不开眼，骂了一声："什么鬼东西？这么亮。"

望舒倒是看清了，是“山间事”的天眼——昆仑镜。

应该是方才山崩地裂时与他们一起被埋了。

昆仑镜是个浮夸的灵物，金光直闪了一会儿才收敛了光芒，立在半道上幽幽说道：“带我一起走。”

那个东西有半人高，要挡着路不让人经过，尤其还是两个瘸子，是件轻而易举的事，但他说话的口吻委实让人不痛快。鬼刹冷笑一声，搭着望舒的肩直接飞踹一脚，将昆仑镜踢得面目模糊，留下一只大脚印。

“好好说话。”鬼刹收了脚，一脸凶相地问道，“为什么要带你一起走？”

昆仑镜说：“我乃是四海八荒第一神镜，玉树临风，相貌堂堂，若是埋没在此，岂不是世间一大损失？”

“噢。”鬼刹瞅瞅花脸猫般的铜镜，嗤笑道，“你这么牛，怎么不自己走？”

“我……”

昆仑镜弯腰刨土，语带委屈：“你让我怎么走嘛，滚出去吗？灰头土脸的让我颜面何存？”

鬼刹实在看不下去了，又朝他飞踹一脚：“就你要脸？我们都不要脸的？你能正常点儿吗？是不是不能好好说话？”

“哼，本镜君何时受过这样的气？你若再踹我，待走出这里我定饶不了你！”

“就踹你！”

……

鬼刹就这样和昆仑镜吵了起来，一个火气大，一个自恋，吵得不可开交。望舒在旁听着，眉头却越蹙越紧，忽然问道：“你……你是瓠犀酒楼上的镜君？”

她方才一直没说话，昆仑镜便没“认”出来她，眼下一听声音顿时想起来了。

“小女娃娃你还没死呀？”

“你咒谁呢？”

鬼刹不由分说又踹了他一脚，昆仑镜压根不把此等凡夫俗子的脚印放在心上，抖了抖身上的灰，吊着嗓子怪声怪气道：“去了一趟无间狱，整个十六层都被你们毁了，你倒还能安然无恙地走出来，确实有点儿本事。”

“镜君大人过奖了。”

望舒也是靠声音认出他来的，起先还有点儿半信半疑，待他控制不住自恋的本色又开始自称“本镜君”时，她几乎可以肯定。却不知他明明在瓠犀酒楼之上，又怎会突然来到这里？

昆仑镜似乎猜到她心中所想，又变得正经起来：“本镜君住在这面铜镜里近十万年，普天之下何处不能去？上苍有使命，叫我守住无间狱的大门，我便守之。上苍又有使命，叫我在冰城坑蒙拐骗给人看相，我便给世人看一看所谓前世又如何？”

这么看他，又不太像八脚怪口中恐怖的昆仑镜。

望舒轻轻地咦了声。

昆仑镜又说：“你是不是在想终南山的那只八脚怪究竟为什么怕我？呵呵，本镜君不过是一个人无聊罢了，才想找他消遣消遣。谁知道他胆子这么小，一点儿也不禁吓。”

话说到这份儿上，鬼刹终于知道面前花里胡哨的铜镜是谁了。早前他从其他乞丐口中听说过“山间事”的奥妙，一直对此很感兴趣，没想到有一天能看到“山间事”中窥探前世的天眼，态度一下子柔和了几分。

“俊俏的镜君大人，你能不能也让我看看失忆前的事啊？”鬼刹手搭着昆仑镜，轻柔地抚摸，“唉，不过我很好奇，为什么‘山间事’建成这么多年，只有八脚怪一个人看到前世了？”

昆仑镜故意拿乔，没应声。

鬼刹赶紧拿袖子将镜面的灰都擦干净了，还殷勤地替他挠痒痒，昆仑镜舒坦了才开口：“‘山间事’不过是萧杂碎用来骗那些蠢书生的空架子，真正能让人看到前世的乃是本镜君。至于这么些年为什么只让八脚怪捡了大便宜，看在我有求于你们的分儿上，不妨给你们透个底，因为他是天下唯一至纯之身。”

“什么意思？”

“换句话说，他的肉身精纯，价值连城，上苍有意让他活，才将我安排来冰城，借着‘山间事’叫他振作，潜心修行。”

“那你何故总去吓他？”

“你懂什么，本镜君那是在保护他。”话说出口昆仑镜就后悔了，暗道泄露天机，赶紧转移话题，“好了好了，我说了你们也不懂，反正已经相认，大家就是熟人了，你们就更得带我走了吧？”

“你还真是没脸没皮。”鬼刹说，“给我看我是怎么失忆的，我就带你一起走。”

“不可能，本镜君可不是那么随便的人。”

“那你还做什么梦？”

鬼刹又骂起来了。望舒趁他们不注意，抓了把土朝昆仑镜撒去，他竟然毫无反应！联系他之前的反应，望舒忽然明白他一定要跟他们一起走的原因。

“你是不是在黑暗中看不到路？”

鬼刹下意识地反应道：“那也就是瞎子咯？”

“谁瞎？你说谁瞎？本镜君乃天下第一美男子，怎会是瞎子？我只是暂时看不清而已，待到光明之处，看我不用盛世美颜闪瞎你的眼！”

“嗬，这话你还是等到走出去再说吧。”

昆仑镜烦躁地鬼叫一声：“都怪萧杂碎要搞什么‘熔炉之光’，他在冰城之巅潇洒了，我们在山下都沦陷了，待本镜君出去定要扒了他的皮。”

“老子要喝他的血！”

“本镜君要吃他骨头！”

……

难得他们同仇敌忾，革命友谊就这样建立了。于是两个瘸子，一个瞎子，就这么在骂骂咧咧中启程了。长途漫漫，也不知前路等待着他们的究竟是什么。

望舒走着走着，就会时不时看一眼昆仑镜。他的身份自是神秘不可多言，口中所提的“上苍”定然也是有人刻意安排。能叫他心悦诚服为之办事，此人一定不容小觑。但这并不重要，重要的是她怎么才能骗到昆仑镜，让她看到自己的前世。

除此以外，她还很担心修罗的安危，她记得在黑暗来临之前他推开了她，那他呢？还活着吗？望舒想不出答案，就这样怀着满腹困惑上路了。

说实话，她心底有太多太多的不安。

这种不安一直酝酿着，在他们终于看到一丝亮光时达到了极致。伴着亮光一同而来的，还有巨大的水流声。

所有的场景都与鬼刹记忆里的片段重合了。

他浑身僵硬，站在原地一步也动不了，双手渐渐握成拳头。昆仑镜见他没跟上，不耐烦地喊了声：“戳在那里当门神呢？还不走？”

“不能走！”鬼刹吼道。

“你说什么？”

“不能朝前走，前面是死路一条。”鬼刹大步上前挡住昆仑镜，目眦欲裂般吼道，“我说不能朝前走就是不能朝前走！前面……前面是座死城，有很多尸首，萧演推下山的书生弟子都在那里。”

越到后面声音越低，鬼刹浑身绵软无力，那些真实得仿佛就在眼前的画面再度涌入脑海。

不知是怎么来到那里，不知是在何时，他和许多穿着雪色长衫的少年在一起，看到光亮就以为看到希望，义无反顾地朝前冲。

蹚过水流，冲进一个水潭，亮光就在对岸。

少年们太高兴了，勾肩搭背往前走，一边还眉飞色舞地畅想着离开这个鬼地方之后的事，说要喝他个三天三夜的酒，睡他个地老天荒……可是一转眼水潭下浮出了很多尸首。

他们都吓住了，在水潭中不知所措，光亮之处就在前方，可不管他们怎么跑，都再也跑不出水潭，冒着泡儿的臭黑水逐渐没上头顶……

“鬼刹，鬼刹，你快醒醒！”

鬼刹像是被什么东西定住了，整个人丢了魂，望舒与昆仑镜连番叫他都唤不回他的意识。昆仑镜无可奈何，将灵力聚集于顶，用意念催动望舒的手，狠狠地抽了他一巴掌。见他没反应，又抽一巴掌，他顿时醒了。

也顾不得找昆仑镜算账，鬼刹只是不停地重复，不能再往前走。许是怕他们不信，还将方才的画面都讲给他们听了，谁知昆仑镜听完之后嗤笑一声：“本镜君以为是什么，不过是几个跳梁小丑在作怪，这样……待会儿过水潭时，我先浮在水面上，你们踩着镜面飞踏过去，这样便不用碰水下那些尸首了。”

“那你怎么办？”

“本镜君在暗光处确实看不见路，但还不至于是个残废，区区几只小怪还打得死。”

“不是……不是几只小怪。”

鬼刹手脚并用地描述刚才的感觉：“就好像有千万只小虫子在身上爬，从脚底爬到头发里，怎么抓也抓不住，浑身都发毛了，真的太可怕了，怎么可能才区区几只小怪？”

他声嘶力竭，双目血红，吼完最后一句话，像是将心头的恐惧都吼了出来，但他仍旧紧张得浑身打战。

昆仑镜都被他吼蒙了，还是望舒先回过神来。

“但是如果不朝前走，还有其他选择吗？”她定定地看着鬼刹，声音很轻，“往回走有其他路吗？”

她的小腿流了许多血，体力也在迅速流失，走了一路已经筋疲力尽，整个人异常憔悴。即便被昏黄的火光照射着，脸上也未见一丝血色，可她眉眼间那股劲始终没消失过。

鬼刹被打败了。

他们都知道这是离开地道唯一的路，不管水潭里有什么，他们都得朝前面走。看他没出声反驳，昆仑镜咂咂嘴，拍了下他的肩膀，随即飞身上前，躺在水潭中当跳板。

望舒搓搓手，将全身的力气聚集于丹田之处，展开双臂飞掠过去。鬼刹瞪着眼睛，看她蜻蜓点水般借力昆仑镜，朝着水潭对岸掠去。眼看要到岸边，水潭下突然扑腾起巨大的水花，昆仑镜瞬间被“吃”了进去。

望舒听到动静转身，鬼刹大喊：“不要回头！”

已经迟了。

岸边的土瞬间崩塌，被水潭下无形的嘴大口大口吃掉。望舒踩空，足尖刚落在水面，就有数不清的手从水底伸出来，争抢着拉她下水。

也许是因为她的小腿还在流血，这让水底的怪物们异常疯狂，谁也不让谁，反倒在她旁边割开了一道防线，似乎只等着谁杀出重围才能享受这道美食。

鬼刹见状赶紧将木拐往旁边一扔，二话不说跳下水潭。

他拖着一条腿，在水中游弋很是吃力，但他的气势丝毫不减，双眼如狼，恶狠狠地朝着水潭中央扑去，又如恶虎扑食。许是被他浑身凶狠的气息吸引了，水下的怪物们纷纷掉转目标，朝他扑过去。

窒息的感觉再度席卷而来。

数不清的手在将他往下拽，恶臭的黑水没了头顶，他屏住呼吸奋力挣扎，手脚并用不停地往上扑腾，但还是被一股更大的力量往下拉扯，终于在某一刻失去重量，放弃了挣扎，往下沉，越来越深……

就在这时，遥远的时空里仿佛有人在大声呼喊他的名字。

他从未觉得那声音是如此美妙动听，几乎一瞬间就将他从鬼门关拉了回来。

鬼刹拨开身上黏腻的手，像旋风一样往上冲，到了水潭边摸索墙壁上的石块，在心中默数：一、二、三……数到“十六”时，将石块往下一按！

水流瞬间都往一边流去，连带着水底的怪物也一起往旁边流去，像是将水潭分成了两半，一半蓄着水，一半是土坑，而他刚好在土坑里。

好像获救了。

鬼刹喜不自胜，另一边昆仑镜使出洪荒之力浮出水面，顺带将望舒托举出来，两个人亦是险险获得生机。正当高兴时，昆仑镜在土坑中滚来滚去，忽然往墙壁上一磕。也不知是磕到了哪个石块，地面发出隆隆的震动声，仿佛刚刚分离的格局再次启动，水重新流了回来！

鬼刹大骂一声“狗娘的”，恨不得将昆仑镜踢到水潭里当献礼。昆仑镜掩面而泣，再无先前的半分狂妄，着急地摆动着粗圆的身子：“怎么办呀？手手……手又伸过来了！”

“你闭嘴！谁让你瞎嘚瑟，磕什么磕！你快想想到底磕哪儿了？”

“本……本镜君怎么会知道，你忘了我瞎吗？”

鬼刹气结，一口老血硬生生憋回去了，但怎么都不解气，想着临死前再踹昆仑镜一脚，刚抬起腿，就听见望舒轻轻地“嘘”了声。

他放下脚，凑过去看。

“你刚刚碰的是第几块？”

鬼刹赶紧指了指第十六块石头：“这个还能碰吗？”

望舒抿唇，沉吟片刻：“你怎么会碰这个？”

“我……我也不知道，是下意识的反应。”鬼刹喘着气说，“我好像来过这里，当时……当时我差点儿就没气了，迷迷糊糊间好像听见有人和我说水潭右边第十六块石头有机关，拼着命游过去就往下按，后来好像就获救了……中间的记忆很零碎，我总是记不大清楚，不过我记得醒来后就在丰禾城了，已经忘记过去的事，无依无靠，只好以乞讨为生。”

他闭上眼，深吸一口气，在这些零碎的片段中，真正令他感到恐惧的远不只如此。

“我的左腿就是在水潭里被拽走的。”

一条腿就这么活生生地被拽走，他当时求生的欲望该有多强烈，才能支撑他逃出去？失去所有记忆，还坚强地活了下来，他的生命力简直太让人吃惊了。

昆仑镜一句叫骂涌在嘴边，听他这么说又咽回去了。本来心想他知道这里有机关也不早说，但转念一想，他的记忆大约也是零零碎碎的，时不时地冒出来一些，并不是故意为之。

看不到他的腿，昆仑镜还是象征性地安慰了句：“已经过去了，都忘了吧。”

“……”

“现在不是伤感的时候，你还是赶紧想想有没有其他机关吧，水马上就要把这半边填满了。”

“臭镜子，你能闭嘴吗？”

“嘤……”

鬼刹一身的火气都被他弄没了。

这边望舒取了火把，沿着石块从左往右挨个细看，忽然在第十六块石头上面看到一个三圈火焰的标志。

是萧演的家族图腾。

难道曾经救鬼刹一命的是萧演？

望舒没有多余的时间深想，水流已经离他们越来越近了。她沉住气继续往下照，将整个水潭壁仔仔细细地看了一圈后，终于在东西八角位置各找到一个同样的火焰标志，方才昆仑镜磕到的应该是其中一块。

她闭上眼睛，回忆先前在山脚看到的“山间事”中十六面冰壁的排列位置，默念道：上坤下坎，地下有水，是师卦。又左阴阳五行，三奇六仪，是太虚位。

念到后头，她几乎紧张得头皮发麻，能够感受到有无数双手迫在脑后，水流已到脚边，昆仑镜与鬼刹叫得嗓子都哑了，抵着墙根依偎在一起瑟瑟发抖。她强迫自己屏住心神，一遍遍深呼吸平复紧张的情绪，将卦象分析完。

此时水已没了半身，她的双脚都被拉扯住，死亡将他们团团笼罩。她咬着牙将卦象重复一遍，确定之后将心一横，按下其中一个石块。

整个世界仿佛安静了三秒，心也跟着飘至半空，然而水流没有停止。

绝望袭上心头。

然而就在下一秒，土坑崩裂了！

风声呼啸着从地下往上涌，渐渐形成了一个旋涡，将她、鬼刹和昆仑镜都吸了进去。如同当年在瓠犀酒楼，昆仑镜张着血盆大口将她吸进去一般，这一回他终于亲身体会到其中滋味。

真是永生难忘。

“熔炉之光”推演成功的一刻，冰城全面沦陷坍塌，半山之下皆被掩埋。由于冰城到处分布五行术数、奇门遁甲之局，一经分崩重组，整个阴阳乾坤都处于混乱之中，仿佛城池不是被掩埋，而是倒转过来，地面下仍有许多不为人知的八卦惊险之局。

对此昆仑镜是服气的，虽然萧演将冰城搞得面目全非，但其中生死万象环环相扣，着实令人大饱眼福。

风吼声、嘶鸣声、呐喊声，像是被一股拧成绳的龙卷风吸到了另外一个时空。

当昆仑镜掉落在一堆蓬松绵软的草垛中间时，他还在想这回总算死里逃生了，因为他的眼睛已经恢复光明，而此处灯火通明，山壁辽阔，像是已经在冰城外头。他万分欣喜，正要跳起来松松筋骨，鬼刹一巴掌甩过去，又将他死死按进草堆里。

“又瞎嘚瑟，是不是还想死，嗯？”鬼刹的声音闷在喉咙里，几乎是哼着骂道，“你想死就去，别连累我们。”

“嘤嘤，又怎么了啊？”

“你眼睛又坏了？不会自己看？”

昆仑镜不吱声了，悄悄地扒开草堆往外看了一眼，这不看还好，一看顿时吓得气都不顺了。

灯火通明的地下城，是骷髅怪的狂欢圣地。仿佛是在一个巨大的石窟里劈出的城寨，有山有水，盖着草庐，建着围墙，山壁上插着黑红色的旗子，木架上烧着篝火，里面的“骷髅怪”披着野兽皮毛，如行尸走肉般飘过来飘过去。

望舒与昆仑镜对视一眼，彼此心知肚明。

是死灵。

她曾在无间狱看过这些恐怖的家伙，他们长相各异，牛头马面，蛇足人身，骨瘦如柴，好比骷髅怪，走路无声无息，眼睛空洞，发出的笑声都是阴恻恻的，让人毛骨悚然。

唯一不同的是，当时在无间狱他们衣不蔽体，身上只有零碎破旧的布料，而在这里，死灵们明显有更好的待遇。

想到这儿，她便想到了吴歌。如果不是为了救她，他根本不会被死灵占据肉身，更不会眼睁睁地看着亲兄长而不能相认，最终还要死于兄长剑下。

他真的能得到安息吗？

“你后悔吗？”昆仑镜似乎能揣度人心，一直能猜到她心中所想，“你至今没有告诉南珠侯真相，不怕他日后知道了责怪你吗？”

“你……”

“当日在无间狱发生的事本镜君都看到了，吴歌死时无怨无悔，那是他想要的结局，可未必是南珠侯想要的。以他当时之力，若要强行将死灵从吴歌身体里逼出来未尝不能，那么……吴歌应该还活着。他若还活着，当时回到西海，你猜王琅会不会死？”

昆仑镜虽只是一面镜子，但有一双无形的眼。眼如明镜，足可洞察人心。“他”住在镜子中，望舒明明看不到他的脸，却觉得他在看她，不只是看，还应该在笑。

“你怎么会知道王琅？”

“普天之下还有我昆仑镜不知道的人吗？更何况是王琅。”

望舒隐约猜到什么，眉头微蹙：“你是白头翁的人吗？你究竟想说什么？”

“呵……”

这声笑有些悲凉。

望舒猜想他此时的脸应该是挂着一丝落寞的笑，抑或是讥诮、不甘，更或是一种随波逐流的无力，端就一声笑而言，他的沉默时间未免太长。

果然，他笑后说道："没什么，只是觉得棋子的命运很可悲罢了。"

就算当时救下吴歌又怎样？就算王琅不死又怎样？他们的命运何时握在自己手上过？上苍让他们何时死，他们就得何时死。

什么时候上苍要收他昆仑镜的命，他也只能乖乖地交出命匣吧？

一切不过是随人摆弄。

望舒许久没应声。

许是气氛太尴尬，昆仑镜突然又冒出一句："你应该知道死灵最喜欢吃什么吧？"

望舒懵懂地摇头，鬼刹也一头雾水，只见昆仑镜的身子挪了挪，俏皮地指向一处，两道视线"唰"地看过去。

是望舒压在草堆里的小腿。

"死灵最喜欢吃的不是血，也不是人肉，而是草。"昆仑镜的口吻带着一股兴奋的绝望，"但是如果草里面有血腥气的话，就像是煎的猪排撒了一层孜然粉，自然就更喜欢了。"

说完他一个挺身，仗着自己身子扁平，插进横七竖八的草垛中，徒留望舒与鬼刹面面相觑，凌乱地面对不知何时站在草垛下的两只死灵。

由于草垛堆得很高，他们又被摔进去了，死灵看不到他们，他们却能看到死灵。只见两只死灵长手长脚地爬上草垛，拧着鼻子到处闻，像是在找带血腥气的草，一边找一边麻木地啃草。

他们啃草的动作和速度相当惊人，似乎根本不用咀嚼，啃进嘴里瞬间就没了。如同野猪吞糠食，一口一大盆，死灵们一口下去，半层草垛都快没了，三口下去，望舒几个人直接从高处坠落一米。

眼见草垛越来越矮，任他们怎么躺平也躲不掉了，忽然一群死灵像赶集一样你推我搡地从旁边跑过，在啃草的两只死灵见状也兴奋得不行，迫不及待地咽下嘴巴里的草跟上去，到了前方不远处的篝火高台，和其他死灵围成一圈手舞足蹈。

好像一场篝火晚会。

当然，如果高台上的篝火烧得没那么旺的话，如果篝火上没架着一口大铁锅的话，如果没有死灵像抬牲畜一样将一个人抬着放在大铁锅上面的话，这场晚会就更完美了。

望舒他们离得远看不清台上的人是谁，趁着死灵狂欢不注意，他们偷偷地爬下草垛，挨着墙根朝前跑了几步，躲在离高台不远的柴火堆后。

鬼刹还在生昆仑镜的气，见他生死关头是个胆小鬼，凑热闹时反成英雄，顿时气不打一处来，将他往后一掀，昆仑镜“哎哟”一声摔疼了屁股，被鬼刹一个冷漠的眼风扫到，像小媳妇似的凑过去，讨好道：“我来我来，我眼力好，在这儿也能看清楚是谁。”

昆仑镜一看，立马不说话了。

鬼刹问：“究竟是谁啊？你成哑巴了？”

“说了你也不知道。”昆仑镜嘟起小嘴，看着望舒，用略微沉重的口吻说道，“是南珠泰斗。”

先前南珠侯破解蒲苇绘图中死灵城的秘密，派南珠泰斗来冰城绞杀死灵，不知怎的，他却落入死灵手中，眼下就要被处决。

大铁锅下火烧得有半米高，锅里热汤滚滚，万事俱备，就等着下菜了，难怪死灵们这么兴奋。

“约莫是冰城塌陷，他落入五行八卦阵之中难以脱身，一时不察才会被捉吧，否则以泰斗之神力，以一当百应该不在话下，再不济也能先逃着躲着，绝不至于落到这步田地。”昆仑镜不无遗憾地说，“难为泰斗为开天之战抛头颅洒热血，也是堂堂战灵军首领，眼下却要沦为一群宵小之辈的俘虏，实在是英雄迟暮啊！”

“没办法救他吗？”

“怎么救？你看看这周围有多少死灵？”

放眼望去，死灵密密麻麻布满整座石窟，粗略估计，没有一千也有八百。望舒心下困惑，在无间狱时死灵根本没有这么多，怎么冰城底下竟然会有这么多死灵？难道当年帝将将死灵城分别于九处封印时未曾均匀分配？

昆仑镜又猜到她心中所想，晃着脑袋提醒道：“你忘了那些被萧演推下山的门生了？”

“他们也……”

昆仑镜给了望舒一个小儿无知的眼神，嗤笑道：“不管是活人还是死人，只要被死灵咬上，就会被他们同化成为一类人。死灵的壮大方式是世间最霸道的，否则也不会被三垣六合妖魔鬼怪嫌弃到那份儿上，苍穹之下无以为继，只能在黑暗的地下苟且偷生了。”

可是死灵为什么不当即杀了泰斗？

“他是神珠泰斗，血杀千万人的战灵军统领，手上染过无数人的鲜血，是活了数十万年的仙灵。最重要的是，他是神养出来的南珠。”

昆仑镜的读心术简直太牛了！

“万年前四神伏杀阎水，于九处封印死灵城的事你应该知道，从那之后死灵就将酒神之战视作奇耻大辱，将四神看作宿命仇敌。南珠泰斗是南珠侯麾下第一员猛将，属于白白送上门的敌人，是可以一雪前耻的俘虏，自然不能随随便便杀了。”

不光不能随便杀，还十分讲究天时地利，祭祀礼法。整个过程相当折磨人。

铁锅里热气腾腾，汤泡滚滚。死灵一人一边抬起木棍，将泰斗往下放。泰斗看起来气力虚弱，脸色有些发黄，但端的是一副宁死不屈的模样，自始至终双眼紧闭，一个字也没有说。

“南珠泰斗是个人物啊！”昆仑镜感慨道。

鬼刹好奇地问：“你似乎对他很了解？”

“开天之战就交过手，是老朋友了。”

也可以说是老仇人。

昆仑镜淡淡一笑。

鬼刹又说：“啧，你瞧瞧你的老朋友多有气概，骨头多硬，要是这会儿被下锅煮汤的人是你，怕是已经在哭爹喊娘了吧？”

“你还说我，也不看看自己的熊样，一条腿都没了能成个什么事。”

“别激老子！”

鬼刹梗着脖子，气势上分毫未输。昆仑镜气势更强：“就激你，是个男人现在就冲出去，老子还能敬你是条好汉。救了南珠泰斗，你也算不枉此生。”

“我现在……我……”

望舒突然说道：“来不及了。”

鬼刹瞬间像上了发条，红着脸大喊一声：“有本事来杀了我啊！”说完他瘸着腿就蹦了出去。

鬼刹蹦出去的姿势太猛了，一股找死的气势，顿时吸引了众人眼球。死灵被转移了注意力，也不将泰斗下锅了，凑热闹似的都看向鬼刹，只见他一路冲上高台，直奔大铁锅而去。死灵们后知后觉，这才意识到他是要去救泰斗，于是一个个像海浪似的涌上高台，片刻工夫就将鬼刹围得没了踪影。

“嘤——本镜君下次若再激你就……就一个月不放屁！”

昆仑镜一边操着无人能懂的骂腔，一边也哭哭啼啼地冲了出去。望舒随即爬回草垛旁，奋力将草垛打散，再将它们搬上板车，一瘸一拐地冲着高台推了过去，临到火架旁她大喊一声：“火来了，快让开！”

她解开腰间的酒囊，将酒洒向草堆的同时，将火架推倒在板车上。

火焰瞬时冲上天。

离台子近的死灵身上都烧了起来。寻常的火他们不怕，拍两下就没了，唯独害怕酒火，只要沾上一点点，火就缠着不放，怎么拍都拍不灭。而死灵的身躯本就不堪一击，烧的时间一长骨头就会散架，犹如机械失了核心，一个个零件往下掉，瞬间停止运转。

昆仑镜见状，扶额叹道："原来是怕酒火，早说啊……"

只见一道金光闪过，半人高的镜面忽然裂开一道口子。昆仑镜这回矜持了些，没一下子张开血盆大口，而是慢条斯理地从唇缝里吐出一坛酒。

鬼刹二话不说，立即搬起酒坛朝高台中央的篝火砸去。

顷刻间，天地透亮。

他们在惊天的火光中逃跑了。

望舒这辈子还是第一次知道自己能跑得这样快，快到她根本感受不到小腿断裂的疼，根本看不清石窟的地形，看不到周边的山水草庐，更无法辨别方向。当他们跑了许久还能看到草庐和城墙时，望舒立即意识到这个石窟也有八卦阵，他们根本逃不出去。

而就在这时，数量庞大的死灵也像大军压境般朝他们包围过来。他们有条不紊地排列阵形，堵住四方出口，从八面进攻，直将他们逼进一个破旧的草棚里。

昆仑镜的嘴巴里再也吐不出酒了，最后一口酒像是连他的胆汁也一同吐出来，喷了鬼刹满脸。鬼刹也没力气骂人了，与他相视一眼，各自放弃了挣扎。

南珠泰斗之前被困八卦阵中受了重伤，又被折磨多日，几乎半废，拼命跑到草棚便瘫了。

望舒的情况也不太好，失血过多使得她头重脚轻，意识越来越模糊，只能尽最后一丝微弱之力撑着眼皮，将身体的重量都压在草棚门上，但无济于事。

草棚四面透风，窗户是破衣裳蒙的，到处是洞，死灵一个整齐划一的高抬腿就能将草棚震得左摇右晃，完全不堪一击。

黑压压的死灵城犹如张牙舞爪的群魔来巡山，阴影笼罩在头顶，密不透风。

敌众我寡，胜负已分。

他们几乎泄气了，然而就在这时，有琴音流泻而出，嘈杂如急雨，高亢有力，攻城略地，势如破竹，片刻间已近死灵城外。

每一次低落、伤心、危急、生死存亡的关头，他总会像天神一样降临，给她带来无尽的希望和光芒。

不，他本来就是天神。

望舒一喜，僵硬的身子从门板上滑落。

他终于来了。

奄奄一息的泰斗也狂喜道：“是珠侯，珠侯来了，我就知道珠侯一定会来救我的。”

“哪个珠侯？”

“你是失忆了吗？蓬莱还有第二个珠侯吗？除了‘拨琴以摄人心，履地以平天下，杀人以摘苍穹’，与天同寿的上古四神之一的南珠侯，还能有谁？”

这是上个世纪的传说了。

当时除此以外，还有一句话也是形容他的：

九州大地，三千世界。

他若活着，谁与争锋？

望舒可以想到那个世纪的人对他的想象、评价和敬仰，不只是因为他是神，更是因为他这个人。他的存在本身就是一部传奇，上过战场杀过人，拿过锄头下过田，纵容野兽、死了至亲，更是血不染手数千年，将冷漠伪装到骨子里，却在酒神之战后爱上兄弟的妻子，重获赤子之心的同时却失去了挚友乃至挚爱……得到过人世间最大的追捧，也经历过人世间最深的悲痛，站到最高的位置，也曾跌到最深的谷底，被可笑又可悲的命运玩弄至此，却仍旧温柔似传说。

忽然就是这样一个时刻，她好像有点儿明白月光神为什么会喜欢他了，应该很难不喜欢吧？

拨琴以摄人心，履地以平天下，杀人以摘苍穹。

那究竟是怎样的人？

就在她思绪飘忽不定之际，一只死灵忽然被横空飞来的暖玉棋子打中，直接破门而入，她被往后一顶，摔倒在地上。暖玉棋子调皮地在空中打了个转，而后稳稳地落在她的手心上。

是修罗！修罗也来了！

望舒精神一振，抬头看去。草棚的门被撞破了，眼前的场景一目了然。

修罗率先出现在众人视线之内，满身肃杀之气，俨如阎王降世，死灵们纷纷退让。

一条生路就这样硬生生地被他踏了出来。

草棚里几个家伙有如重获新生般心潮澎湃，对着空气不停地挥舞拳头，仿佛人在草棚也在与死灵殊死一搏，望舒却看得胆战心惊，神色紧张地四处观察。

修罗能一路顺畅地通过，是因为他身后有琴音相佐，摄魂控制死灵，否则以这种方式走过数千人的死灵阵就是玩命。他高调地演示完危险动作，进了草棚二话不说将她背起，臂弯一捞，连带着将垂死的泰斗也拎了起来，转身预备用同样的操作走出死灵阵。

琴音渐强，摄魂之力隐含在音波中，死灵们动作缓慢，魂都丢了一般，身体软绵绵地就朝他们扑过来，人没到近前就自己倒下了。修罗打头冲出一条路，鬼刹和昆仑镜哭骂着紧跟其后，走到一半，琴音忽然停了。

整个地下城陷入三秒钟的死寂。

望舒瞬间意识到不妙。

她循着琴音看去，只见原先的山头被一片阴影笼罩。很快阴影越来越大，蔓延至周边山头，直到围成一个圈，将整个地下城笼罩。

“狼群”立于山丘之上包围猎物，一个真正的死灵城凭空出现了。

“怎么会这样？”

“还能是谁在作妖，肯定是萧杂碎在推演什么新格局的时候弄死的人啊。”

望舒当即想到百家学堂的书生子弟以及投奔于萧氏幕府的五行八卦推崇者们，都是“熔炉之光”成功背后的牺牲品，是这些可怜的牺牲品壮大了整座死灵城。

他们被残酷地复制同化，完全没有选择的余地。

难以想象，若是这些死灵冲了出去，与其他封印之地的死灵会合，蓬莱将会陷入怎样的灾难之中。也许用不了多久，蓬莱九重天就会彻底被死灵城取代，届时血流成河，满地荒芜，盛景一夕成碎影。

遥想当年酒神之战，她忽然明白为什么当时四神宁愿冒险重生也势必要灭死灵城了，死灵就该活在地下。

不，是死在地下。

她抬头看向山丘。

笼罩在山头的阴影就像是黑色的幡旗高挂在城墙之巅，以压倒性的胜利者姿态吹响了号角，无须任何语言，荣光已归于他们，即使这般看着也觉刺目。然而就在这片刺目的阴影之下，一袭青衣忽地跃然而出，行云流水般拨动琴弦，但见他手指上下翻飞，却不知如何去拨动，强音已自指下弹出、飞泻，冲破天际，将幡旗一劈两半！

绀青色的身影飘荡在九重天上！

奄奄一息的泰斗又狂喜道：“珠侯真是帅得惨绝人寰啊！”

难得自恋的昆仑镜也说了句大实话：“是比以前的我帅了那么一点点。”

“就你？”

鬼刹上下打量昆仑镜的身体，哼笑了声，给他一个自己领会的眼神，昆仑镜撸起袖子说道：“本镜君偏要让你看看老子有多帅。”

说完他一下子跃至半空，如金羽般洒落一地金光，金光渐渐凝聚，最终形成一个七尺男儿的轮廓。说是轮廓，只因他浑身被金光环绕，看不清样貌，更不知美丑。

应该就是住在昆仑镜中的镜君本尊了。

昆仑镜是个狠角色，攻击的方式也很粗暴。一个飞跃骑到死灵的脖子上，双手抱头一扭，死灵“咔嚓咔嚓”就碎了。

这种招式，让望舒想到一个人，《九州札记》中的酒神代魔王——张墨，一个曾在开天战场上与四神互成对手的传奇，一个杀人如麻的狠角色，一个传说中壮烈而死的大人物。

他的撒手锏就是爆头，简直出手如魔。

几个快狠准的动作下来，将整个场面点燃，热血沸腾。

鬼刹勾着唇露出一丝笑容，伤痕累累的脸此刻像是发光的太阳，将他整个人烧成一团烈火。他单腿迎战，拄着一根木拐就挤入黑压压的死灵中，连走路都没力气的泰斗也加入混战。

面对一座死灵城，他们只有区区六个人，却杀出了六万个人的气势。

当时他们心里在想什么？

应该是哪怕现在死在这里，也值了吧……

第五章 结草衔环 恩债同偿

一场恶战不知持续了多久，久到他们均已伤痕累累、举不动兵器时，地面之上的萧演不知又在搞什么，使得冰城再一次陷入崩塌。可也因为这场崩塌，掉下来的冰山刚好堵住了石窟洞口，将他们六个人与死灵隔在两个空间，给了他们喘息的机会。

然而死灵在外，他们在里，逃生的路终究被堵死了。但不管怎样，萧演此举至少为他们换来了片刻的安宁。鬼刹全身无力地倒在墙脚时，忽然说了句："萧杂碎……似乎还没坏到透顶。"

"不过是凑巧救了你一条贱命，你倒念起他的好了。"昆仑镜爬到他身边，依偎在他肩下。

鬼刹轻轻地哼笑了声，没再说什么。

但这声笑，隐约让望舒觉得他想起了什么。她看他一眼，被鬼刹察觉，两个人的视线在空中相撞。鬼刹横眉竖眼地瞪她，面目凶恶，像是要故意吓唬她般，张着嘴无声地吐出一句话："小瘸子，不许看我，再看我就把你吃掉。"

真是"怪胎"，和秦昭雪一样古里古怪的。

望舒不理他了。

这边爵微挨个儿替他们查看过伤口后，来到望舒面前。她的小腿伤口已经结痂，不再流血，但是伤势很严重，整个小腿都肿了起来。仔细看，还能看到白皙的皮肤下面暗青色的瘀血斑迹，但因被包扎固定的木板挡着，看不清斑迹的模样，只是觉得暗青色的图案有些熟悉。

他不由得多看了两眼，被望舒发现，也不知他究竟是看什么这么出神。到底是女孩子脸皮薄，望舒哪里能受得了他这种目光，将衣裳一裹，包住腿不给他看了。

爵微回神，轻咳一声道："你的伤口在扩大，可能已经感染了，不过好在事先用木板夹住固定了骨位，所以小腿骨没有变形，短时间内应该没有大碍。"

他视线一偏，落在她有些发白的脸上，又有些担忧："我不是司医，治不了腿伤，出去后还是得找华井看看才行，你年纪还小，千万别落下病根了，伤筋动骨也不是小事。"

望舒点点头，瓮声瓮气地向他道谢，脑子里游移地想起他方才自山头劈开"旗帜"冲下来的场景，心头的热度一波又一波地冲击过来，像是浪花不断拍打海岸，动作亲密又饱含热切，让她不由自主地从眼角余光里打量他。

他的衣襟染了血，有条淡粉色的伤痕自下巴一直划到脖颈，伤得不深，没有出血，只是脸上都花了，被漫天的灰尘和草屑糊得俊容不再，只剩一双透亮的眼，还是透着九重天人上人的矜贵与清冷。

他像极了终年不化的寒山旧雪。

他此刻的冷是因杀戮而起，望舒待他也休息片刻后才问道："你怎么会和修罗大仙在一起？"

"我事前和你说过，冰城坍塌，我要来找泰斗，只是未想到会在中途遇见修罗。"他转过脸，眼睛里带着笑看她，"你是否应该告诉我，为何你也会在冰城？"

“我……”

“怎么？很难回答？”

确实不太好说。

若提及“山间事”，便要说到前世今生，那么就得提到顾乘媛来暗杀她之事，如此顺着往下实话实说，便不得不提到顾乘媛临走前的那些暗示，似乎与阿爹、与他，甚至与月光神都有着千丝万缕的联系。

为何顾乘媛会说“你真的是她”？为何说阿爹养了她六千年却不知道她究竟是谁？为何她会突然提到月光神，还要月光神与南珠侯一齐下地狱去找答案？

究竟是什么意思？

她到底是谁？

望舒满心困惑，有许多怀疑等待验证，也有许多恐惧和不安等待最终的答案化解。她不想一早说起令他徒增烦恼，想了想还是决定先瞒着此事。

爵微见她半天不应声，干脆将她的头拨正，对着她瞳仁里的自己擦脸上的灰土，一边擦一边问：“你若不愿意回答，我也不逼你了。那我换一个问题，你来这里，秦昭雪可知道？”

望舒坐直了身体让他擦脸，一边回道：“你想让秦昭雪知道吗？你是怕他因为萧演的事做出什么异常举动吗？”

“他与萧演之间终究有几分说不清道不明的关系，是我们这些外人理解不了的，我不怕他动，只怕他一味逃避一动不动。”爵微落下袖子，脸又变得干净整洁，五官的轮廓在沉暗的空间里显得不那么立体，却为他平添几分柔和，让人更容易靠近。

望舒说：“秦昭雪放我来的，是他同意的，他就算一动不动，心里也是有动的念头的。”

“如今是个好时机。”

有风从石缝里钻进来，将她的发丝吹动。

爵微想换个位置坐到她身旁，也好挡住风口。奈何他的修为大不如前，近来每每寒疾复发，身子都在极速地损耗下去。方才先与死灵厮杀，后又为泰斗疗伤，一时提不上气，连转个身都觉吃力。

望舒看他动作迟缓，虚搭着他的后背，将他扶着。

他什么也不说，但她都知道。爵微越发觉得她心思通透，明净慧达，想说的话她一定都明白。在画舫时梭罗子提议联手对付萧演，那便是做好准备要动萧演了。如今他搞出这么多幺蛾子，梭罗子绝对不会坐视不理，私下里必然有所行动。

也就是这几天了。

望舒晓得他话语间的深意，但仍旧隐隐担忧，总觉得外面的情形不会比这里好。她眉头一蹙，小脸又皱起来："可是三日之期还未到，梭罗子大仙会不会太着急了？"

"冰城突发地陷，死灵城将要崛起，你觉得这个期限还重要吗？"

"可是……"

她想到那日从藏书阁离开时秦昭雪寂寥的背影，想到方才鬼刹那句讳莫如深的感慨，其实一切都不难猜，一切都是注定。当年萧演推演"山间事"与"雪中火"，鬼刹与数千门生同入幕府，却只有他一个人生还，其中生死之门，除了萧演又有谁能拨动？

在水潭时的萧氏图腾更是证明了她的猜想。

秦昭雪对萧演留有一丝余地，萧演对秦昭雪又何尝没手下留情？否则鬼刹早就死了，她与昆仑镜在水潭时怕就没命了。

以秦昭雪之才和他对萧演的了解，想到这个层面并不难，所以别说他此刻一动不动，哪怕对梭罗子等人倒戈相向，对萧演手下留情，也能说得通吧？

直到此刻望舒才发现，在萧演面前，她根本算不上懂得秦昭雪。好比在长元面前，旁人都算不上懂她，就连她自己也不懂，她只是觉得有很多情感是没办法用道理解释的。

好比吴歌之于爵微，爵微之于月光神，月光神之于长元，而长元之于她。

是天地之于日月，相互依存，生死同枝。

可叹命运总高于自身意志，蓬莱的人总被拨弄和把玩，连绝顶鬼才秦昭雪也逃不出命门所在。

望舒一时气闷，捧着脑袋问："萧演到底想要什么？他与王邢笑斗来斗去争抢领地，也只是为了推演乱七八糟的格局。就算'熔炉之光'成功现世，他又能得到什么？难道就图个好名声吗？"

爵微摇摇头，笑她终究孩子气，不懂人心阴暗及狠毒。

"萧演想要的绝不是区区名声，你别忘了当年他差点儿成为第二个秦昭雪。绝顶鬼才遗憾没世，这些年他一直没咽下那口恶气。"

"就为这口气，他害了数千条性命？代价真大。"

望舒揉揉眉心，想到石墙之外还有杀不完的死灵，顿时一股无力感从头爬到脚："他究竟何时才能咽下那口气？"

"他要的不是天下人的臣服，而是秦昭雪的臣服。"

爵微与她肩并着肩，隔得近，将她难得的柔弱看在眼里，不自觉地溢出一声浅笑。望舒察觉到他的视线，看他不是，不看他也不是，别扭地龟缩成一团。

他却觉得狭小潮湿之地也变得敞亮了。

再想外头的事，也自然而然不当回事了。秦昭雪混于浊世数万年，还能保持两袖清风一身傲骨，应该不是会向命运轻易低头的人。他便是一摊烂泥，也能塑万丈高墙，更何况他不是烂泥。而此时此刻在百里之外的秦昭雪，在收到鬼刹与望舒一起被困冰城之下数日的消息后，突然意识到装了这么多年孙子，也是时候该做点儿正事了。

当下便如飓风疾驰冰城，只因他深知一个道理，冰城之下的人已经等不了太久。

石窟里遮天蔽日，望舒将日子过得稀里糊涂，几次昏睡过去又被死灵搬石头的阴笑声惊醒，到最后干脆没了睡意，眼巴巴地望着洞穴口，等待奇迹的发生。

然而就在奇迹降临之前，绝望先一步到来了。

神珠泰斗的伤势忽然急剧加重，几乎失去意识。爵微先前几次为他输送真气，勉强才将他的命续住，谁知他却突然浑身抽搐，口吐白沫，从脖子往上爬满暗黑的血纹，嘴巴里也好像长出尖细的獠牙，异常狰狞。

众人都傻了，不知他怎么突然变成这样，像是变成了死灵。望舒一个心惊，随即将他的上衣扒开，里里外外地检查了一遍，果然在腋窝后下方看到一个齿印，他被死灵咬伤了。

死灵的复制方式是霸道且粗暴的，只要被咬到，不管是人是仙还是神，都会被同化。泰斗腋窝下的伤口很浅，所以没有当场被同化成死灵，但随着血液漫延全身，他还是不免被死灵的某些特性影响，他极力压制，两性相冲下才出现了这些症状，譬如瞳孔分裂，血纹滋生。

按照这情况发展下去，若不能及时治疗，泰斗的命可能就要没了。

场面一时陷入死寂。

许是爵微神色间太过凝重，泰斗也变得细腻敏感起来，强行挤出一个大大咧咧的笑，反倒安慰起他："珠侯，这点儿伤没什么大不了的，我扛得住。跟随你出生入死这么多年，受了多少伤，鬼门关走了多少回，到最后不都还活得好好的？还能再跟着你征战十万年，你信不信？哈哈，真没啥，不用担心。"

说完又是一口白沫吐出，浑身抽搐不止，泰斗双手握拳抵在胸口，忍住想咬人的冲动，几乎是磨着牙齿说道：“这什么怪病，真奇怪。珠侯你……你离我远一点儿，不要传染给你了，我怕我会忍不住。”

他憨厚地露出大门牙，笑得很纯真。

爵微刚想安抚他，却被他用力往后一推，他便趁机躲进角落里，挥着手臂阻止任何人向他靠近。

“不要过来，一个也不要来，就让我安静地说会儿话……让我一个人安静地说会儿话吧，我有很多话想说，我怕再不说就来不及了。”他喘着粗气，平复了会儿，缓慢地说道，“我真是太幸福了，珠侯你不知道吧？兄弟们都很羡慕我总能跟随你左右，私下里经常逼着我说关于你的事。这些年近在眼前的事我反倒记不大清了，说得最多的还是开天之战的那段岁月，因为那时你笑得最多。”

泰斗又变成话痨了。

他掐着手臂，极力克制身体的抽搐，将想说的话从牙缝里一个接一个挤出来，使了太多劲，很快就满头大汗，却是极高兴的。

“这些年你不常笑，也不常来与我们谈心，兄弟们不知道，我却是知道的。珠侯……别……别再记挂过去的人了，这样你心里太苦了。”

神珠泰斗话说到一半抽噎出声，把鼻涕眼泪都吸回去，双手捂着脸大笑，笑声也是发抖的。

“我去无边界战场时，闹事头领是一头黑猪精。那是真猪精啊，浑身油光发亮，贼精明，一上来就用攻心计，指着南珠战灵们说是一群乌合之众。这可把我气的，我们都是参加过开天之战的战灵军，没有战灵军，哪来的蓬莱九重天？哪来的死猪精？他竟然说我们是一群乌合之众，还笑话战灵军群龙无首，说珠侯你……说你不过只剩个虚名，早就不是当年的南珠侯了，若你上场领兵，不消半日便会被他打得落花流水。”

泰斗嗤笑，挺起胸膛拍了拍，一副还能再大战三百回合的架势。只可惜角落太窄，他的力气太小，这两下拍得气势不足，他一时怔然失笑，这回没挡得住涌出的泪花。

“就他个死猪精，以为攻心计就会让我们失去斗志？可他却不知道，南珠战灵们都是为珠侯而生的仙灵。可以为珠侯而死，更为珠侯疯狂，无边界战场就是这样被战灵军一寸寸清扫干净的。”话锋一转，他的神色变得庄重。

终于有这样的机会，可以让他说出深藏数千年的心里话了。

他将背挺直，全身的力气都压在墙壁上，面朝着众人露出一丝微笑。

“珠侯，能成为战灵军的一分子，我永生骄傲。请你别再救我了，若是能从这里出去，便回流光地看一看诸位兄弟吧，战灵军一直在等你回来。不管是一千年还是一万年，战灵军永远都等你回家！”

神珠泰斗红了脸，瞪大眼睛，血光直冲天穴，吼出最后一个字眼，生命之力仿佛耗尽，陡然闭上了双眼，但他唇角还挂着笑，直到黑暗来临的那一刻还挂着笑。

爵微久久没有出声。

也不知过去多久，堵着石窟门的大石块越来越少，越来越多的亮光渗透进来，将里面暗淡的环境照亮，将笔直地坐在墙角的泰斗照得一清二楚。

身为一名百万雄师的军队首领，他虽未能站着合上双眼，但他的脊背依旧挺拔。

石窟里的人一个没动。

直到一句低沉沙哑的声音回响在逼仄的石窟里：“不许死，战灵军也在等你回家。”

泰斗的眼角忽然湿润了。

洞口也被打开了！

这十万年来，从未有过哪一场恶战会让爵微感觉到希望渺茫，哪怕是当年酒神之战，面对比冰城更多百倍的死灵时，他也从未慌张过，但是这一次，他慌了。

萧演每杀一个人，掉下冰城的死灵就会多一个。好像永远杀不尽般，死灵越来越多，他们却越来越虚弱。

不管他们怎么咬牙坚持，尝试说服自己，剩下的五个人都没办法再杀出五万人的气势，到最后只剩下爵微一个人还在往前冲。绀青色的长衫早就被染成血衣，头发糊在脸上，将他的面目深藏起来。

但难见其真容，唯有满身血性。慷慨赴死，整座死城都变成他一个人的表演秀。

望舒不知道究竟是什么在支撑着他，是信念，还是爱，是归家的期盼，还是泰斗的余息，竟然让他在这样势单力薄的恶劣形势下，硬生生地挺了一个多时辰，甚至杀出一条血路。

曙光几乎就在前方，所有人都觉得不可思议。

望舒闭上眼睛，心里和眼里都是热的。她的耳边被许多声音填充，旗帜被撕碎的声音，打斗的声音，血花飞溅的声音……除此以外还有更美妙的声音，隐隐约约伴着风声从远处飘来。

她屏住呼吸，将所有杂念抛诸脑后，聚精会神地听那些声音，近了，离得越来越近了，也更清晰了，是风声，是水声，是阳光轻语声，还是沸腾的人声！

她心下狂喜，热流冲到喉头，她哽咽道："有人来了。"

"什么？你说什么？"

"有人来救我们了。"她几乎喜极而泣，捡起破碎的幡旗冲上山头，走过尸横遍野的战场，对此刻仍在厮杀的身影呐喊道："南珠侯，你听见胜利的号角了吗？"

他闻声回头。

吐出这口积压在心底许久的浊气，她终于笑了："泰斗，睁开眼看一看吧，战灵军来接你回家了。"

战灵军真的来了。

是梭罗子带来的，与他一同而来的还有雪骊与陈元方。他们挖了四条地道都没通到地下城，最后还是秦昭雪相助，结合五行术数给他们指了一条明路。

真是太不容易了，为冲出这片桎梏，真的撑了太久太久，终于……终于可以回家了。

然而，就在他们退出地道口时，还有死灵紧紧相追。

杀不尽，根本杀不尽！

倒下也会再爬起来，但凡有一口气就会有惊人的再生能力，总有一天还是会壮大，会再度归来。但是转念一想，这些拼了命追出来的死灵又会是谁？是书生，还是门生？抑或只是普普通通的人？他们是否也想和他们一样回家？

他们此刻是否也在流泪？在喘息，在哭求，在同命运撕扯？

……

许久，他们在地道外思量许久，最终还是决定用酒火彻底杀死他们。看着整座地下城在眼前爆炸、燃烧，渐渐成为一片废墟时，绝望与心寒也盘踞在他们心头。

就因为萧演的一口气，天下子弟都赔进去了。因为鬼魅的"熔炉之光"，九大奇迹之一的冰城也不复往昔。

这场大火连烧三个月，将整个羲和代的繁华都烧尽了。

事后梭罗子将整件事的来龙去脉讲给望舒听，她才知道原来在画舫那日他一气之下离开后，便乔装成一个读书人投入萧演的幕府，打算借机救出幕府其他书生，谁知在陈元方审核时被认出来了。

陈元方是个直肠子，不管他怎么劝说，就是不肯放他进去，最后还是得雪骊出面，连哄带骗才将陈元方说服，允许他俩加入百家学堂，听萧演讲课。

萧演那厮所讲五行术法皆是空架子，实际门道一个没有，要说有什么实质性的东西，也就是以情动人的那套说辞，倒真有几分感人，涉世不深的子弟们很容易就被他忽悠了，对他深信不疑。雪骊与梭罗子搅和在其中，多次挑拨他们弃幕府而去不成，最后只得跟着他们一道去萧演新推演的格局——“熔炉之光”。

所谓在冰城之巅打造的新格局也是骗人之说，真正的冰城之巅乃不毛之地，异常严寒，寻常书生根本无法涉足，能上半山已是天方夜谭，但学子们对萧演很是信任，被他三两句一说就相信了这是他用奇门遁甲之术改造过的新的冰城之巅，温暖如春，早不是传说中的严寒之地了。

学子们自然越发高看他，而他就将学子们当作试验品，不断调整摆阵位置，将他们一个接一个扔下“熔炉之光”，以制造不同的奇异景象。

这与用小白鼠试药，看是否有毒一般无二，萧演根本没拿学子们的命当回事。梭罗子与雪骊、陈元方三个人偶然间撞破他的丑事，当即冲上去与他厮杀。

陈元方悔不当初，立即将百家学堂的书生们解散。然而即使这样，因为“熔炉之光”的成功，冰城还是塌陷了，并且没有让其他学子幡然醒悟。学堂解散，他们还是一窝蜂地涌向冰城。

以修罗与雪骊、陈元方三个人之力，根本不是萧演的对手，反倒还被他的歪理邪说颠倒了是非。世人皆信他，更是相助他将梭罗子三个人绑了。

那一日，无数人死在冰城，无数人被死灵同化。

萧演发了疯般狂笑不止，在“熔炉之光”制造万千异象、华光闪耀天际，苍穹都失去颜色，终究……将秦昭雪引来了。

那应该是他与秦昭雪恩断义绝后的数千年里，第一次真正尝到雪洗前耻的快感。

他用千万条性命逼秦昭雪向他低头，承认他错了，在蓬莱九重天没有鬼才秦昭雪，只有萧演，萧演远比秦昭雪强。

秦昭雪却笑了。

他是真的将他当作亲儿子爱护过，也是真的将他视作对手交锋过，但是如今他只将他看作一个杀人如麻的疯子。

他问萧演："你胜了吗？"

萧演疯笑："你一败涂地！"

秦昭雪又问："你胜在何处，我败在何处？"

萧演答："你败在一无所有，无人所知，我胜在名满天下，家喻户晓。"

"你错了。"秦昭雪说，"你回头看，你胜在何处？"

萧演笃定他气数已尽，偏不信他的邪，傲然回头，举目四望，大声说道："我胜在千山万水皆在脚下，胜在九大奇迹之一的冰城也不过是我手中蝼蚁，胜在随心而至想杀谁便杀谁，胜……胜在……"

"胜在千山万水都成泡影，胜在绝迹冰城却沦为坟山，胜在你手中之血无人能敌，胜在你口口声声家喻户晓，然而身后却无一人。萧演，你败了。"

说完秦昭雪露出一丝微笑。

不知何时，战灵军已出现在他身后，这一回萧演似乎真要败了。他定定地看着秦昭雪，与他在"熔炉之光"的熊熊火焰中安静对峙，谁也没有退让半步。直到一口心头血自他喉中喷出，瞬间白发爬满鬓角。

他笑也不是，哭也不是，撑着一口气回望千山万水脚下之路，最后扭头就走。

他这一走，便是真的败了。

梭罗子回想起这些也颇为感慨，既是赞了秦昭雪的大义，又是遗憾萧演一代英才的陨落，真要说起来，萧演的这口气还是因为秦昭雪而起。

不过当年的事已经过去了，他们都不了解，如今追问也没有意义，只是提起萧演，梭罗子有几分恰逢对手未曾全力以赴的遗憾感罢了。

“遗憾遗憾，要我说，最遗憾的就是上辈子投错了胎来蓬莱当司医，这一天天的没个消停，不是这个被送过来，就是那个被送过来，这回倒好，一个伤了腿一个摔了胳膊，一个全身挂彩一个伤痕累累，再有一个干脆快没命了，你们是想累死我，对吗？”

华井生气地瞪了眼望舒，又看清闲地端坐在面前的梭罗子，怎么看都不顺眼。匆忙为她换好了药，他简单嘱咐几句后便火急火燎地赶往南珠流光。

人走远了，念叨声还在，望舒被教训得缩着头一度不敢应声。等他走远了，梭罗子才笑出声来：“我怎么觉着华井一日日地变啰唆了，像是忙不停的老妈子。”

望舒低笑一声，又问：“泰斗怎么样了？”

“捡回了一条命，但几乎废了，日后怕不能再上战场。”

“这怎么行？泰斗他……”

神珠泰斗是为战而生的仙灵，生是锋矛利剑，死也必当是真火烈酒，绝不会窝窝囊囊地活着，要是被告知今后再也无法上战场杀敌，怕是会动歪念。

她能想到此处，自然有人比她更早想到。梭罗子笑着打趣她道：“不知道的还以为你与泰斗相识已久，又或是与他的主人心灵相通，否则你们怎会露出一样的表情？不瞒你说，泰斗确实是闹了几次，也险些走了，华井在南珠流光发了好一通火，最后硬是将他抢救回来的。”

“泰斗是真性情。”

“也是真傻。”梭罗子搭着手在院子里信步走着，一边看风景一边说，“他那一根筋的脑袋，是不会想通的，不过已经被爵微制服了。泰斗便是再有什么心思、什么想法，也不会不考虑他的，战灵军还需要泰斗。”

自数万年前吴歌去世，自北荒一战结束，爵微便再也不是提刀而战的南珠侯了。即便是当年酒神之战，出力最多的也是帝将与月光神，他左右就是一个搭了把手的闲散人，既不愿意再统率战灵军，也不愿意再提起伤心事。这些年下来，战灵们深知他内心的伤痛难以抚平，不勉强，不为难，也不放弃，就这样等着。

终于，等到泰斗以命相搏的这个缺口，等到了他们的珠侯回家。

据梭罗子所说，爵微在说服泰斗之后，去了南珠地与数万战灵秉烛夜话至天明。哪怕隔着一道天渊河，在遥远的莲花海，他也能听到当夜不息的哭声。

俗话说男儿有泪不轻弹，但是对战灵军而言，他的归来可以说是有生之年最感动的事了，值得喜极而泣。

望舒也觉得感动，甚至有些开心。

梭罗子端看她的神色便一目了然，撑着她的肩笑眯眯地问：“小丫头，你怎么不问一问他伤势如何？”

“你既是有空闲来找我唠家常，想必他身子已大好，用不着我担心。”

“啧，你这话我就不爱听了，难道我一定要关心他吗？他是我什么人？难道他身子不好，我此刻就一定会在他床前端茶倒水伺候着？”

望舒脚步一停，跟在后头的梭罗子险些与她撞上，抬着手作势要打她。她将脑袋一缩，灵活地躲过去，小声说道：“我希望是这样。”

“你说什么？大声点儿！”

“我希望有朝一日倘若他真的重病在床，你能在近旁照顾他，他身边只有你一个朋友。”

“什么呀？说得跟小猫叫似的，我根本听不清。”梭罗子大手一摆，朝外走，嘴角却翘得老高，“哦，对了，要是你能下棋赢我一场的话，刚刚的话我就当听见了。”

“梭罗子大仙，你……”

耍她吗？

等不到望舒追上他，一道黑影自屋顶跳下。修罗抱着手臂挡在梭罗子身前，面无表情地说：“我来和你下，赢了你就给她端茶倒水。”

梭罗子俊俏的眉毛一竖：“你说什么？修罗你真是胳膊肘往外拐，你你你……”

往日他总要占修罗的便宜，修罗便时常躲着他。现如今诸事缠身，他也不日日纠缠修罗了，修罗也不再躲他。他忽然觉得这日子当真是有些空虚了，连一贯不解风情的修罗都来摸他的老虎尾巴，真是欠教训了，于是玩心大起，撩起袖子去追修罗。

萧演大势已去，王邢笑如今下落不明，蓬莱总算能太平几日了。

午后林间有阵阵蝉鸣，日光投下斑驳的碎影，照在人身上暖洋洋的。望舒看着梭罗子戏弄修罗，也忽然生出一种大战后休养生息的错觉。

如果，这场大战真的已经结束的话，她的梦或许能做得更久。

……

之后在一个天朗气清的暑日里，梭罗子在莲花海的山谷为劫后重生的他们办了一场聚会。泉水叮叮咚咚，舞乐连绵不绝，时光仿佛被调皮的小孩拨得停下来，一整日漫漫不到晚昏，正应了那句绿树阴浓夏日长。

只是在赴会之前，望舒又去了一次终南山。

许是猜到她今日会来，昆仑镜竟然早早地在树下等候，一贯怕他的八脚怪自然是乖巧地缩在树洞里打坐修行，连向她打个招呼都得看昆仑镜的脸色。

他们简单地聊了几句，昆仑镜便与望舒一道离开。沿着终南山上的小路一直走，可以看到一片金灿灿的麦田。这是蓬莱仙界的麦田，俗称四季麦，四季都是收获的好时节。

麦田一望无际，他们站在一条田埂上，四周除了风声再无其他，安静得几乎想让人就在此处长眠。

昆仑镜与望舒谁也没有先开口，似乎都在想合适的开场白，后来昆仑镜念着她还是小女娃，怎么着也长她数万岁，要给小辈一点儿面子，于是先开了口，说道："八脚怪总是很怕本镜君，怕我时不时地出现吓他，还怕我逼他看冰城的杀戮，这小子跟姑娘似的，胆小又怕事，不吓一吓哪里能长见识？他见着了冰城的杀戮，便以为那是天下最残酷的样子了，其实不过冰山一角，天下哪有最残酷的杀戮？残酷远不是他能想到的样子。"

昆仑镜凝聚成人形，站在天幕下尚有一丝活人的气息，可站在麦田里，几乎与金黄的光合二为一了。望舒从未看清过他的神色，但似乎能想到他此刻的神色，必然是有些漫不经心，有些轻蔑，又有些萧索的。

他是个高傲的人，但他不是简单的只会高傲的人，否则他不会在终南山等她，不会在那日离开冰城时，突然给她留下一句意味深长的话，只有四个字——你不是她。

望舒收回心思，感慨道："八脚怪年纪尚小，少不更事，还看不懂你对他的关心。待他出去走一圈，便会知道你是真心为他打算的。"

“呵呵，本镜君难道就指着他能记得那点好？”昆仑镜立直身子，仰面大笑，“若他今后独立出去行走，还能安然无恙地回来，本镜君便心满意足了。”

“相信八脚怪不会令镜君失望。”

“哼，休要恭维本镜君，你以为我不知道你的心思？”说到这里，昆仑镜才算是将开场白说完了，语气一沉变得正经起来，“也不是谁都像你这小女娃娃的，藏着大心思，一路贼惦记。你去冰城到底是为了什么，旁人不知道，我难道还猜不出？”

读心术的鼻祖级人物，谁在他面前不是赤条条、一清二白？望舒不敢不认，乖巧地点了点头：“所以我来了，想请镜君赐教。你为什么那么说？是看到我的前世了吗？”

昆仑镜看着她哈哈大笑：“本镜君再给你一次机会，重新问。”

“……”

望舒浅浅叹息，不敢再藏着掖着，直接问道：“你说的‘她’，究竟是谁？”

“你心中应该有一个答案。”

“我不敢想。”

“不敢什么？觉得她位分太高，不敢高攀？还是因为什么人，不愿意是她？”

昆仑镜从高处俯视她，她穿着厚重的青衣，肩头微微耷拉着，立在金灿灿的麦田里像是一株无人问津的青稞，毫无生机可言。她确实是个与众不同的女娃娃，但她这点不同付出的代价未免太大，失去的快乐又有谁人能懂？想到这里，昆仑镜心思变了，不再为难她，开诚布公地说道：“你确实有点儿像月光神，但你并不是她。”

望舒下意识地松了口气，她的不甘、不安和五味杂陈都被昆仑镜这个肯定的答案平复。

“我不知道是谁跟你说，又是谁给了你那样的暗示，不用去管。你就是你，不管你的前世是谁，今生你都只是你自己，不是任何人的影子。”

这世上哪里会有两个一模一样的人？活在当世的人都可能转瞬之间面目全非，那么又何必去纠结于上一世？

昆仑镜是个务实派，他从不想虚无缥缈的过去，目光总是看向远方，仿佛他心中对远方有某种希冀。他走上一片高高的山丘，指着夕阳的尽头说：“你看那里。”

望舒循着他的视线看过去，麦田与苍穹接壤，整片天都洒满了金色的稻穗。昆仑镜矫情地说道：“那是希望的田野。”

望舒忍俊不禁，他又说：“多年以前我去过人间，那里与蓬莱九重天完全不一样。我看到许多人挺直腰杆站在田埂上，高声大喊：‘希望的田野，有希望就有未来！’我想他们是在给自己力量，给自己信念，给自己无限的未来。我感到精神振奋，也无比渴望远方有一片自由的热土，可以让我真正地感受到活在世上的重量。所以如果有机会，你也应该出去走一走、看一看，天下何其之大，蓬莱又算得了什么。”

蓬莱九重天其实不是天，而是个牢笼。里面的人出不去，外面的人进不来，于是这个牢笼就变成了自家人的修罗场，杀来杀去，永不安宁。

昆仑镜说完一席话，开始收尾：“女娃娃若是不嫌弃，下次再见时本镜君与你唠叨唠叨我的过去吧。我不常提，但还是希望有人能记住我的过去，记住我究竟是谁。只是怕到那时，就该是本镜君死的时候了。”

“镜君你……”

“生死有命，上苍的旨意应该不晚了。”

昆仑镜仰起头，眺望某个方向，望舒看出来那是八脚怪修行的山头。

他心中应该是记挂八脚怪的吧？

望舒这般想着，却忘了面前这位是读心术相当厉害的角色。昆仑镜忽地一笑，叉着腰说道："记挂他又如何？他还不是怕我怕得要死。小女娃，我马上要去执行下一项任务了，有时候我也不知道这样活着究竟是对，还是错。"

纵然是被赋予救世的意义，他也不过是盘中棋子一枚，随人拨弄。这样自我鼓励式的活法，昆仑镜一直都在思考，有意义吗？当年他一念之差的选择，究竟是不是错了？他真的能看到他渴望的自由吗？

如果不能，他只希望八脚怪是自由的，面前的这个女娃娃是自由的。

"望舒，你不一样，前路还很长，你还有很多选择的机会。"昆仑镜挥挥手，头也不回地往前走，走到很远的地方，他忽然驻足，似是笑，又似是没笑，风声太响，望舒没听清楚。

她大声问："你要去哪里？"

他想了会儿，照旧没回头，只是说道："记住我说的话，你就是你，是天下独一无二的你。想爱就爱，想恨就恨，谁能挡你？"

麦田被风吹得沙沙响动，声音十分动听，像催眠曲一样让人想睡一觉。

昆仑镜已消失无影，望舒还怔然立在原地。一直紧绷的神经仿佛都松弛下来，脑子里乱哄哄的，像两个小人儿在打架，一个小人儿说太累了，要睡三天三夜，谁也不理会；一个小人儿正要开狂欢会，高兴地跑来跑去，将所有顾虑和烦恼都抛诸身后。

天地间还在回响美妙的声音，一遍遍冲击她的耳朵——你就是你，是天下独一无二的你，想爱就爱，想恨就恨，谁能挡你？

是啊！她不是任何人，她是望舒，是世间绝无仅有的望舒，那么她的前世是谁还重要吗？

她迅速地捋清了这个纠缠她已久的困惑，整个人都雀跃起来，最终偏心地选择了第二个小人，朝着一场狂欢会飞奔而去。

梭罗子怕是将整座小岛的女姬都请动了，莲花海人头攒动，热闹非凡，歌台舞榭鼓乐齐鸣，美酒佳人欢聚一堂，香气四溢。

望舒去晚了，临到山谷碰见去小解的鬼刹，见左右无人，便将他拉到角落。

自打从冰城的死灵山中捡回一条命，他就脱胎换骨，像是换了一个人，不再整日沉着张脸，逢人就是一副面目可憎的凶狠样，偶尔还能疯笑两声。再加上没了王邢笑的管束，他更是如脱缰的野马，不仅堂而皇之地与华井之流厮混，日日同出同进逛红楼听小曲，还由着秦昭雪频繁出入四方斋，以及王邢笑手底下位于丰禾城的多个私密暗桩点。

黄土妖是个人精，一看动向不对马上向望舒打报告，以为鬼刹是在冰城着了死灵的道，被死灵附身，想让她提防着点儿，但她一看就知道鬼刹那都是装的，他与秦昭雪应该是暗地里在打什么鬼主意。

望舒仔细端详鬼刹的神色，良久，眼珠子一转，问道：“你们是不是在找萧演？”

鬼刹不会说谎，被她的突然袭击弄得手足无措，干巴巴道：“你……你说什么呢？”

望舒道：“秦昭雪被萧演逼到绝路都没有低头，你是他的亲儿子，与他一样倔强古怪，才不会这么容易就转性。”

“你说谁倔强古怪？”

鬼刹眼睛一瞪，原来的凶相都回来了。望舒被他惹笑了，又道：“你是不是已经找回失去的记忆了？”

“你又知道？”鬼刹生气地皱起眉头，“你与秦昭雪一样讨厌。”

“这么说，秦昭雪也知道你恢复记忆了？”

鬼刹不耐烦地轻哼了声，拎起她梳在耳后的小辫子，像是在玩细软的柳条一样穿在手指里绕来绕去，说：“难怪秦昭雪要收你当徒弟，你俩才更像是亲生父女，心思深，不讨喜，更古怪。而且看破不戳破是江湖义气，你不懂吗？”

望舒扯了一下辫子，没扯回来，干脆放弃。

“那日被死灵逼入石窟时，你说萧演也没坏到透顶，难道你对他怀有恻隐之心？”

“你这辫子梳得忒难看，应当找机会同红楼里的姑娘学一学。”鬼刹轻蔑地发出一个鼻音，将她的辫子从手指里绕出来，调皮地往后一拽，背着手往回走，走到一半笑着说道，“坊间有谣言，长元仙君的死与南珠侯有莫大的关系，难道你对他就没有恻隐之心？”

望舒愣住。

鬼刹又道：“世人都以为自己活得很清醒，但其实很糊涂。别人家的事情他又不曾亲身经历，哪来的立场去评判是非对错？好像你和南珠侯、长元仙君之间自有旁人不知道的瓜葛，我与萧演、秦昭雪之间也有这样的不为人知的纠葛。所以，便是谣言如何传，你也照样信任他，便是萧演如何作恶多端，我也可怜他。”

这么一来，就是承认了他对萧演有恻隐之心。

死鸭子嘴硬，非得绕这么大一个弯儿。

见他走远了，望舒撇撇嘴，将被弄乱的辫子拢到胸前，正打算理一理，山涧中却突然出现一个人的倒影。她吓得手一抖，红色的发巾顺着溪流漂走了。

他走路悄无声息的，也不知是何时到的这里。望舒一手举着发辫，懊恼地在他和溪流之间来回扫视。爵微却还兀自沉浸在鬼刹方才和她的玩闹间，敢扯她辫子的人，偌大的蓬莱应该无几人吧？

这么一想，也觉得被鬼刹扯过的红发巾漂走也好。

“这么举着累不累？”他忽地玩心大起，笑着看她。

望舒点头，将辫子绕到另一边，用另一只手举着，甩了甩先前那只胳膊。爵微上前一步，也不帮忙，就这么干看着，说道：“累一累才能长记性。”

望舒不明所以，更是懊恼。

“若非你吓我，发巾怎么会漂走？”

“凡事总有个先来后到，我一直在树上，是你拉着鬼刹来此的。”爵微又近前一步，讨趣似的逗她。意识到方才的谈话都被他听过去了，望舒有点儿羞恼，又有点儿生气，但要怪他偷听也实在没道理，所以只能哑巴吃黄连认了，闷不作声地看了他一会儿，转头就走。

爵微赶紧上前两步拦住她：“好了，不逗你。把辫子放下来，我帮你束。”

“你？”

望舒将信将疑，看他手上没有任何东西，不知该拿什么帮她束发，但见他神色笃定，自己一时又没办法，只好转过身去，将辫子散在肩后。

她发丝蓬松干枯，不太柔软，被风一吹显得乱了，打理起来有些费时。爵微倒是耐心十足，将她的辫子解开、理顺、分条、重梳……不过为女孩子梳辫子，他也是头一回，再正经的架势也掩盖不了粗手粗脚的嫌疑。梳了两回，辫子还是糙得和马尾似的，他自己也忍俊不禁，强装镇定地自耳后削了一缕发丝，像是抚琴般手指上下穿行，一圈一圈地缠住辫尾。

缠到最后，他的手似乎不听使唤了，想将头发再打散重梳一次。望舒等得实在没耐心了，问了两遍，一看身后没动静了，赶紧跑到溪水边照了照。

这发辫实在是一言难尽。

但看他削发以作束带，她的嘴角又忍不住往上翘。望舒对水将发辫理了理，回身见人早已走远了，不知是不是心虚使然，嘴角又没忍住，再次翘了起来。

进入山谷内，人都来齐了，坐在草席上围成一圈。梭罗子抱着一只手鼓在中间轻轻哼唱着蓬莱小调，身边两个美娇娘帮他伴舞。动作狂野又惹火，空气中热浪滚滚。

其中一名女子很有异域风情，深眼窝，高鼻梁，嘴唇鲜艳，身姿婀娜，戴着黑色网格的丝手套，身着一袭瑰丽舞裙，一颦一笑十分勾人。

神珠泰斗看得眼睛都直了，华井也一副坐不住跃跃欲试的猴急样。

望舒不觉好笑，多看了两眼，走到人群中间忽然被雪骊握住手往下一拉，直接摔坐在她身旁。雪骊像是屁股着火一般，附在她耳畔语速极快地说道："好妹妹，有个大麻烦在眼前，帮姐姐我挡一挡可好？"

望舒疑惑，雪骊朝旁边打一个眼色，她顺势看过去，便瞧见了旁边正襟危坐的陈元方。

只见陈元方身处万花丛中仍旧坐怀不乱，闭着眼睛，单手竖在胸前不停地重复"非礼勿视"的青崆派律言。往下看，却见他另一只手紧紧拉着雪骊的衣摆。

"这是怎么？"

雪骊狠狠剜陈元方一眼，压低声音说道："梭罗子喊我斗舞，陈元方这只呆熊死活不肯，说公然斗舞有辱斯文，不放我去。"

顿了顿，她又追悔莫及地说："自打萧演消失不见，他就日日跟在我身后，真是十分黏人。"

望舒忍不住笑了。

那头陈元方似乎听见她俩耳语，也猜到在说他的坏话，忽然睁开眼睛看过来，羞赧地向她点头示意，随后将雪骊的衣摆扯得更紧，闭上眼继续念经。

他身着一袭青灰布衣坐在席间，端的是一本正经的修仙人模样，与欢庆气氛格格不入，但他又实在简单可爱，让人哭笑不得。

望舒收回视线，又看向梭罗子。他今日穿一袭正红色束腰宽袍，肩披银灰绶带，绘了面妆。明眸皓齿，绝顶华容，仿佛是将“天下风流”都穿在了身上。每走一步，身边的两个美娇娘都会脸红一分；每看一眼，山谷间的花草树木都会害羞一分。

真真是蓬莱九重天第一美男子才有的姿仪，无人可比。

哪怕情敌是羞涩呆萌的陈元方，也丝毫不逊色。

看雪骊的神色望舒就知道了，她与梭罗子的每一个眼神交汇都旁若无人，还只能他们彼此意会。明里的天下风流，暗里的痴情你有，正当时的你侬我侬，哪里还有第三个人的情根深种?

望舒心下了然，被雪骊往前一推，夹坐到她与陈元方中间。衣角终自手中滑走，陈元方满心失望。望舒有些于心不忍，但看雪骊苦恼万分，又难得求她帮忙，只好硬着头皮做起“和事佬”来。

她先是循循善诱，问陈元方：“萧氏幕府没了，你之后有什么打算？”

陈元方没吭声，视线还追着雪骊。望舒浅浅地叹了口气，调整坐姿，将雪骊完全挡住，又问：“你离开青崆派多少年了？”

这回许是牵扯到他的心事，陈元方赏脸地搭腔了。

“有两百年了。”

望舒问：“为什么会离开？”

陈元方说：“师父老死了，将派中弟子都放下山，让他们成家立业。”提起师父，便想起往昔在青崆的点点滴滴，他越发伤感落寞。

望舒又问道：“你想念师父吗？”

“嗯。”陈元方点点头。

“为什么投入萧演门下？”

陈元方细细地思索，望着远方，眼前渐渐浮现出一个模糊的轮廓，像是他远游方归的师父。他迫不及待地追了上去，大声呼喊着师父的名子，却一直不得回应。待得白雾散去，那个人的轮廓也跟着消散了，他才意识到师父早就走了，心下一叹，苦笑道：“萧演身上有师父的影子，我以为他是个好人。”

为着一个模糊的身影，他就孤注一掷地将命交给萧演。可见他与师父的感情之深，也可见他涉世太过浅白。但是陈元方心中有一方净土，念的都是正直和良善。

他的师父将他教得很好，所以哪怕离开了青崆，他也从未真正放下过青崆，也仍是师父的弟子。前半生，后半生，永生都是。

这样的陈元方对蓬莱而言，是个意外之喜。

望舒觉得他的活法太潇洒，忍不住细细打量他。陈元方却被她的眼神弄得坐立难安，挠着耳朵问：“你为什么这样看我？”

“我觉得你应该有更好的去处。”

他迟疑：“她……是不是和你说了什么？她生我的气了吗？”

望舒沉吟片刻，不答反问：“你喜欢她吗？”

陈元方立即脸红如火烧，低下头闷不作声。雪骊曾说他尊称萧演为师很恶心，他就认为她狠毒，还一直觉得她很坏，不是个好人，但在百家学堂的那些天，她不仅多次劝说学子们离开，每每与他们争得面红耳赤，一脸正气又愤愤不平时，还是将他们的安危放在首要位置，受了伤仍不要命地与萧演对抗。

在那一刻他才意识到，他平生所识太过粗浅，的确不了解女子，不懂这样和那样的区别，因为雪骊是他见过的既不这样也不那样的女子，是一个很特别的女子。

他喜欢看她笑起来的样子，英气十足，像个女将军。最重要的是，她的骨子里有和他一样的正直和善良，像一团虹光，让他不由自主地想靠近，根本无法拒绝……

而这一边，望舒也被自己的问题问倒了。

曾几何时，她还不懂爱，如今却将“喜欢”这样的字眼脱口而出，难以想象这些日子以来究竟经历了什么，才会有这样的变化。是在西海二战中救了鲛人一族，还是在冰城看到成山的死灵倒下，有了仁慈之心？是因为方才在麦田时昆仑镜说的那句“想爱就爱、想恨就恨”，还是……

她抬起眼，看向对面。

爵微与秦昭雪比邻而坐，不知在交谈什么。因为被梭罗子与美娇娘挡着视线，他没有看到望舒。等到他察觉时，她已经转过头看向别处了。

望舒觉得不能再与陈元方这样绕弯子，应该速战速决，于是问道：“你的师兄弟们都下山成家了，你有没有想过……”

还没说完，陈元方立即打断她：“修仙之人怎可妄动邪念？”

邪念？

“你喜欢姐姐，却又将此视作邪念。陈元方，你是不是从未想过要成家立业，从未想过娶她？”

陈元方恍恍惚惚似一直在做梦，直到望舒简单的一句话将他的梦彻底打碎，不只如此，他越是往深处想越绕不出弯，不得已又念起经来，语速渐渐加快，到最后连自己都不知道在说什么，一个气馁捂住了脸，像只受伤的小绵羊蜷缩成一团。

望舒蒙了，赶紧站起来将雪骊推过去。有她安慰，陈元方的情绪渐渐平复了，不再用凄惨的眼神看着望舒，她顿时松了口气。

梭罗子见她三心二意，将她拉到圈子里，拍着手鼓示意她跟着节奏踩踏。望舒从未跳过舞，手脚僵硬得像条干鱼竖在那儿，动也不知道动一下。华井在圈外看热闹不嫌事大地指点她，她反倒越动越乱，手脚并用像是玩起杂耍，惹得众人捧腹大笑。一不小心还弄乱了美娇娘的节奏，踩到对方的脚。

漂亮的异域女子被踩得吃痛，娇笑着向梭罗子求助。

离得很近，望舒与她四目交接，依稀觉得这双眼睛有些熟悉，像是在哪里见过。脑海中“唰”地闪过一个人的身影，很快就消失不见，等她再去看时，美娇娘已经走到另一边去了。

周身鼓乐嘈杂，她连连往后退，谁知又撞到另外一个人，顿时窘得想找个地洞钻进去，好在这时人群中伸出一只手，将她拽了出去。

“再跟人撞下去，发辫又该重梳了。”

一听声音她便知道是谁，头也没抬，顺势坐了下来。她刚才像个陀螺一样在梭罗子与美姬之间转来转去，出了一身汗，浑身上下都热气腾腾的，脸也红扑扑的。

秦昭雪隔着中间人朝她扔了一壶酒，似笑非笑地说：“喝点儿酒降降血气。”

望舒小声回：“我哪有血气大？”

秦昭雪没听见，以为她不好意思，便不再打趣她。过了一会儿，身上的热气散了，脑子也清醒了。见身边这人迟迟没有说话，她有些坐立不安，虫子在爬似的心痒痒，想看看他在做什么。

就看一眼。

她装模作样地调整姿势，倒了一小杯酒，双手合拢递到嘴边，眼尾悄悄往上吊，用余光往旁边瞄。她冷不丁被捉个正着，呛了酒，连咳好几声，好不容易降下去的血气又往上涌了。

爵微替她顺顺背，轻笑着问：“打肿脸充胖子的滋味如何？”

“你……你都看到了？”

“陈元方的表现不难让人猜到事态发展，否则梭罗子怎会有这样的好兴致？”一边说，他一边取了酒壶为她斟酒。今日供应的是莲花酒，酒坛都是刚刚从莲花海里挖出来的，坛子还带着水汽，酒更是香得醉人。

梭罗子应当是有几分胜券在握的资本，所以才舍得拿出这样的好酒招待大伙吧？

他那点儿贼心思真是，也不知道藏一藏。好在陈元方一清二白，看不出里头的门道，可席中几人哪一个不是人精？

望舒再一想就明白了，为他们庆贺是假，怕是趁机向陈元方宣示主权才是真。

“梭罗子大仙看着是个潇洒不羁的人，没想到骨子里也这样……”

“这样什么？”

望舒喝着好酒，舌头打战地说：“这样腹黑。”

爵微自然是笑。

“可是过去我也没看出来梭罗子大仙与姐姐有……”望舒说到一半咳嗽了声，重新开口道，“他们更像是冤家，梭罗子大仙每次看见姐姐都要笑话她，姐姐每次也都要嘲讽他。”

“他们相识于微时，认识得太久，反倒不敢表达，而且梭罗子是个内敛之人。”似乎是怕她不信，他指着里里外外伴舞奏乐的女姬给她看，“你看他端的是天下风流的名号，可曾有一次正眼看过那些女姬？”

便是身边那位风情旖旎的异域女姬，每每若有似无地擦着他的肩背扭动纤细的腰肢时，他与之对视，眼睛里也毫无温度可言。

爵微又说：“他露在外头的东西都是假的，藏在里头的才是真的。若不是半道上杀出一个陈元方，以他温温暾暾的内敛性子，怕是再熬个十万年也不一定能开口。”

可一旦开口，就是干柴烈火，一点就燃。

他们都是性情中人，知道了彼此的心意，就没必要再整那些弯弯绕绕的东西，正应了昆仑镜那句“想爱就爱”。望舒不禁感慨道：“梭罗子大仙是道行高深的大灰狼，陈元方是天真无邪的小绵羊，斗不过他也是应该的，但是未免太可怜了。”

“你同情他？”

莲花酒的香气扑到鼻尖，望舒闻到他满身的清冽，捂着酒杯心不在焉地说道："不是同情，是羡慕，陈元方应该是我见过的活得最自在的人了。"

爵微不语，细细地打量她。风起群山遍谷，将她的发丝吹乱。他不由自主地向她靠近，挑起耳颊旁的一缕碎发，别到她耳后，声音很低，低沉到几乎沙哑。

"望舒，你变了。"他的眼睛里是有温度的，像雾像风又像雨，"变得……有人情味了。"

望舒抿抿唇，蚊蝇般回道："都是你教得好。"

这话听着奉承的意味太明显，可扛不住某人很受用。爵微蜷起食指，想了想，还是敲她的额头，没忍住低笑出声。

大概是替雪骊高兴，她多喝了几杯，又被梭罗子喊去跳舞。一群人闹了半日，晌午过后均是乏了，各自寻找地方休憩。

梭罗子被雪骊领走了，陈元方很是受伤，独坐在假山之上念念有词，修罗无趣地陪着。秦昭雪父子又不知道在打什么鬼主意，跑得没影。华井则和女姬们厮混，连神经大条的泰斗也被他捉去一道玩了。

左右无处可去，山谷又只剩下他们二人，望舒仿佛觉得那些人精都是故意的。

喝多了酒，她头昏脑涨，耷拉着肩左摇右晃，被日光照得睁不开眼，整个人透着一股懒散劲儿。忽然她打了个酒嗝，十分羞赧，捂着脸不让爵微看。他也不看，就是笑，笑声不高不低，不轻不重，丝丝密密，就像小蚯蚓爬耳朵，哪儿哪儿都痒，心乱如麻。

看她头低得快埋到胸口去了，爵微不再逗她，转而长长地叹了口气。热闹之后突然安静下来，人容易伤春悲秋。望舒支着小脑袋问："你为什么叹气？"

他笑得很浅："看见梭罗子这样，不禁有些羡慕。"

"羡慕？"她转过脸，染着酒意的脑袋稀里糊涂，不自觉地朝他身前凑，"羡慕什么？"

她裹着厚重的青衣，双颊殷红，像一只圆滚滚的棕熊仰着头看他，语调和神态都软绵绵的，化开他心底一片冰河。

“羡慕什么呢？”他眯着眼睛缓慢地说，“羡慕他有敢爱的人，有敢爱的灵魂。”

她醉眼蒙眬，脑子转不动，想问就问：“你没有吗？”不等他回应，又说道，“敢爱的人和敢爱的灵魂，你没有吗？”

“我有。”爵微说。

曾经有过。

在酒神之战后重生于人间的三千年里，他找回了赤子之心，所以毫无顾虑地爱上了一个人，是他兄弟的结发妻子。

当时他忘记了前尘往事，忘记了与帝将的兄弟之情、四神的相守之义，忘记了明月光，还忘记了她。世事当真如棋，至今想来他仍不知那三千年里姳贞是怎样挨过来的，她那样的性子，又是如何扛过他一心一意爱着旁人的疯狂岁月，直到最后仍无怨无悔地等待着他？

从一而终，矢志不渝。

正如蒲苇，韧如丝，磐石无转移。

她的爱像烈火，像长流，像永恒的星空，令他震撼和羞愧，以至于不敢面对。他越想越觉得在她面前他是懦弱的，胆怯的，水火交加的，根本配不上她，于是出于某些狼狈和阴暗的缘由，他拒绝了她，最终导致了她的死亡。

这些年，他从未向任何人坦陈过内心对月光神的爱与诚、悔恨以及不甘，但是在这一刻，他突然有了倾诉的欲望。

“我是不是从未和你说过她的事？你介意吗？”

望舒的大脑运转速度跟不上她的动作，还没想清楚就摇了摇头，傻笑着说：“不介意。”

他淡淡一笑，像是在做演讲前的最后准备，将目光转向辽远的天际，神思逐渐飞越到远方。

"吴歌死后，很长一段时间我都不知道自己活在世上的意义到底是什么。我夜夜流连红楼，宿醉温柔乡，可每每睁开眼望着远方，仍不知该去哪里，该做什么，该怎么办。"

从那时起，他的灵魂就丢了。

"后来有了四神之家，我与她、帝将和青昼一道住在明月光，对弈、畅谈、喝酒直到星辰落幕，日子便像滚雪球似的往前移，不知不觉间过了很多年，对四神之家的感情也逐渐加深了。当时我已隐隐猜到她的心思，可惜有心无力，不敢面对。但我明知自己有心无力不敢面对，却还是受不了俗世红尘的诱惑，招惹了她。"

他眯着眼睛，将笑都拢在眼底。回忆起故事里这个女子，他的模样有些像当年的长元仙君，唯一不同的是，他的温柔揉碎了骨头，哪怕到此时此刻，神色间仍旧有淡淡的笑意。而长元只恨哭不出声，只恨将她哭不回来，只恨时光不能倒流。

真比较起来，他对月光神实在残忍。

"是我将她骗去刺纹楼的。先楼主曾提醒过我，但我当时醉大了，没理会。她看到我手臂上的蒲苇文身，便叫先楼主替她刺一样的图案，直到那时我才幡然醒悟，慌乱之下逃出刺纹楼，自此之后不敢再与她亲近，她也再未向我表露过什么。我以为她的心思总会慢慢变淡，却不想她是那么简单固执的人。"

蒲苇韧如丝，磐石无转移。她以为他心有千万蒲苇，是与她一样痴情不渝的人，却不知蒲苇在当时的他心中不过是用来自我消遣、麻痹和赎罪的一个安慰罢了。

蒲苇有情，但他无情。

爵微一边说一边卷起衣袖，枕着大石壁露出半条手臂。石壁上有汩汩泉水流过，顺着石壁缝，穿过他手腕间的空隙流向望舒的膝盖间。她也不知是被凉的，还是被一大片突然跃入视线的蒲苇惊到的，突然一个激灵，酒虫跑去了大半。

她小心翼翼地挪过去，靠在石壁上蹲下身子，逆着泉水的流向从下往上描绘蒲苇的纹理。看着看着她就走了神，男子的手臂结实健壮，纹理之下的皮肤偏向铜色，细看还有几道伤疤，均是一寸长的大伤口，应该是早些年四处征战留下的，大多数疤痕很浅，带着粉色。

伤疤若是红色，刻在皮肤上与血肉相连的文身便显得异常刺目，一大片密密麻麻的，像是迷雾森林疯长在他的身体里。

她忽然想到当年月光神留下的蒲苇绘图。

因为少不更事，她曾将绘图打开过，图案中交缠的男女手臂栩栩如生地呈现在她眼前，其中男子的手臂与他的简直一般无二。

真的是他，月光神绘图中的男子真的是他，他与她……有过那样一段不为人知的过去，有过那些缠绵悱恻的记忆。月光神临死还是将亡灵之书的秘密藏在蒲苇图中，他至今仍将她放在无人可比的位置，他们的过去谁能介入？又怎可磨灭？

望舒的心思越是活络，意识就越是清明，几乎刹那间醒酒了，对他方才所言种种也回过味来了，一时百感交集。

爵微尚还未知，声音越发沉哑："她是个细腻敏感之人，察觉到我的逃避也不来追问，自顾自地拧巴计较，伤心难过从不同任何人说。这一点你与她有些像，喜欢把事情藏在心里，内向，不爱说话，却又门儿清，谁也骗不得。后来死灵出没，引发酒神之战，她又是一心赴死，我便以为她怪我，不愿再见我，谁知她却咬牙强撑数千年，斗阎水，杀死灵，协助帝将归来，重圆四神之家，最后还将已经沉入海底的我拉回头。她与陈元方一样，是活得一心一意的简单人，哪里知道物是人非，我爱了帝将的妻子，背叛了兄弟情义，四神之家如何能重圆？如何还能回到过去？她却照旧不勉强也不放弃，由着我随心所欲，可我真的怕了。"

他的笑温柔，又残忍。温柔给了月光神，残忍给了眼前人。

"她是白纸，我是烂泥，烂泥糊上纸终究会脏，所以我不敢动，不敢说，不敢表现，不敢有半分逾越，可即便如此，我终究还是……”

“终究还是伤害了她，辜负了她。”望舒坐立难安，猛一起身，“南珠侯，我……我有些乏了，想去休息会儿，你请自便。”

“望舒……”爵微始料未及，连忙追上前去，“你怎么了？”

望舒不应声，埋头飞奔起来。

可他若要追，她哪里躲得过？两个人你追我赶地往山谷深处跑。挤进一个假山里，她再无半分退路，手腕也被他握住，怎么甩也甩不掉，当即气极了，不管不顾地说道：“你的过去，月光神的过去，你们的过去，都与我无关，不是吗？我为什么要听你讲她有多好，你对她有多么愧疚？你爱她，或是不爱她，又……又与我何干？”

为何要拿她和月光神做比较？为什么在这种时候提起刻骨铭心爱过的人？

她快气疯了，酒虫上头，毫无理智。

可是哪怕这样气，她说话的声音依旧不大，像是在极力克制自己的脾气与他讲道理，但落在他眼里，不过是一个小女孩不高兴了，在同他闹别扭。他试图解释，她反应更快，已经将情绪都收拾好，不紧不慢地说道：“因为你的优柔寡断，你的滥温柔，伤害的不只是月光神，还有我阿爹。”

她使劲挣开他的手，疾步往外走。可是假山太深了，她像个无头苍蝇在里面打转，以为躲开了他，结果一个转弯又看到他立在面前。

他的眉头微微皱着，清冷与温柔如同水火不相容，将他狠狠撕扯。他不知该怎么面对这个闹脾气的女孩子，却知道不能就这样放她走，放走了还不知要气多久。

“望舒。”他无奈地叫她的名字，一遍不成又一遍，“望舒，你又乱算账。”

将长元与他的账，稀里糊涂算到他与她头上，总是这样不讲道理，一次次拿长元当幌子，他也是憋闷异常，往往想气又气不过，想忍也忍不下。

每回她借酒撒疯，都说这样伤人的话。

上一回在长庚岛，和他说不再相见，论公平与否，她从来都未真正地对他公平过。一生气就爱乱算账，算来算去也只有长元这笔烂账，如今又多了个姳贞，剪不断，理还乱。

爵微揉揉眉心，朝她走过去，低眉顺眼地告饶："我错了。"见她不应，他上前握住她的手腕，重复一遍，"我错了，原谅我好吗？"

他的衣裳染了莲花酒的香气，衣襟却被灌木钩破了，隐隐约约露出细长白皙的脖子。他将身子前倾，虚靠在她肩头，透着股任君采撷的懒散劲儿。望舒从低处看他，不敢正眼看，只敢用余光瞄，瞄到他有着淡青色胡楂的下巴、高挺的鼻梁和眼尾的细纹，每一样都绘着勾人的笑意。

逃也逃不掉，看也不想看，她面无表情地生着气，心里却咚咚地敲着鼓。终于，锣鼓敲破天了，她也轰隆隆地投降了，像个吃到糖的小孩子，乖乖巧巧地应了声。

他松一口气，这才轻笑出声，忍不住揶揄："小辣椒。"

"我不是。"她晃着脑袋拒不承认。

他照旧是笑，笑得她脸一圈圈泛红泛热，心里"扑通扑通"跳个不停。

这究竟算什么呢？

他们的关系变成什么样了？

思绪漫无边际，直到指尖一热，望舒才意识到手还被他握着，赶紧抽回来。爵微也在片刻间如过四季，身体一阵冷一阵热，血液都在倒流般，有异样的感觉滑过心头。这种感觉更像是早早地就潜伏于内心深处，直到这一刻才破土而出，将堵在心口数万年的憋闷之气全部释放，瞬间找回了大地间飘忽不定的灵魂。

真的心动了吗？

这一回还逃吗？

爵微反复地扪心自问，将这些年来的故人往事都在心里过了一遍，想起吴歌、传世、帝将，当年的一月和竹叶青，又想起长元，最后想起姳贞。他久久沉默，最终说道："望舒，给我一些时间，可好？"

望舒踮着脚尖晃了晃身子，没有说好，也没有说不好，只是忽然推开他跑出去，跑得远了笑了一声。

这便算是她的回应了。

她曾念过南唐一首诗，名为《长命女》：

春日宴，绿酒一杯歌一遍。再拜陈三愿：一愿郎君千岁，二愿妾身常健，三愿如同梁上燕，岁岁长相见。

诗意情浓她情浅，但有心中千千结。

愿他长命千岁，愿自己百岁长安，愿结草衔环，恩债同偿。

第六章 最是温柔 一夜春风

黄昏时，与梭罗子消失了足足两个时辰的雪骊总算露脸了。不知去了何处潇洒，再出现时她整个人面色红润，容光焕发。望舒捂嘴一笑，被雪骊揽在怀里一阵搓揉。

左右闲着无聊，她们便决定去山谷后的温泉池。

梭罗子当真是不用情则已，一用情处处心细如发，照顾体贴。知道她们要去温泉池，他连忙安排女姬前去打扫布置，里里外外都撒满了花瓣不说，还将闲杂人等都清退了，不许任何人靠近，给她们留足说悄悄话的空间。

望舒一路打趣，时不时地偷瞄雪骊一眼。雪骊被她的眼神看得烦了，干脆一股脑地都交代了。

梭罗子内敛，典型的应激人格，需要刺激。好比萧演杀人如麻，王邢笑作恶多端，他得被刺激到一定程度才想着去插一脚，同雪骊的关系亦是如此。这些年来，雪骊一直受帝君周臣令，在外游历闯荡执行秘密任务，性子稍显粗野，没有女儿家的细腻，但这并不妨碍她喜欢漂亮的男子。

她第一次见梭罗子是在蓝洞。

蓝洞之所以有此名称，是因为它看起来就像一个深蓝色的洞。它嵌在北海群礁之中，宛如一颗蓝宝石，清澈透亮；又好像大海的瞳孔，深邃神秘。洞穴之下暗礁五彩缤纷，群鱼活跃，形成一处绝美的风景。

她受命去北海冰川极地杀万年蛟龙之时，因与蛟龙苦战半月身负重伤，一路顺流漂至蓝洞附近海域。当时她浑身冰冷，意识低迷，险些就要死在北海，是梭罗子突然出现救了她一命。

雪骊记得很清楚，那日他穿一袭雪色长衫，正在北海悠闲地划一叶小舟，天地间除了透明的蓝，就剩下那一叶青白，格外引人注目。

她气息奄奄，奋力化身为白鹤，振翅高飞。卷起的浪花传至数十米远，终究扰了他泛舟北海的兴致。人往高处一跳，便看见浑身带血的白鹤在气力耗尽后，忽然自高处坠落。

隔得远，各自在蓝洞的对岸，他以为她要摔入黑不见底的洞穴中，吓得飞身一跃，横渡巨大蓝洞直奔她而来。到了蓝洞上方，却受旋风影响盘桓半炷香之久，衣袂被吹得上下翻飞，整个人也被旋风顶至海面数十丈高。

他差点儿被吸入蓝洞。

到她面前时，闻名天下的梭罗子也变得有些狼狈，头发乱糟糟的，衣服都被风绞碎了，脸上全是水。但就这么看着，依旧姿容不减，端的绝顶风华，一把将她从海里抱了起来。后来再看整片蓝洞，雪白的碎衣倒成了一颗颗耀眼的白珍珠，仿佛是眨眼之际从海底蹿出来的珍珠地，美得震撼人心。

就是这样，她对梭罗子可谓一见钟情又日久生情，只不过每每站在他身边都像个土丫头，不惹眼加自卑，又看他没那个意思，就干脆藏着不说了。这么一来，梭罗子就更不会有所表现，直到陈元方这个劲敌出现，才总算刺激到他。

雪骊揉揉脑袋，还是一副迷迷瞪瞪的样子，哀怨道：“我也不知道这阵子是怎么过的，糊里糊涂地就和他在一起了。那日在画舫追着他出去后，他实在蛮不讲理，我就和他大吵了一架，可是后来看他被陈元方为难又忍不住想帮他，真是太奇怪了。”顿了顿，她忍不住笑道：“没想到陈元方这傻子倒成我俩的媒人了。”

她眉眼间的幸福快要溢出来，只怕陈元方这时还躲在一处偷偷地哭鼻子，实在太可怜了。望舒问道：“那你打算拿那个傻子怎么办？”

“我问过他了，他说等找到萧演就离开蓬莱，重回青崆派。”

雪骊动作敏捷，三两下脱了外衣，只留一件白色底衣。看望舒身上还有好几件青衣没脱，直接上手帮她。望舒一边躲一边说：“可是他的师兄弟们都离开了，他一人重回青崆还有什么意义？”

“我也是这么同他说的，但他很固执。百家学堂还有一些书生，他们打算去人间开办私塾，我想劝陈元方和他们一道去。他的腿脚功夫勉强过得去，即便学问不行，也能当个看家护院的，再不济回到最初混个扫地官当当也成。。”

雪骊力气大，见她躲来躲去和自己捉迷藏，顿时恼了，像拎小鸡似的将她一拎，一件衣服就顺势从肩上扒下来了。她实在瘦，宽大的衣袍披在身上是故作大人的模样，可一脱就见底了，纤细的小腰不盈一握。

“你怎么还是穿这么厚重的青衣？女儿家应该学会打扮。”雪骊默数着假山上挂着的青衣，一二三四五六七，无奈地说道，“真不知你每日的心思都放在哪里。”

“姐姐，你快别说我了，我觉得好冷。”望舒身上只剩一件底衣了，被风一吹，抱着胸口瑟缩成一团。也是头一次和雪骊这样面对面站着，她多少有些羞臊。雪骊放声一笑，将她推进温泉池，扑过去与她闹在一起。

闹了一阵，雪骊背靠着暖石，喘着气说：“蓬莱的人心太深了，不适合他。人间有更多世俗而普通的烟火气息，至少不会让他孤苦无依，我想他在那里应该能找到更好的归宿。”

话题又绕回陈元方身上，望舒点点头：“他会明白你的苦心的。”

“他不会明白的。”雪骊闭上眼，缓缓说道，“世间除了青崆，再无他的皈依。他只活在自己的世界里，所以不会明白我，明白你，明白萧演，哪怕是他的师父。”

也许有一天，当他遇到那个可以真正让他顿悟“修仙之人亦可动邪念”的女子，他就会明白了。

雪骊心中宽慰，像是放下了一块大石头。她的烦恼丝去了，兴致也来了，含着笑意抬头细细地打量望舒。她浑身都湿透了，头发散在肩上，纯白底衣贴着身体，因为喘息胸口微微起伏，被温泉池的蒙蒙水汽勾勒出玲珑的身段，别有一种少女风情。

雪骊忍不住挑起她的下巴笑道：“我的小藕长大了。”

不知不觉间，望舒已经长成一位妙龄女子，发育成熟，女子的轮廓特征变得明显。虽然不如雪骊身姿傲人，但也算清秀可人。尤其一张脸长得白皙绵软，眼神里透着的却是忽远忽近的飘忽劲儿，就更想让人欺负了。于是她和望舒嬉闹起来，闹得累了就让她趴在石壁上，对着温泉池的天然水帘一边埋汰她丑到极致的发辫，一边帮她梳头，嘴里还念着不雅的词。

凤髻金泥带，龙文玉掌梳。去来窗下笑相扶，爱道画眉深浅入时无？弄笔偎人久，描花试手初。等闲妨了绣功夫，笑问鸳鸯两字怎生书？

“小藕，想过有朝一日偎人身畔笑来相扶吗？有心上人帮你描眉梳头，香闺闹趣？”

望舒闭着眼睛笑，笑着摇摇头。雪骊屈指敲了敲她的脑袋，严肃道：“认真点儿，你已经长大了，这是必然会想到的事，休想骗我。来呀，跟姐姐我说说，倘若真有这样一个人，你希望是谁？”

雪骊放低声音，循循善诱：“你觉得帝君如何？”

望舒一愣，直接翻过身来捂她的嘴：“姐姐你疯了，帝君一心修禅，怎……怎会这么想？”

雪骊挠她痒痒：“依照你以前的心思，可没想过帝君是不是修禅之人。”

“我……”

以前年纪小，又不懂情爱为何物，确实对周臣有过许多遐想。尤其周臣那个人还是十足儒雅温和，翩翩如玉，在长元重病的那数千年里，一直给予她温暖与关怀，如师如父，如兄如友。如果没有后来那些变故，没有那个人的出现，她应该会一心一意地喜欢周臣吧？直到把这份依恋、仰慕和种种复杂的情感都酝酿成爱。

但是那个人出现了，一切就都变了。不知何时变的，变得甚至有些不知天高地厚。

雪骊看她走神，便猜到她的心思，将她身子一转，从水下递出一缕发丝：“你心中所想的那个人，是不是南珠侯？”不等她回应，雪骊又说：“小藕，你清醒一点儿，他根本不是你可以想的人，他……”

“姐姐，把他的头发还给我吧。”望舒目不转睛地看着雪骊，眉宇间有一种不容改变的固执，“我知道自己和他之间的距离有多远，所以你放心吧，我不会让自己落得和月光神一样的下场。”

“小藕，我不是这个意思。”

“姐姐，月光神太傻了。”

傻到看不出他当时的三心二意，傻到以为可以把无情的人内心焐热，更是傻到这么多年过去仍旧对他念念不忘，否则如长远所说，既然她三千年前就已回归，为何到现在还不肯露面？

望舒以为她一定不会傻到那份儿上的。

雪骊见状叹了声气，将她的发辫简单缠起，刚想说什么，视线忽然一顿，被什么东西吸引走了。望舒浑身都湿透了，单薄的底衣遮不住雪白的皮肤，更遮不住皮肤上的图案。

那一整片若隐若现的文身是……蒲苇？

雪骊拎着衣襟往下一拉，底衣被她扒到腰间，望舒光裸的后背登时完整清晰地呈现在她眼前。望舒始料不及，吓了一跳，赶紧把衣服往上拉，嘟哝道："姐姐，你……你怎么突然……"

她以为雪骊又在和她玩闹，剩下的半截话不好意思说了，作势躲到石壁后面。可等了等，不见雪骊有任何反应，她又钻出头来："姐姐，你怎么了？"

雪骊出神地看着她，心思却早已飘至远方。

她曾跟随月光神数万年，深知她每一个小动作背后的心思，每一次驻足等待之间对南珠侯沉默无言的深情，更是伴她在刺纹楼度过了一段漫长的岁月。酒神之战后，她以为南珠侯已然仙逝，更是发了疯似的在身上绘制大片蒲苇。

她日日夜夜，不眠不休，将屋子用黑网遮住，不见一丝天光，点满蜡烛，浸满檀香，烧烫炭炉，煮十几壶水，不同任何人说话，自顾自对着四面立地的铜镜脱光衣服，咬着牙，用小锉刀逐渐割开原本完美无瑕的皮肤。

那些场景至今仍历历在目，这世上绝对不会有第二个人能比她更清楚月光神的身体，清楚地知道她身上每一个部位蒲苇的样子。是垂头丧气倒挂着，还是身姿摇曳随风起舞？是成片竞秀，还是寥寥数枝孤独相绕？

刺纹楼先楼主碍于男女有别，只看过她手臂上的刺纹，便道她技术炉火纯青，刺纹栩栩如生。倘若看过满身的蒲苇，便会知道何止是栩栩如生，该与她合二为一才是，那些蒲苇就像是天生长在她身体里的。

她是真的将所有的情，所有的魂，都倾注在了蒲苇绘图中，让人刻骨铭心，难以忘怀。

所以哪怕只有一瞬间，衣服又被望舒拉上了，雪骊也绝不会看错。为什么？为什么月光神背上的蒲苇会出现在望舒身上？

为什么刚才与她嬉戏玩闹时还没有，突然就无声无息地出现了，像是凭空长出来一般？

“小藕，你……”雪骊的嗓子一阵嘶哑，几乎失语，“你的后背……”

“我的后背怎么了？”

望舒看她愣了半天只说出这么一句，赶紧用手摸了摸后背，却什么东西也没有摸到，纳闷道：“咦，没东西呀。”

雪骊也以为自己还在醉梦中，又或是眼花了，掬起热水往脸上拍，使劲地搓揉眼睛，可是蒲苇仍旧原封不动地长在望舒的后背上，她顿时醍醐灌顶般想到什么，抓住望舒的手急声问道：“小藕，黔公曾和我提过，你是在刺纹楼翻修那一日长大成人的，是不是？”

望舒点点头：“嗯。”

事情虽然已经过去很多年，但那日发生的所有事她都记得很清楚，小到任何一个细节都不会忘。几个小仙被派去修葺刺纹楼，捡到了从房梁上掉下来的蒲苇绘图，刺纹楼出现异光，而她也在佩方将绘图送来给阿爹的时候，从原本的小糯米团子，忽然鬼使神差地变成了人。

算算时间，就是三千年前。

月光神应该归来的日子。

从那之后，她的阿爹就变了，那卷蒲苇绘图也成为蓬莱起风的源头，一切异动都从那一日开始。

望舒回过神来，看雪骊还在深思，便问道：“姐姐，到底怎么了？”

“原来是这样，原来是这样！小藕，我知道你是……”话到一半，雪骊忽然停住，头一偏，捞起水波朝假山后泼去，怒喝道，

“是谁躲在那里？还不快出来！”

望舒循着视线看过去，只见一个身着女姬服饰的人从假山后跑了，很快就消失不见。雪骊二话不说，飞奔到假山后迅速地裹紧衣裳，撂下一句：“小藕，你先回去吧，我去看看情况。”

“姐姐小心点儿。”

望舒刚说完，雪骊人已至数米外，听见这话忽然又停住脚，回过头来。她像是有话要说，又有几分犹豫，沉吟片刻，终是一笑置之：“小藕，我收回先前的话。你若喜欢他，便勇敢地去喜欢吧，不要再让今生留下遗憾。”

时隔多年后南珠侯再度归来之际，她曾对望舒说过，有些人是避无可避的，哪怕从头再来几辈子。未想当时笑谈，竟一语成谶。

既然躲不开，便迎头而上吧。

望舒也不知雪骊怎么会突然转变想法，总觉得她离开时的那句话另有深意，但是怎么想都摸不着头脑。左右一个人，她也没了泡温泉的兴致，决定打道回府。谁知上了岸，却发现衣裳被雪骊刚才一阵风似的狂奔带跑了，三件落到假山外，一件挂在不远处的小树上，其中还有贴身的衬衣。

她干瞪着眼睛看了会儿外头的衣裳，寻思着是用剩下的衣服先挡一挡，迅速地跑出去拿回衬衣，还是先穿上剩下的衣服，等拿回衬衣再脱下来重新穿？

看了一眼四周鸦雀无声连只苍蝇都没有的温泉池，望舒心下有了打算，捡起地上的衣服遮住胸口，猫着身子像一只灵活的小猎豹甩开腿往前一蹦。边上的林子里忽然惊起一群麻雀，散落的衣裳不远处也出现一抹青色。

望舒的嘴皮子上下打战：“你……你你……”

爵微也被突然从假山后蹦出来的她吓到了，视线直愣愣地停留在她身上。他不敢多看，眼睛却移不开。往下瞥，还能看到她小腿内侧黑色的文身，隔得远看不清图样，隐约有些熟悉。再往回看，常年被厚重青衣包裹的皮肤白得发光，腿纤细笔直，小臂和肩头的曲线也玲珑有致……

他的语调微有不稳：“我见雪骊匆匆离开，你迟迟没有从山谷出来，担心你出了什么事，所以才……”话到一半，他忽然意识到什么，背过身去，勉力挤出一丝微笑，“好了，你快回假山后吧，不要受凉了，衣服我帮你捡。”

身后传来一声蚊蝇般的应答，衣裳摩擦着皮肤，发出窸窸窣窣的响动，过了好一会儿才恢复寂静。想起她刚才那个敏捷的动作，他还是有些忍俊不禁，不觉发出了一声低笑。

望舒浑身发烫，脸涨得通红：“你……你笑什么？”

“没有，只是忽然觉得你跳起来的样子很灵动。”

望舒更加羞愧了，贴着假山将自己完整地藏起来，瓮声瓮气地说：“我好了，麻烦你将衣服递过来。”

爵微走到树旁，伸出手臂折断树枝，挑着衣裳从假山缝里给她递进去。

总归是女儿家的贴身衣物，看一眼就够了，用手拿多少失礼。再说了，他若用手递过去，她怕是会一口气躲到温泉池下面才肯罢休。

果然，望舒见他用树枝将一件件衣裳递进来，脸上的热度降下不少。知道他离得不远，她不敢耽误，麻利地重新穿戴好，却在湿漉漉的底衣面前犯了难。

底衣是长元在世时带她去丰禾城的裁缝铺做的，淡青色，衣底绣了一片荷塘，三两枝莲花，有“凭风摇曳，荡起一池涟漪”的诗意，如何都丢不得，但她又不好意思这么堂而皇之地拿在手里，出去叫他看到。

左右张望了下，望舒一咬牙，干脆将底衣藏在假山中，空手走了出去。爵微在不远处的林子里等她，见她背着手一步三晃地走出来，纳闷道：“湿的衣服没换下来？”

望舒脸不红心不跳地说：“嗯，我穿得多，很快就能焐热了，用不着换。”

“这样也不行，会着凉的。”他走近看她，见她的头发还未干透，鞋子也都湿了，便脱下外袍，裹着她的头发擦了擦。

望舒愣怔地看着他，没有阻拦。

“我说一些话，你权当是医书上看来的，仔细听着。你这个年纪，还是小女孩，很多事情都要注意，尤其不能受凉受寒，否则他日……他日必会有你受的苦头。”他说话的声音轻，神色温柔，絮絮叨叨地嘱咐了许多事。

望舒一一听着，脸越来越热，到后头实在受不住了，嘟哝道：“你怎么和华井一样啰唆？”

他轻笑着揶揄自己：“华井那是医者仁心，我嘛，顶多算是上了年纪。”

擦干了头发，他又脱下鞋，让她穿自己的。望舒不肯，他便道：“那你脱了鞋，我来背你。”

一听这话，望舒顿时不敢往下想了，连连摆手道：“真的不用。”

爵微含笑看她：“你在怕什么？”

“我……”

他指着几乎坠落在苍穹尽头的斜阳说：“天快黑了，不如你我再等一等，等天彻底黑了，谁也瞧不清你我的样子，我再送你回去？”

望舒几乎动摇了，声音越说越低：“其实我可以自己脱了鞋走回去的。”

“夜深露水重，莲花海的路不好走的。”他再往前一步，身子几乎挨着她的身子，循循善诱道，“当年在西海，我也曾携你遨游千山万水，如今就在蓬莱自己家门口，你倒害羞了？”

“我……我不是，只是……”

她被弄得心慌意乱，一身戏笑乾坤的好口才都成摆设，在他面前犹如三岁小儿，顿时恼了，双手一伸爬上他的背，嘀咕道：“你真是上了年纪，好生烦人。”

爵微但笑不语，将腰弯下，将她拢得更紧一些。起身时，寒疾严重的右腿神经抽搐了下，令他动作一滞。他不动声色地深吸两口气，咬着牙挺起胸膛。

他将她湿漉漉的鞋都丢了。

望舒急得惊呼：“为何要丢掉我的鞋？可以拿回去晾一晾再穿的。”

他笑：“改日去丰禾城给你买一双新鞋。”

望舒不高兴，他又说：“买十双。”

“脚会再长长的。”

走进林子里，有淡淡的蓝绿色天光笼罩整片天，将黑夜点亮。他的声音低沉着，拢在浅笑声中，经久不散般徘徊在她的耳边，回荡在她的心田。

“长长了再买，不喜欢了也可以丢掉。你是女孩子，可以骄纵点儿，不用这么懂事。”

长元的疯魔带走了她的天真淘气，他的出现似乎又为她重新打开了一片天，让她可以暂且放下算计与筹谋，可以不用整日如履薄冰地活着，可以随心所欲，想哭就哭，想笑就笑，想爱就爱。

这样的日子，真的会实现吗？

她期待那一天的到来。

几日后，望舒去莲花海找藏在假山后的底衣，谁知底衣不翼而飞。临出山谷迎头碰见梭罗子，因为愁眉苦脸还被他嘲笑了一番，暗道她对某些人望穿秋水，怕是要将莲花海的地都踩平。

梭罗子情正浓时，没脸没皮，说起浑话一套又一套，望舒追着他打了一阵，气呼呼地回藏书阁。途经丰禾城时，她突然看见胡同里偷偷摸摸不知道在计划什么的秦昭雪父子，想了想还是不放心，悄悄地跟上前去。

走出胡同口，秦昭雪与鬼刹分开往两个方向走，望舒则与修罗各自跟踪。

鬼刹像是见了鬼，一路面色惊慌地狂奔至四方斋，进了铺子没一会儿，就将里面的小厮都叫唤出来。穿上出殡的麻衣，在门口挂上白色绢花和挽联，敲锣打鼓哭哭唱唱，沉痛哀悼王邢笑不幸离世。

动静闹得很大，人们奔走相告，没一会儿全城的人都知道王邢笑死了，看热闹似的将四方斋围得水泄不通。鬼刹又召集众人抬起棺材，备好祭祀用品，一路抛洒纸钱，朝着天渊河的方向走去，看样子像是去王邢笑出事的地方祭奠她。

城中众人纷纷尾随，人群散了之后，四方斋门口只剩下几名书生。他们分成两拨，一拨跟着鬼刹前往天渊河，一拨转向其他地方。

望舒笃定王邢笑没有死，鬼刹此举肯定是为了引蛇出洞，故意做给萧演看的。以萧演的好胜心来说，王邢笑若真的死了，他一定会亲自察看一番才能放心，于是两相比较之下，她跟上另一拨书生。

只见他们在丰禾城东绕西绕，越走越偏，最后竟进了废弃的刺纹楼。望舒没有跟进去，而是在对面找了一个偏僻的小巷偷偷观察。小半炷香后，一位裹着灰色面巾的男子疾步从废宅走出，朝着天渊河的方向飞掠而去。

寻常人见状定是以为那个人就是萧演了，望舒也几乎相信他就是萧演，差点儿跟上去，就在起身之时眼角余光一瞥，看到了在另外一个角落蛰伏的秦昭雪。

秦昭雪并没有起身，动也没有动一下。她犹豫片刻，也跟着留了下来。

又是小半炷香后，萧演出来了。

那日在冰城，他被秦昭雪指着头连道三声“你败了”之后，头发瞬时变白，远远一看很是引人注目。他穿着青灰色的布衣，背着手，神色间也略显疲倦，可以看得出来他在冰城一战后元气大伤，与先前的意气风发相比简直大相径庭。但即使在这样大势已去的形势下，他外出走动也不装扮一二，仍是过去那个自负无比的萧演。

他甫一出现，秦昭雪立即冲上前去，不由分说地与他缠斗在一起。修罗想上前相助，被望舒拦住了。

高手之间的对决，成败只能是一对一，更何况萧演只能输在秦昭雪手上。

在秦昭雪以胜利者的姿态出现后，他们每一秒的对决里，萧演都是输的起式和落式，首先在心理上他就已经败了，只是一直不愿承认。等鬼刹抓着他残剩无几的手下出现时，他才意识到原来从一开始这就是一场局，他从没真正逃开过秦昭雪撒下的网。

先是让鬼刹在丰禾城四下活跃营造出“王邢笑已死”的大势，其后假装得意忘形，与梭罗子等人走动频繁，将此传闻坐实，再加上性格大变，连着多日在红楼醉生梦死，是以让萧演怀疑。他生性自负又多疑，看王邢笑死在他前头本就有无形的优越感，这是挡也挡不住的，且又担心他们作假，多方猜疑，聪明反被聪明误，就会给自己设下陷阱。

今日这一出好戏中，在丰禾城分两拨走动的书生，率先一步自刺纹楼中出来的“假”萧演，都是他故作聪明的手段。及至此时此刻，不管再怎么不承认，他都已经败了。

秦昭雪见他心思游离，乘胜追击，一道掌风拍向他胸口。萧演被剑指喉头连退多步，直至撞到一棵千年老树，人与手中利器一齐摔落在地，彻底输了。

尘土滚滚，英魂在天，这笔账还没算完。

秦昭雪沉着脸肃然道："萧演，你还不认吗？"

萧演道："我既然已经输了，你要杀就杀，不必多言！"

看到他到了此时还死不悔改，秦昭雪眼底闪过一丝隐痛："你知道你输给了谁？"

"秦昭雪，当着这么多人的面，你是非要我向你承认我输了吗？我告诉你，你休想！"萧演目眦欲裂地瞪着他，"我输在你手上没什么好丢人的。"

"糊涂！"秦昭雪大喝一声，"你到现在还不明白？你输给的是你自己，你的自负，你的残暴，你的野心和你无休无止的仇恨。"

不知何时，闻风而来的人越来越多，连在红楼厮混的华井也过来了。往望舒身后一立，本是看戏的姿态，听到此处忍不住惊叹出声。

望舒见是他，仰起头问："你惊叹什么？"

华井笑道："你可还记得前不久我与紫华君、秦昭雪一起去参加桃花大会？那日我们泛游雪湖，畅聊蓬莱诸事，山川美景，不知怎的提到萧演。我是不知道他与秦昭雪的那档子事，紫华君却是懂得观星的老道，便顺嘴多问了句萧演的现状。"

华井故弄玄虚般拿扇子敲了敲她的脑袋，停了一停后才缓缓说道："当时秦昭雪只是不咸不淡地说了一句萧演会输在他自己手上，我一听，顿时觉得秦昭雪这老头真会装腔作势，完全没把他说的话放在心上。可到今日我终是服了，他虽退隐江湖多年，但还是当年那个威风八面的绝顶鬼才，无人能比。"

望舒心下了然，以秦昭雪对萧演的了解，他能猜到这个结局并不意外。凡事没有他不清楚的，但看说与不说罢了。

只是，按照秦昭雪讳莫如深的性子，应该不会在当时就提到萧演的下场。望舒眼珠子一转，朝华井身后张望了一下，道："你的那位红颜知己没过来凑热闹？"

“咦，小丫头莫不是嫉妒？这事好办，你亲我一口，我日后便再不见她了。”

“你不怕给她听到？”望舒扬眉笑道，“她究竟是谁？为何我几次与你一道去红楼，却一次都没有见过她？”

华井背着手四处望了望，假装没听见，看样子是对那位红颜知己相当上心的。望舒又问：“那你之前还要去雪园看画皮仙子，不怕她吃醋吗？”

“谁要去看画皮仙子了？还不是紫华君那老头……”华井尚未在意，自然而然地吐露出真话，随即意识到什么，赶紧改口，“女人的心思你叫我如何猜？她肯定是既想要我去看一看画皮仙子的真容，也好违心地奉承她比画皮仙子更美，私心里肯定又不愿意让我去，只是嘴上不说，怕会显得她小家子气罢了。”

望舒点点头，脸上的笑意淡淡的，一副“任你胡说八道我不拆穿”的大家之气。华井被她弄得上蹿下跳，急于解释，越是这样就越显得他心中有鬼，那么望舒的猜疑就越是笃定了。

“那日在雪湖你们还说了什么？”

“啧，小丫头鬼机灵，竟然套我的话，你说你整天都在瞎操什么心？”

望舒嘟哝了声：“往日未见过你们与紫华君走动过，他老人家也多年不问世事了，更不用提参加什么桃花大会，王邢笑根本就请不动他老人家，其实当时我就有些好奇了。”

懂得夜观天象的老仙君、司医局药师、鬼才百晓生，这三个人皆是平日无事绝对碰不到头的，这次却意外组合到一起。撇开紫华君这位蓬莱老祖宗不说，以秦昭雪的气性，该是对王邢笑的一举一动都十分不屑的，在大会期间频频显露的不耐烦足以证明，那么他参加大会究竟意义何在？

其次便是华井，他之前解释是为了红颜知己才死乞白赖地求王邢笑放他进雪园的，在席上却一直与秦昭雪交头接耳，对画皮仙子多看一眼都没有，明显那套说辞是用来忽悠她的。

她原先并没有多想，可自从王邢笑失踪，她便不得不开始多想。

西海二战后王邢笑一直很安分守己，不管丰禾城大小事务，整日在蛸蛴阁大门不出，二门不迈。想害她的人在此期间似乎根本找不到下手的时机，那么事情往前移，便只剩桃花大会了。

她想了许多，唯有华井、紫华君、秦昭雪三个人的出现是最讲不通的。也就今日凑巧，看华井送上门来提到泛游雪湖之事，她才临时起意给他下了个套，没想到他还真跳了。

华井气恼又无奈，瞪着她良久，终于缴械投降，悄悄说道："我知道你在怀疑什么，但我可以肯定地告诉你，我与紫华君几个人密谋的不是王邢笑。"

"可是……"

"你看我是那种会自找麻烦的人吗？王邢笑那么大一个麻烦，我看见她跑还来不及，怎会迎头上去招惹她？再说了，依秦昭雪的性子，根本懒得对王邢笑动手，紫华君也不是那么无聊的人。"

这话算是说到点子上了，可望舒还是好奇，他们三个人刻意于雪园碰头，究竟是在筹谋什么？明里问不到答案，她心思活络，想再套华井的话，谁知还没开口，就被他从后面捂着嘴，不让她再说话了。

这一边秦昭雪从当年夫子庙舌战群儒一路和萧演算账到冰城被毁，萧演被堵得哑口无言，就在秦昭雪最后一句话落地时，急火攻心，瞎了双目。

他踉跄着从地上爬起，手在空中胡乱地挥动，撕心裂肺地吼道："你刚刚说什么？你再说一遍！"

秦昭雪闭上眼睛，双肩轻颤。

"曾有人问我当年打压你，是不是为了'无双少年，智绝鬼才’的虚名，我当时没有回答，是因为这么些年我也一直被这个困惑纠缠着，每每夜梦惊醒都会扪心自问，我到底为什么要打压你，是嫉妒、害怕还是不甘？后来我想明白了，是因为一碗汤。”

萧演跌跌撞撞，哭哭笑笑，一行血泪从眼角滑落：“你还是知道了，你终于还是知道了……我以为……我以为我瞒住了你。”

就是这一碗永生难以忘怀的汤，逼得萧演走上了歧途。

当年秦昭雪在落霞山脚捡到孤苦伶仃的少年萧演时，曾给过他一碗热汤。后来萧演为了争夺一份据说是天后恩赐的甘露浓汤孝敬秦昭雪，与群妖大打出手，被妖怪胁迫杀了十五个手无缚鸡之力的乞丐，最终获得甘露汤。

以恩报恩，秦昭雪动容万分，可事后知道这份恩情是建立在与他当年一样孤苦伶仃的乞丐身上时，他才幡然醒悟，他错了。他将萧演视作亲生儿子，不愿逼得他走投无路，遂一直揣着明白装糊涂，后来看萧演才智大显，在蓬莱越走越高，他本想助他一臂之力，但看他越来越剑走偏锋急于求成时，才忽生出一种“一山不容二虎”的悲叹，于是下手狠压。

为那虚名，秦昭雪一直绝口不提“一碗热汤”，以至于多年过去，他自己都将将忘了。

“如果我没有捡回你，那日为争甘露汤要被杀死的十五个乞丐之中就有你了。”

秦昭雪言尽于此，举起长剑就要劈下，萧演顿悟，跪在地上朝他扑过去，抱住他的双腿求饶道：“我知道错了，知道错了。义父，求你放我一条生路吧。”

萧演不停地求饶，将父慈子孝的过去翻来覆去说给他听，秦昭雪冰山一般肃然的面孔逐渐崩裂，一寸寸变得柔和，几乎握不住剑了。

就在这时，萧演说道：“那么多门生都死了，只有鬼刹还活着，是因为他……他是我的弟弟啊！”

“你闭嘴！”

眼看着秦昭雪面色松动就要放手，鬼刹一个箭步冲上前，二话不说对萧演磕了三个响头，道：“你救我一命，我向你磕三个头，你若是嫌不够，我可以还你一条命，但你休想逃过一死。”

鬼刹心中未尝没有动容，在被死灵追入石窟九死一生之际，他已然记起所有，否则不会说那一句“萧杂碎尚未坏到透顶”。尤其刚刚追忆往昔时，少时的他缠着英俊的兄长问东问西的场景还历历在目，这份动容便更深一分，可是只要一想起那座恐怖的死灵城，他就不敢再动容下去。

鬼刹指着火光冲天的冰城方向怒斥道：“万千子弟的亡魂尚在哭泣，萧演，你有什么资格活下去？”

不由分说，他夺过秦昭雪手中长剑，朝着萧演的额头横劈下去。萧演方才还是一副痛改前非的模样，在这一刻却突然勾起了唇角。

他的笑让望舒心里一“咯噔”，后颈顿时爬上阵阵凉气，只觉得毛骨悚然。

难道所有的温情都只是演戏？

鬼刹也被这抹笑弄愣了，手势一顿，缓了片刻，这片刻间围观的人群打开了一个缺口，周臣从外面走进来说道：“萧演不能死。”

“为什么？”鬼刹几乎疯了，双眼通红地咆哮道，“他作恶多端，罪该万死，为什么偏不让我杀他？”

周臣道：“因为王邢笑的失踪可能与他有关。”

望舒立即看向华井，后者早就敛去一切心思，做一个专注看热闹的人。撞见她的视线，他将她的头一拨，又转回去了。

王邢笑竟然在萧演手中？

周臣是蓬莱帝君，虽然多年不曾问事，但到底还有威严。既是他说了萧演不能死，他就真的不能死，被人双手一捆，押解到东城大牢去。

秦昭雪悲极反笑，当场拂袖而去。

一场闹剧就这样草草收尾，任是谁心中都有不甘，有些人跟着去了东城大牢，有些人换了一处接着说道萧演与秦昭雪的事，望舒则跟着周臣往回走。

雪园是上驷大人的私宅，还有一处陈情堂是他办公的地方，周臣如今就住在陈情堂。陈情堂在丰禾城以西，与东城大牢方向相反，相距甚远。

应该是许久没有人住过，陈情堂的设施略显简陋，前院审理案件，后院是个四合院，一眼能看得到头。望舒进了院子，便看到雪骊叼着根草坐在树上。她望着东边方向，懒懒散散地打了个瞌睡，瞥见有人进来，才从树上跳下。

周臣问道："萧演被关进去了吗？"

"嗯，鬼刹倒是个死心眼，一路愤懑不平地跟去了东城大牢，也不知道是不放心咱们的牢狱不坚固，还是自个儿心绪不平，竟然坐在门口不走了。"雪骊一边说一边走向望舒。

若是平日，她定是不拘小节地将她搂住调侃几句，这次却有些不自然，手到身前又收了回去，朝她简单地打了声招呼。望舒也没在意，心思还在他们的谈话上，不禁好奇："姐姐是怎么知道的？"

"你莫不是以为我有千里眼吧？"雪骊笑道，"此树名为千里望海，根扎在东城大牢，树干长在这里，所以坐在树上就能看到大牢里外的情形。"

千里望海，顾名思义，就是连着海的千里地界都能看到，坐在树上便可赏四海风景、八川奇形了。望舒从没见过这样有意思的树，不觉多看了两眼，雪骊便携她上树看了一圈。

东城大牢底下有一片密封的死海，设有一层无形结界，是真正幽禁囚犯的地方。见萧演被十六条粗重铁索捆绑于海底，浑身动弹不得，望舒松了口气，这才与周臣说起王邢笑的事。

从他下山到今日已过去一个多月，王邢笑仍旧下落不明。周臣想起这事就哭笑不得，挑了重点简单说来："王邢笑失踪得太过蹊跷，前后无任何踪迹可以追查，我在城中走访多日，才找到一个聋婆子。"

聋婆子住在蛸蛴阁后墙院的茅草屋里，平日会在蛸蛴阁清扫屋子，做一些脏活累活，所以王邢笑就拨了一间破屋子给她住。

那天王邢笑在蛸蛴阁大发雷霆，将所有人都喊到大殿，唯独聋婆子没去。一来她什么都听不见，二来蛸蛴阁的正院是从来不让她进的，王邢笑要杀鸡儆猴也轮不到她，所以管事的就没叫她，还特地让她先回去。

难得早归，聋婆子又十分嘴馋，就趁着天色尚早去城里买甜糕，谁想回来的时候看到王邢笑满身杀气地从胡同里走出来。她一个人，左右没有侍从，走到一半忽然像魔怔了似的定住，一动也不动。

聋婆子吓了一跳，赶紧躲到角落。只见王邢笑在定住小片刻后忽然手舞足蹈起来，一副被人施了咒法的疯癫样，很快就"刺溜"一下被拽进地下，凭空消失不见，于是才有了这桩无迹可循的失踪悬案。

得知王邢笑是被人拽到地底下之后，周臣立即想到能在土地里行走自如的蓬莱神人小耳朵。小耳朵身材细长，长手长脚，比大多数人都长，犹如一条长扁担，在地下主要是靠爬，但因耳朵奇小无比，遂有此名。

"可等我去找小耳朵时，却被告知他先前被萧演请去澄云岛吃饭，之后就再没回来过。"

周臣无奈，只好去澄云岛寻萧演，谁知他在冰城之巅大搞"熔炉之光"，将自己送上了逃亡之路。

王邢笑也许真在他手上。

如今不只是王邢笑，连小耳朵也无迹可寻，萧演是唯一的线索，所以周臣才要暂且留下他的性命。望舒了解到前因后果，心思也变得摇摆不定。私心里她宁愿周臣不要下山，这样王邢笑的生死便由不得他来做主，可若放任自流，又会牵扯到无辜人的性命。

她纠结道："那你接下来有什么打算？"

"先将萧演晾几日，他连受挫折，正是坐不住的时候，晾几日许是会让他吐真话。"周臣将书案上散乱的书籍摞到一起，往旁边一压，手臂半枕着书看她，"你怎么想？"

"我……"望舒有点儿心虚，连连摇头，"我没怎么想。"

周臣笑了。

他是温和的人，笑起来也如春风般和煦，让人无形中想亲近。望舒自小就将他放在心上除长元以外最重要的位置，对他的态度大多是习惯使然。若说在旁人面前还能装一装乖巧，在他面前就是"剥了皮的青笋——一清二白"，什么也瞒不住，也不想瞒。

"王邢笑以情蛊害我阿爹，我自然是希望她不得好死。可你是蓬莱帝君，一言一行都是表率，许多双眼睛盯着你。往日在山上不问世事也就罢了，如今下了山若是再不做点儿功绩，恐怕会授人口实。"

周臣将书一卷，支起身敲她的脑袋："下了山又如何？我何时在意过帝君那个位置？往日我能揣着明白装糊涂，如今还不能睁一只眼闭一只眼了？"

"什……什么意思？"

"还用我再说一遍吗？"

他们临窗坐着，院子里便是一株高大的千里望海树，四周围着篱笆，另一边有一口枯井，不知是从哪里飘进来的落叶，将枯井上下覆盖了厚厚一层。如今已是春上，黄叶却是去年秋天落下的，可见上驷大人应该很久没有回过陈情堂了。

里外的败落更衬得屋子里萧条冷寂。

望舒盯着周臣，眼也不敢眨一下，声音仿佛堵在喉咙里，怎么也冲不出来。倒是周臣看出了她的急迫，抬起手落到她肩上。平淡而不经意的动作，未有进一步的深意，却让望舒的一颗心落到实处。

“若放在平日，要想抓王邢笑不是一件易事，可她如今身陷囹圄，就是另一番说辞了。小藕，你若想要，我可以给你。”

望舒声音打战：“包括王邢笑的命？”

他笑而不语。

望舒瞪大眼睛，声音却极力压着：“你不怕……不怕被人诟病吗？”

他淡淡说道：“只要你想要。”

望舒全身的神经都紧绷起来。

王邢笑也算是蓬莱一代枭雄，叱咤八方，四海皆知。可周臣说起她的生死之事，却像是在说一件寻常得不能再寻常的家常小事，丝毫未将她背后的蓬莱大局放在眼中。她思来想去，不得不承认当年秦昭雪的揣测——蓬莱的羲和代是帝君周臣创造的，三方鼎立也是他默许的，整个九重天一直在他的掌控之下。他才是真正的运筹于帷幄之中，决胜于千里之外。

他若不动，风亦不动。

及至此刻，望舒真的相信了，坐在她面前的绝不是一个普普通通的闲散人，不是一个单纯的修禅人。他的眼界、心胸和谋略远在蓬莱之外，更胜乎天下之间。

他远比她想象的要复杂。

望舒沉默良久，终究还是摇头拒绝了。放在从前，对于他的提议她一定毫不犹豫地答应，但在经历过西海二战、冰城捣毁、萧演失势后，她的心态已然发生了变化。

蓬莱的天太高了，水太黑了，里面的人都太高深莫测了，好像每一个人都有自己不为人知的秘密，好像每一个人都不如她看起来那么简单。这些人包括已经牺牲的吴歌、王琅和她的阿爹长元仙君，也包括紫华君、秦昭雪、华井、昆仑镜、白头翁、弄棋人，乃至于面前的他，以及忽然回归的南珠侯。

她被团团迷雾包围，犹如漂浮在茫茫大海上失去方向的一叶扁舟，时常不知道下一步该怎么走。但就在这一刻，在周臣提出要将王邢笑的命给她时，她忽然找到了前进的方向。雾里看花，这些人的生死均与她紧紧相连，使得她必须小心谨慎，步步为营，每一步都要深思熟虑。

最重要的是，她心里有无法放下的人，有一定要守住的诺言，这让她必须走在正道上。

“我要报仇，就要清清楚楚明明白白地报仇，不利用亲友之手，不祸害无辜之人，光明正大地报仇。”

不想害了被王邢笑牵连的小耳朵，也不想置周臣于不仁之地。

“而且阿爹的死不是我表面认为的那样，王邢笑和顾乘媛固然撇不清关系，但我觉得在她们背后还有更深的黑手。就算杀了她们，也没有真正替阿爹报仇，幕后黑手还是会兴风作浪害更多的人，所以我一定要查清真相。”

她能这么说，理智而全面地分析长元之死，应该是真的放下了。周臣感到欣慰，隔着桌案摸她的脑袋：“小藕，你长大了，跟着你的心走下去，总有一日你能拨开云雾，找到你想要的答案。”

还是那句话，若心中有恨，必是邪魔作祟；若心中有爱，便会懂何谓终生浪漫。

她该为自己而活。

只是话到心头，忽觉苦涩。周臣慨叹：“多日不见，你真的变了。”

“哪里变了？”

他垂下眼睛，收回手，转头望向窗外的一地秋叶，沉吟良久，缓缓说道：“变得美丽了。”

这种美是由内而外散发的，是动了情才有的美。制造这种浪漫、教会她成长的人，并不是他，也不能是他。所以话到嘴边，“美丽的”字眼还是收回，周臣克制地说：“变得活泼了。”

望舒与他亲近，听到这话笑了起来。

临走前，她还为周臣解了一个困惑。聋婆子说王邢笑在被小耳朵拉下地之前，曾有片刻时间犹如魔怔，似被人用了巫蛊之术，倘若萧演此处暂且无法突破，可从蓬莱擅用巫蛊之术的人着手。

周臣反问：“蓬莱上下还能有谁比王邢笑自己更擅长巫蛊之术？谁能把主意动到她头上？”

望舒想了想，附在他耳边说了一个名字。周臣显得无比惊讶：“你是从哪里知道的？”

“巫蛊不算是光明正大的修仙之术，修炼之人早些年也必然走了不少弯路，做过不少缺德事，这种事情当然知道的人越少越好。要不是阿爹与他往来甚密，我也不会晓得。”

望舒点到即止，不再多说。

从陈情堂离开后，她便回秦昭雪府中探望他，鬼刹亦从东城大牢回来，两个人在门口碰了个面。

见他眼底湿润，神色躲闪，望舒料到他偷偷地哭过鼻子。再看秦昭雪躲在屋内，避不见客，她便知道这父子二人对萧演均怀有恻隐之心，并不如之前在刺纹楼表现得那样心狠。

鬼刹心灰意冷，受了伤需要慢慢平复。

望舒没有硬闯，守在秦昭雪门前连着煮茶半月，终究将他肚子里的馋虫给勾起了。二话不说席地而坐，喝了两小盅茶，心中郁郁之气方才随风四散，剩下的不甘、遗憾、苦涩、自嘲等复杂情绪便得由时间抚平了。

过了会儿，他又问起王邢笑失踪之事。

望舒摇摇头，说道："还是没有进展。"

萧演仿佛做好了鱼死网破的准备，咬定他一日不说，王邢笑一日找不到，那么他就能多活一日，无奈周臣在私访蓬莱另一位懂得巫蛊之术的高人时也碰了壁，对方拒不承认与萧演狼狈为奸。

秦昭雪眉毛一竖："高人不会是紫华君吧？"

望舒捂着白玉茶盏在手心转来转去，眼睛望着别处，没有应声。秦昭雪看她装糊涂的样子就知道猜对了，哼笑一声："紫华君是夜观天象推算历法的高手，蓬莱的斗转星移他哪一次算不到？怎会与萧演勾结，你莫不是傻了？"

"可除了他，还有谁能让本就擅长巫蛊之术的王邢笑毫无设防地突然被害？"

"那也未必是他……"

秦昭雪这话说得没多少底气，他是知道王邢笑的巫蛊手段的，可谓出神入化。蓬莱上下无人能出其右，除了早些年以巫蛊之术飞升成仙的紫华君。不过都过去那么多年了，紫华君怕是早就忘得一干二净了吧？

秦昭雪自我安慰道："紫华君就是一不问俗事的老头子，平日里除了嗜酒没其他爱好，你说他为什么要和萧演合作？难道有把柄落到萧演头上？这怎么可……可能呢……"

话说到后头，秦昭雪的底气越发不足，像是想起了什么要紧事，茶也顾不得喝了，像只被火烧到屁股的猴子，提起衣摆飞身而去。

望舒看他奔去的方向，是紫华君的万青庐无疑，联想之前从华井口中套来的话，顿时觉得他们三个人围聚雪园所密谋之事，是一件了不得的大事。

很快，这件事便揭开了面纱。

起因还得从八脚怪说起。萧演不肯松口，紫华君也不配合，周臣的调查陷入死胡同，王邢笑的下落几乎成谜，就在这时，鬼刹突然背着昏迷不醒的八脚怪，飞奔到长庚岛求助于她。

“昆仑镜那厮真是气死我了，说什么被上苍召唤要去锄强扶弱，留下这么个烫手山芋给我照顾。前阵子我被萧演的事弄得心烦意乱，就一直没去看八脚怪。今早得了空便去终南山走了一趟，谁知这家伙怎么叫都叫不醒，还……还变成这样……”

八脚怪双眼浮肿，脸上布满青斑，浑身抽搐，口吐白沫，手脚僵硬，症状像极了当时在冰城奄奄一息的泰斗。鬼刹咽了口唾沫，盯着望舒的眼睛问：“你……你看他这样子，是不是也……可是泰斗当时是被死灵咬伤才发病的，现在死灵城都被烧光了，他怎么会……怎么也会？”

“别说了，你立刻去叫华井过来。”

华井是被鬼刹从红楼香闺的床榻上拽下来的，一路走一路骂，到了长庚岛看见八脚怪，一个屁都放不出来了。

冰城之战时泰斗九死一生，他不得不忍痛割爱，从天渊河中取回了先前赠予望舒的活血草，以百种珍稀药材强行为泰斗续命，后以活血草之根茎炼制丹药连服四十九天，泰斗才勉强捡回了一条命。但是千年活血草只有一株，他的医庐里新养的草都刚刚发芽，根本没有疗效。

而且经他细细察验，发现八脚怪比泰斗多中了一味蛇毒。这种蛇毒本来平平常常，却不知道为什么在八脚怪身上显得无比凶悍。

三个人围着床榻上半死不活的八脚怪大眼瞪小眼望了一夜，最终还是华井先熬不住了，整了整衣衫，决定暂时用大补药为八脚怪续命，后面的再想办法。不过没等他想出救命的良药，丰禾城便相继有人出现了与八脚怪相似的症状。

有的人轻一些，有的人则重一些，华井看过几例之后，找到病源，终于断出病症，乃是传染性极高的流毒症。

病发源头是冰城烧毁后的灰烬，灰烬中含有死灵毒，顺着水流流向了天渊河，而整个蓬莱都是吃天渊河水的，所以流毒症散布范围广，复制性强，身子稍微孱弱一些的人都可能会被传染。

事情闹到这一步，紫华君终究瞒不下去，什么都承认了。

他喝醉酒闹了荒唐事，被萧演拿住把柄，萧演威逼他设计陷阱抓王邢笑。他思来想去只想到那一个办法，便找了与他私交甚好的小耳朵来帮忙。小耳朵担心会出岔子，事先挖了一条地道从澄云岛偷入蛸蛴阁，也因为这条地道，天渊河与冰城地下互通。

水流百川，通三山四水，流毒便迅速地扩散开来。但这并不是流毒症致命的根本原因，最根本的是紫华君在用蛊毒害王邢笑时，将一味蛇毒顺手丢在了丰禾城城外干涸的臭水渠里。

此毒无色无味，单此一样毫无功效，即便流入天渊河也无关紧要，但与死灵流毒一混合，便成催命之毒。不仅使得死灵毒功效增强百倍，还加快了传染的速度，是天下难解之剧毒。

这事当真是无独有偶，凑巧了，紫华君事先也不知道冰城会毁，死灵城会烧成灰烬，流毒会汇入天渊河，两毒相融会暴发这样可怕的疟疾，一切都是无心之失。

但就是这样的无心之失，引发了一场灾难。

丰禾城上下风声鹤唳，周臣下令，所有人停止饮用天渊河水，并需一个个去司医局检查，排除感染流毒症的嫌疑，已经感染的就要隔离起来。

流毒症传播速度极快，蓬莱上下无人敢借岛屿给患病者休养，司医局又容不下这么多病患。望舒见长庚岛尚有几处房屋空置着，四面环水，也无左邻右舍，便拿出来改成临时收容所。

长庚岛一时间热闹无比，群兽出动，仿佛沉寂了几千年的长河眨眼间又流动了。

她被排除患上流毒症的嫌疑，但是方槐和黄土妖因为吃四方水，很不幸都被感染了，被送到长庚岛南面的隔离区。隔离区四面封闭，不允许任何人探望，方槐与黄土妖哭爹喊娘地闹了一阵，后被流毒侵入，渐渐没了声响。

望舒心急如焚，又无计可施，只得帮着雪骊等人熬制丹药。眼见着倒下的人越来越多，到后面莲花海的女姬与南珠流光的战灵军都不得不全部出动过来帮忙，仿佛所有手脚还能动的人都参与到这场世纪性的救死扶伤中来。

只有华井一日比一日面色沉郁，胡须一茬茬续着，忙得焦头烂额，却依旧没有找到解毒之法。

累到瘫软在地上连喘口气的力气都没有的时候，还有一批又一批的尸体在往外送，恶臭弥漫了整座长庚岛，黑暗似乎永远没有尽头，再这样下去，死灵城不待崛起，蓬莱九重天就将灭亡了。

没顶的绝望再次袭上心头，望舒不由得想，如今的多事之秋究竟是谁引起的？是命中注定，还是自然规律，抑或是人为？无边界的战争停止了，蓬莱九重天的内斗却一刻也没有休止过。

天下事，天下因果，当真错综复杂，可为何每每都要带来杀戮？西海二战中的鲛人族，“熔炉之光”背后的天下子弟，万千亡魂，还有眼下无辜受难的流毒症患者，究竟还要死多少人，这片天才能重复往昔的太平？

望舒睁不开眼睛，身子一软，就着一棵老树躺了下来。以往长庚岛后山的星光是绝美的，如今被毒瘴罩着，连透亮的星光也变得晦暗不明了，洒下树影的一点点光笼着夏日里的蝉鸣，将她骨子里的疲软催到极致，眼皮子一抖就能睡着，连身边何时站了一个人都未察觉。

倒是活香草钻到她怀里一顿乱拱，将她弥散的意识又拉了回来。

先前在冰城之下能很快地找到她和鬼刹，也全靠活香草领路。如今这株小小灵草和她混熟了，总爱往她怀里钻。望舒习惯性地手一拢，它就钻进怀里了，一副完全没把它真正的主人放在眼里的模样。

爵微不由得浅笑一声，在望舒身边坐下。

“很累吗？要不要睡一会儿？”他的声音放得低，钻进耳朵里低低浅浅的，只有催眠的功效。见她没动，他又笑了一下，离她更近一些，“到底要睡还是不要睡，嗯？”

他是故意逗弄她，望舒没忍住嘴角抽动了下，赶在笑声溢出之前转过了脸，软语道：“想睡，不敢睡，休息一会儿。”顿了顿，又问：“你从前面过来吗？那边怎么样了？”

“已经忙活好些天了，铁打的身躯也要支撑不住了。方才与周臣商量，让他们都停下来歇一歇。”

望舒点点头，抱着膝盖将下巴搁在上面，声音依旧懒懒散散的，像是拉不动磨的小驴在撒娇：“如果华井再找不到解毒之法，感染流毒症的人是不是都要死了？”想到方槐与黄土妖，她的声音又软了几分，“方槐平时吃得可多了，胳膊圆成大萝卜，如今却瘦得只剩一把骨头。黄土妖更不用说，本就孱弱，早上看见他时已经是被人抬着的了。”

她实在太担心了，忍不住央求修罗带她往高处看了一眼，隔离区简直有如一片活坟场，惨不忍睹。“那些人还活生生地躺在里面，他们的眼神却无法聚焦，像是在等死。”

“不要担心，再多给华井一些时间。”

担心也无用，这么多条人命在他手中，华井的压力自不必说。现下的情况，除了给他与紫华君时间和鼓励，还能有什么办法？只是人心底有害怕与脆弱，需要安慰罢了。

望舒低低地应了一声：“假如……我是说假如真的没有办法，就任由流毒症继续扩散下去吗？”

爵微知道她心中的疑虑，蓬莱本就由三山四水千百岛屿组成，水源是他们活命的根源。即便暂且停止饮用天渊河水，也不是长久之策。

这几日还有已经被排除嫌疑但不知是吃了什么东西又感染流毒症送过来的患者，情况比之前更严重。只要蓬莱还有用天渊河水做的食物，或者水源相通的土壤，流毒就会一直扩散下去。直到有一天蓬莱遍布流毒和死尸，再也没有一个活人，届时便真的无力回天了。任他们怎么阻止死灵城崛起，翻版死灵城也还是被一只只无形的推手促成了。

无法设想的未来，他也不愿用谎言虚构美好，更何况以她的聪慧程度，很难相信他的胡说八道。爵微想了想，揉着她的脑袋问："相信我吗？"

"嗯。"她仰头看他，重重地点头。

她很少流露出这种强烈的难以掩饰的失望和低落，他不由得猜想这种失望和低落背后的原因，想来是对当世天下已有一颗会动容的爱心。她看到的不再是永恒的阿爹与长庚岛的方寸之地，不再只是对她有利的东西，更多的还有人命与善心，以及更长远的路……

每一步的变化背后，都写满了残忍。

爵微深感她内心的隐忍和克制，在一条满目血红的报仇之路上，经历过暗杀、构陷、重重阴谋、痛失亲人的悲恸欲绝后，还能像一杆竖在高山上的旗帜，始终笔直地行走于世间，这种成长和蜕变是令人惊艳的，惊艳过后也有心疼。

他思来想去，只道一句："我不会让蓬莱走到那一步的，你的朋友、你的家人、你的故乡，都会是完完整整的。"

望舒抽了抽鼻子。

他的爱护太过明显，让人忍不住想脆弱。爵微手一松，从她的脑袋滑落，覆在肩上顿了顿，像是在犹豫下一步的动作。

望舒也因为这个停顿变得紧张起来，呼吸仿佛都忘了。

爵微的笑闷沉在嗓子眼儿里，平白为深夜添了几分暧昧，她觉得这声笑是将她的窘迫都看在眼里，一时赌气，刚要抽身，谁知他手臂一捞将她抱进怀里。

望舒始料未及，手臂僵硬地垂在身侧，小心翼翼地攥住他的衣摆。撇开阿爹、月光神与他的过去不谈，只谈她与他的那笔烂账，当真是怎么算也算不清，唯一好算的就是债务关系。他是债主，她是债务人，全是她欠他的。

这么想眼睛又是一酸。

“我欠你太多了。”

她叽里咕噜说得遮遮掩掩，爵微却是听懂了，忍俊不禁道：“我年长你十万岁，将来你正值青春芳华时，我却垂垂老矣。年华逝去，英姿不再，许是记性不好了，许是脸上长满皱纹，许是走路也不利索了。情况再坏一点儿，可能连床都下不了，到那时你凡事都让着我一些，不要太同我计较，这样就当还了。”

他明明是带着打趣的口吻在说老来的事，可莫名让人心酸。望舒想到他曾说老来孩提绕于膝下的心愿，忽地眼睛一红，手指攥得更紧一些。

她不知道这算不算是他的回答，但她的心已然被彻底打动。

“还是不要这样，等我老了，你就走吧。那时我照顾不了你，看见你为我受罪，总归不好受。”他依旧是笑，笑声中带一丝悲凉。

“别说了，”望舒努努嘴，“你再说下去，我该哭了。”

不等他回答，她将他推开，退着步往外跑，一边说道：“我去前面看看有没有需要帮忙的。”顿了顿，眼眶还是一片红，红得让人移不开眼。

爵微定定地看着她，听她说：“你老了，我也不走。”

说完她就跑了。

爵微心中一热。

真是上了年纪了，太容易心动，心动也太折磨人了。

第七章 秋淡雨凄 功成名就

又过了几日，流毒症依旧没有得到缓解。不管用多好的汤药吊着口气续命，每日都还是有人倒下，终有一日华井也倒下了。

他感染流毒症像是早有预兆，起先就常常感到疲软不支，双眼通红，以为是劳累过度便没有放在心上，直到后来在用药时忽然手臂不停地颤抖，从头到脚的神经都无法控制协调，他才意识到自己也患上了流毒症。

即使如此，他也装着没事，将所有人都赶出去，按照原定计划试验一批又一批药，但都反响平平。他一时气怒，急火攻心，当即就倒下了。他一倒，长庚岛上下都乱了，隔离区的患病者见活命无望，发了疯似的往外跑。

有的想回去再看一眼亲人，有的想另投神医救命，有的则急于收拾铺盖逃亡，还有临死前想再快活一场的，总之长庚岛上上下下鸡飞狗跳，一片乌烟瘴气。

望舒本想再让修罗带她去看一眼黄土妖和方槐，谁想意外地看到了隔离区中病患煽动病患的一幕，赶紧告知爵微。战灵军及时围住长庚岛，阻止了一场更大灾难的发生，但患病者自知命不久矣，根本不受管束，乱闹无休无止，一直到战灵军杀了几个领头闹事的，病患才稍微安分点儿。

但这依旧只是缓兵之计，很快全城就会知道华井倒下的消息，届时将引起怎样的骚乱无人敢想，一切都难以预计。到了这一步，他们不得不做最坏的打算。

周臣与爵微商量后，决定悄悄地转移和疏散长庚岛人等。万一真到无路可走之际，也只能杀死这些流毒症患者，控制住源头，以达到复制率最低的可能性，为他们争取更多的时间。

望舒得到消息，要她和修罗马上离开长庚岛时，她一口就拒绝了。

且不说长庚岛是她的故土、她的家乡，雪骊、周臣、华井包括他都是对她而言非常重要的人，他们都还在这里，她怎么会走？

许是猜到她不会走，爵微劝了两句就放弃了，只是神色间再不复往昔的从容淡定。

“我不想食言。”他抱着她轻声说，轻声地重复，“望舒，我不想食言，更不想你有事。答应我，如果真的开始杀人了，你必须要走。”

望舒红着眼一言未发。

他就看着她，两个人对峙一般互相看着，互相较劲。后来僵持不下他先投降了，她也软了脾性，抱着他的手臂请求他一定不能有事，请求所有人都不能有事。

“我知道我很贪心，我的要求也很无理，但是我真的求你了，不要有事，不要……”

蓬莱的天都要塌下来了，她哪里见过这样大的阵仗，害怕、无理都是可以理解的，可她说着说着停了下来，松开他的手，将盖在脸上的头发拨开，深吸一口气说道：“你去吧，我会收好我的贪心、我的无理，等这场灾难过去了，再向你讨回来。”

他怅然一笑，终是点头。

就这样，望舒强行留了下来。因为人手不够，她要按照华井先前定下的用药单反反复复地试药，每天转圜于药庐与厨房之间，累得眼皮直打架也不敢歇一会儿，生怕下一刻就又有一个人送出去，不敢想象那个人会是谁，是黄土妖，方槐？是八脚怪还是华井？

每每夜深人静时，她眼前都会出现幻觉，好像能听到以方槐领头的茶梅精们叽叽喳喳，和地下的蚂蚁精们争莲藕糖浆，长元仙君捧着茶杯在旁边看热闹。她就坐在门口的老树上，有一搭没一搭地和黔公唠嗑，等在城里的黄土妖来给她传最新时讯。

场景一倒，她又听见华井像个老头子一样整天在她耳边碎碎念，转瞬昆仑镜却怒发冲冠地揪着她的衣裳对她破口大骂，直问她将八脚怪弄去了何处。

她忽然一醒，周身万籁俱寂，陪伴她的只有无尽的药材和清凉的月光。不管怎么试，都没有任何改变，就在华井倒下的三天后，方槐去了。

望舒只匆匆地看了他一眼，就让人将他抬了出去。像是从很早开始就已经在做漫长的心理准备，她看见方槐的尸首时并没有呼天抢地的悲痛，心思麻木了一般。可等她走回空荡荡的药庐，面对一地狼藉的药材，以及浓重得抹不去药味的屋子时，忽然有一种感觉，仿佛是站在夏日的田野里，浑身被烈日蒸着、灼烧着，汗如雨下，神经一根根地抽痛着，灵魂却不着边似的，整个人变得轻飘飘的，连自己是不是还活着都忘了。

她忍了又忍，终究没忍住，失声痛哭。

方槐是她在长庚岛的最后一个亲人了，他们自小一起长大，院子里的茶梅走了又走，他却始终没有挪过脚。哪怕是在长元病重的最后一段时光，她几乎让他失望透顶时，他也没想过要离开她。

挨过了长庚岛的阴冷湿寒，咬着牙度过了最难的时期，连顾乘媛都没杀死他，谁想一个流毒症却将他带走了……

望舒想到这儿，几乎喘不过气来。她强迫自己起身，扶着墙一步步往外挪，待脚上有力气了，埋头朝莲塘的方向奔去。

此时正值盛夏，长庚岛数十平方公里的莲花齐齐绽放，成片的青色落入眼帘，充满旺盛的生命力。

她跑到池塘边，脱了鞋子往下跳，很快就抓上来几节莲藕，拿回厨房煮熟，随后将煮熟的莲藕装在食盒里，朝着乱葬岗的方向跑去。战灵军已将方槐送到乱葬岗，正准备将他与其他尸首一起焚烧，好在她及时赶到，阻止了战灵军进一步的动作。

方槐的脸青紫肿胀，几乎面目全非，再难见原来白嫩的模样。被送进隔离区时他身材滚圆，胖得衣服都要被他撑破，现如今衣裳都大了，松松垮垮地罩住一把瘦骨头。他是个臭美的人，要知道自己死后竟是这副模样，不知该有多难过。

望舒强忍着酸涩说道："我知道你生前最爱吃莲藕糖浆，每每总要因为这个和蚂蚁精大打出手，可是今日赶得急，没有好东西送你，你便再尝一口莲藕糖水吧。"

她打开食盒，取出一勺糖水，递到方槐嘴边。明知他已经无声无息，再也尝不了莲藕汤的味道，但她还是想再送他一程。糖水递到嘴边，又顺着脖子往下滑，望舒急红了眼，将他的唇轻轻推开一些，喂了好几次，才将糖水喂了些进去。

可是又能怎么样？

方槐还是走了。

望舒痛彻心扉，抱着方槐大哭起来。战灵军担心他们接触太久，怕她也感染流毒症，上前将她拉开，两个人抬起方槐就要往乱葬岗扔。

忽然，草席上的尸首好像抽动了下，望舒赶紧喊道："等一等。"

战灵军被她突然的一嗓子喊得浑身一震，还没反应过来，就见草席上已经死掉的人又坐了起来，撑着身子东张西望，一副茫然的样子。

难道变成死灵了？

望舒和战灵军都不敢轻举妄动，愣怔地看着方槐。谁知他望了一阵，瞧见望舒，忽然咧嘴一笑：“小主人，你怎么来了？”

望舒一喜，赶紧冲过去：“方槐，原来你……你还没死，真是吓死我了。”

“我……”

方槐正要说话，忽然一股热流从丹田往上涌，他的脸色瞬时由青转白，由白转红，直到一口黑血喷出，方才浑身轻松，如获新生。他从草席上跳了下来，雄赳赳气昂昂地走了一圈，说道：“我方槐又活过来了！”

“可你刚刚不是已经……”一个南珠战灵指着方槐手指颤抖地问，“你……你该不会是死灵吧？”

“你见过我这么活蹦乱跳的死灵吗？”方槐瞪了对方一眼，“我也不知是怎么回事，刚刚瞧见满山的尸体，还以为已经到了阎王那儿，谁知一转头小主人你也在。”

方槐笑嘻嘻地说：“难道我们都已经死了？是在地下相聚？”

战灵军被他的话弄得毛骨悚然，面面相觑，都不敢相信眼前发生的一幕。望舒也迟疑不定，将方槐上下打量，见他身体已有温度，气色也变好了，关键是能言善辩，头脑十分清晰，定是一个大活人无疑。

可他怎么会突然活过来？

望舒眼珠子转了转，看向一旁的食盒，难道是莲藕糖水？

不由分说，她拉起方槐一路跑回长庚岛，将众人召集起来。方槐像只园子里的俊猴儿，被大伙看过来看过去，摸完手又摸腿，羞得面色绯红，整个人拧成一团。

华井尚有一丝意识，听说此事也顾不得他那一套医理了，死马权当活马医。喝下半碗糖水后，他盘腿坐在榻上，很明显感觉到体内有一股热流上蹿下跳，仿佛是在与恶毒斗争，很快他也像方槐那样吐了口黑血，浑身如释重负。

还真歪打正着了。

一群人喜不自胜，争抢着去池塘挖藕煮糖水。事后华井怎么想也想不通其中药理所在，也不知糖水是克了蛇毒，还是克了死灵毒，总而言之，效用奇妙，可以说是出神入化。

人从鬼门关走了一趟，心境也大不一样，华井素来天不怕地不怕的人也不禁感慨起命运的无常。好在这场灾难终究还是被望舒以踩狗屎般的幸运挺过了，上苍垂怜，不亡蓬莱。

待得流毒症彻底缓解，华井做东，请望舒几个人去红楼喝酒。

隔着重重红粉纱帐，她似是瞧见了华井那位神秘的红颜知己，当真是世间绝无仅有的风情，难怪他要藏着掖着不让人看。梭罗子等人见状闹得更凶，哄笑着让他将小娘子牵出来给人瞧一瞧，免得日后路上碰见却不认识。华井不肯，他们就只好动手了。

一群平日里在蓬莱动辄翻手为云、覆手为雨的大人物，也不挑地儿，就在人来人往的红楼，没个正形地闹了起来，以武切磋，笑谈江湖间事，将盛世风流演绎到极致。

望舒在他们闹得最凶的时候悄悄地躲了出去，生怕祸水再泼到她身上来。

酒意弄人，将她催生得飘飘欲仙。恰好听见隔壁屋中有几个女孩儿在讨论蓬莱九重天的这些风流男儿，从梭罗子说到华井，从华井说到周臣，再从周臣说到那个人。

深藏于心中的某根弦忽然抽动了下，欲念、渴望、怀思瞬时洪水猛兽般将她牢牢圈住，一寸一寸也逃不出去。

她跑出了红楼，深深浅浅的石墙酒巷透着沁骨的香。

九重蓬莱有一点好，好就好在冷夜的风有暗香，能解酒，走个十里路该当清醒。也有一点不好，那就是只要戏台上的人一直唱，不管走多远，都能听见楼中楼的阵阵余音。

今日的旦角又是华井特地请来的，不过不是为了哄她开心，而是庆祝众人死里逃生的。旦角功力深厚，字正腔圆，每一句戏词的音调都拿捏得十分精准，准到尾音发颤，戳到心坎。不知是被这戏唱得动了情，还是屋舍里的人本到情浓时，隔着高墙大院她都能听见里面酥麻软骨的呻吟，一遍遍说着“我心匪石，不可转也。我心匪席，不可卷也”的情话。

望舒酒未醒透，却被这酥软声麻得从头到脚一阵惊颤，不知不觉间走到了南珠流光。

她的脑袋里又有小人在打架了，一个说着都到这儿了，还不快点儿进去，一个说着不行，你得矜持点儿……她像是雪地里打滑的圆球，被两个小人推过来推过去，就这样在门口徘徊了半个时辰，终究是恼了，转头就走，谁知没走两步又回去，低着头往里冲。

望舒想她一定是醉了、疯了，不然怎么会这样？

心仿佛被烈酒烧了起来。

南珠流光有一方水榭名为兰池，全由玉石构建而成。透玉在月光下晶莹发亮，泛着绿波，比池中的水波还要明净几分。

望舒心虚又艰难地走过大片熠熠生光的南珠地，浑身都出了汗，越是临近水榭越是紧张，脚几乎不听使唤。想着走过台阶到另一头许是就能瞧见他了，心思也变得敏感细腻起来。一时徘徊一时踟蹰，想又不敢想，不敢又不舍，脑子里乱哄哄的。及至凉台上，瞥见枕着玉席的一抹青衣，心思一抖，什么也想不起来了，掉头就跑。

她急急忙忙跑下台阶，人也险些踉跄摔倒，却顾不得这些，像是做贼似的赶紧放轻声音，蹑手蹑脚地捞起衣裙，踮着脚尖一步步往外挪，好不容易到了门边，身后却忽然传出一声笑。

“喝完酒了？”身后那个人问。

她蚊蝇般应了一声。

那个人又笑："看来喝得还不少，转过头来给我看看。"

"不要。"

她捂着脸，将头摇得像只拨浪鼓，后面的笑声却越来越近。不知何时他走下了凉台，赤着脚，步子很轻，一步步向她靠近。

望舒的心几乎提到了嗓子眼儿。

"那边散了吗？"他问。

"还没。"她回。

"你是偷跑出来的？"

"也……也不是，他们都去闹华井了，我一个人无聊，所以……"声音离得很近了，仿佛就在头顶，望舒的话戛然而止，果然下一秒熟悉的气息传来，他冰凉的手搭在她的小臂上。

"我还以为你是没见到我，惦记我这个老人家。"

望舒顿时闭嘴了。

明里责怪暗里调情，这日子怎么过成这样？

见她窘迫得仿佛下一秒就要挣脱他的怀抱逃跑，他敛了玩笑的姿态，将她牵着走回凉台上。"那么不是惦记我，就是来认错的？"

先前在长庚岛人来人往，琐事不断，一直没有找到单独说话的机会。现下得了空，的确该好好地算一算账才是。

"华井感染流毒症倒下时，你一意孤行不肯离开长庚岛也就罢了，竟然还不要命地跑去乱葬岗送方槐，抱着方槐痛哭不止。虽说最终你误打误撞化解了一场灾难，但是这样的幸运事先谁人能知？倘若莲藕糖水无效，倘若你也感染流毒症，又如何是好？"

望舒仰头一笑："那你一定不要来送我，因为到那时我的模样肯定很丑，丑到你会反悔。"

爵微失笑，顺着她的话往下说："会反悔什么？"

"嗯。"她眯着眼睛，脚步虚浮地晃着脑袋，嗡嗡道，"反悔惹上我这样一个大麻烦。"

"笨蛋。"他气道。

她清醒时成熟懂事，聪慧机敏，他想她是麻烦，她都不当麻烦，现在喝醉酒倒来他面前装疯卖傻了？爵微捏了捏她的手掌心，说道："你就是不惜命。"

"那我还要贪心，还要无理呢，这样你就高兴了？"

"嗯，我高兴，你最好蛮不讲理，整天无理取闹，我就日日在你身边打转，处理你惹下的麻烦，该要高兴坏了。"

"哼。"她噘起嘴，"受虐狂。"

望舒真是醉糊涂了，不着边际地胡言乱语，人也变得迟钝了，被他往玉席上一按，凉意往骨子里钻，整个人一激，方才有些如梦初醒。她回想起刚刚说的话，捶胸顿足地懊悔了一阵，闭着眼睛说："我错了，日后再也不敢那样了。"

"哪样？"

"不听话，欠揍。"她低着头小声嘟哝，都是讨饶的意味。

真是聪慧到戳心窝子的女孩，连揍一揍都舍不得了。爵微无奈叹气，揉揉她的脑袋："是该听话一些，不然真是降不住。"

她一听，小脸一绷，眉头一竖，说道："谁也降不住我。"

她里里外外，从眼神到红唇，均是醉酒后的无邪。爵微笑个不停，将她的手合在掌间轻拢慢捻，慢慢地生出了别样心思。

水光玉台，一亭月色。

他是札记里似深山老林里的雪一般清冷难以融化的人，旁人看着也似高岭之花，难以接近，丝毫不允亵渎，哪怕是熟悉了些，也觉得他像是雾里花，忽近忽远，端的是一本正经。可一到两个人独处时，睁着眼睛说起的一套套荒唐话，像是将风流刻在骨子里一般，不知点了多少女儿香才能变成这样，痞性十足。

她也不知，不知他这个人怎会放浪形骸成这样。

真是叫人疯魔了。

月光洒落一片清辉，她在意识消亡的最后一线看见兜头的星光，似乎被幸福填满。

她好像从未这样真实地体会过幸福的意义，从未感受过这样一种幸福感的重量，像羽毛一样轻，又像石鼎一样重。她几乎就要溺毙在这种一望无际的幸福感中，然而就在这时，秦昭雪来了。

他巨龙般的脚掌踩得凉台东摇西晃，整个水榭都要震颤起来。

望舒被他强行领回去了。

一路上秦昭雪沉着脸一言不发，直到望舒发现回去的方向并不是藏书阁时，才小心翼翼地提出了疑惑，秦昭雪顿时发泄似的将一肚子话都吐了出来。

“你如今名声是要大过我了，连架子也要大过我吗？整日不着家还得我去请你？”秦昭雪生气的时候像个炮筒，狂轰滥炸，“多日不曾回藏书阁，我看你早就把你我的君子协议忘得一干二净了。”

望舒跑得急，呼吸还未平复，抚了抚胸口方才说道：“我哪里敢。”

“你哪里不敢？你连南珠侯的玉席也敢枕，蓬莱还有什么是你不敢的？”

“……”

望舒低下头，酒气都散了：“你今日究竟怎么了？”

秦昭雪一股子闷气发了出去，理智也回来了，背着手在她面前打转。转了几圈后他忽然抬头，撑着眼皮子望天。

毒瘴散去，九重天华光流彩。可这色彩太过绚烂，不是吉兆。

他很少会心烦意乱成这样，仿佛有十万火急的事情发生了，望舒也被他弄得紧张起来。这时，秦昭雪开口了。

“你不是一直在猜我与紫华君、华井究竟为什么会一齐出现在雪园吗？现在我就告诉你，其实那日我与华井都是紫华君叫过去的，当晚你在水牢救人的时候，我与紫华君也在另一处救人。”

“在雪湖中心？”

当时他们泛游雪湖，曾在湖中心盘桓许久。秦昭雪点点头：“许多年前，紫华君同我提起过关于西海的一个秘闻，是时他喝醉酒道破天机，你和长元从他门口经过，还将他扶进了院子里。你还记得秘闻的内容吗？”

望舒记得这回事，但时间过去太久，早已忘了秘闻的内容。秦昭雪提醒道：“西海新星升起，旧星尚未陨落。我问紫华君旧星如今怎样，你猜他说什么？”秦昭雪神色严肃，停顿片刻后说道，“旧星仍在人间。”

望舒心猛地一沉。

“什……什么意思？”

“我什么意思你不明白吗？旧星是谁你不知道？”

望舒喉咙提紧：“吴歌还……还活着？”

“没错，我与紫华君、华井三个人于雪园密谋之事，就是他。当时他被冰封在水晶棺中，被人藏于雪湖中心，我们费了九牛二虎之力才将他救出，眼下正在万青庐。”

望舒闭上眼，深吸一口气，仿佛瞬间从云端跌入了地狱。她的感觉没有错，幸福于她而言总是转瞬即逝，如梦幻泡影。

“你为什么现在才告诉我？”

秦昭雪冷笑一声：“事情既然是连南珠侯也瞒着的，就更没有必要告诉你。望舒，你知道你现在在做什么吗？南珠侯对你有恩，你却在无间狱对他隐瞒了吴歌被死灵吃掉的事。倘若你当时说出真相，以他的修为要将吴歌带出无间狱根本不是难事，或许华井还能救他一命，但是因为你的隐瞒，他们兄弟二人没能说上一句话，更是因此让吴歌失去了苏醒的机会，所以他现在只能吊着一口气长眠在水晶棺中。”

“本来这件事我不想告诉你，但是只怕再不告诉你，今后你会落到个恩义两难全的地步！望舒，你不怕他将来知道真相怪你吗？你和他如何能够……能够？”

望舒几乎站不住身子，声音也飘散在风中：“无间狱的事，你是怎么知道的？”

“你和昆仑镜被困冰城时谈到过此事，鬼刹都听见了，后来他跟我交代冰城之事时稀里糊涂说了一嘴，是我猜到的。”

他绝顶聪明，当年鉴宝大会在瓠犀酒楼看到南珠侯、梭罗子和雪骊等人齐聚一堂，便知无间狱深藏巨大秘密，而后又见死灵复出，便不难猜想昆仑镜所说之事。

但是如今追问这些还有何意义？

望舒捶了捶脑袋，将仅剩的一丁点儿酒虫都赶了出去后，头脑也变得清晰起来。无间狱死灵复出之时，爵微明明已经亲手杀死了吴歌，并将他的尸体留在了天机阁，又怎么会出现在雪湖？

她问秦昭雪：“我亲眼看着吴歌死在我面前的，他怎么会？”

“这中间还发生了什么我不知，我只知道是小耳朵最早发现吴歌的。”

那时小耳朵听到桃花大会的风声，料想雪园里必是藏了许多宝贝，想去顺几件孝敬紫华君。谁知在挖地道偷进雪园时，却机缘巧合地发现另一条早就挖好的通道。他顺着通道就钻到雪湖底下去了，这才发现湖中心有一只水晶棺材，里面镇着一个人。

那个人正是吴歌。

小耳朵早些年听紫华君说过吴歌的事，认得他的脸，便将此事告诉了紫华君，紫华君才会借着桃花大会将秦昭雪与华井都喊去救人。事后他再三嘱咐小耳朵不得多言，谁知小耳朵记住了此事，他却因为酒后失言被萧演抓住把柄。

他深知吴歌之事牵连甚广，不敢轻举妄动，才不得不受萧演胁迫，伙同小耳朵抓了王邢笑。但小耳朵将王邢笑送去澄云岛之后还发生了什么，紫华君就不知道了。

他唯一知道的就是萧演将他们藏了起来，预备在“冰城之巅”成功之后，利用王邢笑和小耳朵威逼众人取缔周臣，支持他自己成为蓬莱新一任帝君。然而他急功近利，等不到那一日就将自己豁了出去。

萧演贪心，紫华君贪酒，整件事才演变到这一步。但若要追究源头，许是从桃花大会开始，从吴歌开始，从她开始，就一步步错了。

望舒浑身无力，疲惫从脚爬到头顶。

“吴歌醒不过来了吗？”

“华井替他诊治过，没具体说能不能醒来，只说希望很渺茫。”走到万青庐门口，秦昭雪停下步子，略一思量后说道，“当夜我与紫华君去地道走过一趟，当时匆忙，未曾细看，但依我之见，那地道应该早于雪湖之前就存在了。也就是说有人为了隐藏地道，才在那里开了一片湖，王邢笑未必知情。”

“地道入口在哪里？”望舒强打精神问。

“秦黄陵山。”

老狐狸佩方修仙的故里！那么将吴歌保存在水晶棺中放置于雪湖之下，必然与白头翁脱不了干系。这么一来也说得通了，当日在天机阁，白头翁留下了吴歌，不许他们带走，也只有他能做到后面的事。

他究竟想做什么？

望舒没再应声，跟着秦昭雪进入万青庐。许是事先并不知道她也要来，紫华君愣了愣，与秦昭雪眼神交流后叹了口气，领着望舒往里走。

水晶棺需放在潮湿阴冷的地方，万青庐刚好有个冰窖，是紫华君用来储酒的。人未到冰窖，酒香已先传出来。紫华君将她送到门边，苦笑着说道：“倘若你阿爹没有生病，这些酒哪里能放到现在？早该被我们两个老家伙喝光了。”

望舒低着头没说话，紫华君又叹了口气。

“小藕，我是看着你长大的，你是个好孩子，对长元的孝心真是没话说，老头子心里都有数，相信长元比我更清楚。他的死我也很遗憾，但站在他多年老友的角度，老头子想再劝一劝你。蓬莱远不是你想象的那么简单，你不要蹚这趟浑水，不要再往里面走了。”

紫华君与长元相识于微时，深知对方的心思，他料定长元不想望舒掺和这些事，但面前的小丫头又是十头牛都拉不回的倔性子，所以在桃花大会时并没有阻止。但眼看着事情在一团又一团地变大，王邢笑下落不明，萧演成败未卜，连死了近十万年的西海小霸主也突然出现，牵扯到的人已是他们都无法掌控的，如此下去必是危机四伏，他又怎么能眼睁睁地看着她去送死？

见她没应声，紫华君再三悔恨道：“怪我，都怪我，这嗜酒的臭毛病怎么都改不掉，才惹出这么多祸事。等到明日我就将这些酒都砸了，再也不喝，再也不喝了……”

他悔得肠子都青了，一下下捶着胸口。望舒赶紧说道：“这事不怪你，你不用自责。”

“怎么不怪我？都怪我，我有大错的，你不用安慰我。”

紫华君人已老迈，脸上的皱纹好像是一夕之间长出来般，布满眼角。他颤抖的双手扶住望舒的肩，抬起又放下，最终还是轻轻地拍了拍：“近来长元总来梦中找我，我便知道他在怪我，怪我不曾多加照拂你。小藕，我老了，不中用了，活着也总是惹祸，没什么大的指望了。只盼你能好好的，远离纷争。要是有一日你想走了，不要怕，尽管来找我。”

他苦笑：“老头子虽然一事无成，还总是拖后腿，但要送你离开蓬莱还不是件难事，这样到了地下我也好和你阿爹交代了，百年之后我也该死得瞑目了。”

不由得她回答，紫华君转身就走。老人家的背已微微弯曲，走路的姿态也一摇一晃的，像是揣着伤怀在隐忍哭泣，既是不好意思，又自责到了底。

可即使如此，也还在为她打算，安慰她的心思这样明显，望舒就更加难过了。

她还能回头吗？

她还回得了头吗？

往下走就是她欠下的债，老天爷真是一刻都不肯放过她，每每在她窥见一丝天光的时候，总要再出其不意地剥夺她的希望。

长元的死如是，吴歌的死亦如是。她的幸福如同风中浮尘，一吹就散。

望舒闭上眼睛，深深地吸了一口气，抬起腿往下走。冰窖严寒无比，她未做任何防护，一进去就被寒气冲得打了个喷嚏。她将衣领拉高，继续往里走，直到底层，看到冰窖正中间摆着的水晶棺。

水晶棺通体透明，从外面就能看到里头的人。

他还是她初见时的模样，清秀孱弱，阳春白雪，是永远的少年吴歌。他是被他的兄长亲手杀死的，所以在无间狱闭上眼睛时，他的唇角还挂着一丝微笑。这丝笑容将少年的心包裹得柔和而美丽，纯净而自然，让人不忍有一丝亵渎。

他还活着，但是醒不过来。

望舒一句话也说不出来，就这样看着他，心中闪过数不清的念头，怨怪、后悔、不知所措……可到最后，她却不知道自己究竟在怨怪什么，后悔什么。

以当时的情形来说，吴歌满身疲倦没有退路，她也无法拒绝一个少年苦苦的哀求。哪怕再来一次，她还是会答应他的请求吧？

“吴歌，你是对的，他不会错。”望舒微笑着挤出一丝笑容，但是没忍住，湿润终究填满眼眶，“但是我错了。”

她试着去爱。

可她爱了一个不能爱的人。

从万青庐离开后，望舒便像只缩头乌龟躲进了长庚岛，整日闭门不见任何人。

流毒症之后，料到蓬莱众人日后怕是要常常吃藕，既能消暑又能化毒，方槐的生意头脑就转了起来，和黄土妖摘了莲藕做冰镇糖水拿去丰禾城卖，两个人干得热火朝天，没有几日便赚了一大袋金子。方槐用金子买了茶梅树，又种下几池莲花，将长庚岛弄得有声有色，便是病患都一一离开了，长庚岛依旧热闹不减。

坐在廊下一日日枯燥地望着天时，耳边还回响着许多人说话的声音，方槐与黄土妖在讨价还价，大杀四方，声音闹哄哄的，将她的耳朵填满，将她空旷的胸膛也填满了。

她几乎喜欢上了这种喧闹。

也几乎以为可以在这种喧闹中度过一辈子的时候，她做了一个梦，梦见爵微来找她了。结果一睁开眼，他就站在回廊下，被满院子的茶梅树簇拥着。

她恍恍惚惚，撑着头问："我是不是在做梦？"

"望舒。"

他什么也没说，叫了声她的名字。望舒几乎哭了，将手背搭在眼睛上，一边吸鼻子一边说："我以前很少哭的，阿爹死的时候我才哭，现在好像变得很脆弱，动不动就红眼，好丢人。"

"哭是人宣泄情感的一种方式，没有什么好丢人的。"爵微叹了声气，走到廊下牵她的手，"告诉我，究竟发生了什么？"

那日她被秦昭雪匆忙叫走，之后就再也没有出现过。他起先尚未察觉不对劲，直到在丰禾城碰见秦昭雪，秦昭雪却有意无意地避开他走，这时他才意识到出了事。急忙赶来长庚岛，却被告知她不想见任何人，一次两次他尊重她的意思，但三次之后他就顾不得君子之礼了，趁着方槐不注意走了进来。

他尝试着问道：“是否与秦昭雪有关，他不同意……”

“不是！”望舒急忙打断他，将他的手拨开，往旁边退了几步，“和任何人无关，都是我的问题，我……我只是又想起阿爹。”

似是猜到她会这么说，因为除了长元，再没有一个人横在他们中间，就像一根刺卡在喉咙里，怎么也拔不掉。爵微亦是气馁，说道：“望舒，我与长元的账是算不清的，不是只有恨，还有许多过去，我们也曾是把酒言欢的至交好友，他……”

“我知道，我都知道。”不等他说完，望舒背过身去，一口气说道，“阿爹临死前都跟我交代了，他恨你，想杀你，但他仍旧有愧于你。可是除了他还有月光神，不是吗？阿爹曾说月光神已经回来了，但是至今没有现身，你难道没有想过去找她吗？”

“我想过，但是姳贞与你我并无关系。”

聪明人说话最忌讳拐弯抹角，爵微看她似是而非，顾左右而言他，便知道一定是出了很严重的事，心下又是一叹：“望舒，你终究还是防着我。”

这话多少有些伤人了。

她至今仍对他有所隐瞒，他觉得失望；她心中亦是如此，失望于他未曾真正懂她的心动。两个人明明靠得那么近，却又仿佛隔着万水千山。

望舒到底是认命了，头一低，将这些日子以来犯的糊涂都低下去了，埋进土里。

“我……”舌苔泛苦，她想笑却努不动嘴角，思来想去只说一句，“对不起。”

爵微思绪混乱如入迷雾，不知事情怎么会发展到这一步，想解释，不知从何解释，想作罢，不知如何作罢，拧着眉头看她，一双眼似山似云，似海似浪。

他进一步，她退一步。他进两步，她退更多。

她摆明是想划清界限了。

他愁得化不开心中的苦："望舒……"

一句话还未说尽，院外有脚步声传来，算是将两个人尴尬相对的局面打破了。

"南珠侯您可在里面？能否应我一声？城中有急事相寻。"方槐是个人精，没有直接闯进来，而是站在墙外高声喊道，"是雪骊姑娘亲自来找您的。"

"何事？"他声音沉冷僵硬。

方槐不知细情，雪骊便在外传音道："是萧演想见你。帝君见了他几次，都撬不开他的嘴，但他今日突然提出要见你，说是有重要的事情和你说，见完你之后他就会交代王邢笑的下落。"

望舒的脸"唰"地白了。

雪骊说完就没了声音，方槐也走了，院子里又恢复了先前的安静。风动，树也动，但他不动，时间就仿佛静止了一般，动也不动，无比漫长。

也不知过去多久，还是他先开始松口。到底上了年纪，容易心软，哪怕她再翻脸无情，他还是舍不得。

"我先去见萧演，有什么事之后再说。"

"怕是你见完之后就再也不想看见我了。"她这一声说得急而快，掺和着野蛮的意味，旁人听着只会觉得她在闹脾气，她蛮不讲理，却不知这已经是她最害怕的时候了。

因为她从不野蛮，从不贪心。

可惜爵微没有听清。

他走到门口，回过头看他："望舒，听话一些，好吗？"

在他眼中，她仍是那个野性难驯的女孩子，是一朵带刺的花，是会伤人的白眼狼。他已经许多年不曾动情，如今一颗真心捧了出去，真是连命也赔了进去。

他不想同她讲道理，只想占着老人家的便宜，博一博她的同情。

望舒差点儿就心软了，软成一摊水，但是转念一想，若是他知道了吴歌的真相，又会怎样埋怨她？怎样埋怨对她一片真心的自己？

她浑身颤抖着，想朝他走去，脚却如千斤顶般沉重。

“如果我做了什么对不起你的事，你还会原谅我吗？”

“只要你说，但……”

似乎是怕听到他的答案，望舒迅速地打断他，挤出一丝笑容：“不用了，也用不着原谅，我就是没良心的。”

他定定地看着她，很久很久之后才说道：“你是。”

你的确没良心。

第八章 长路漫漫 何处归家

其实爵微没有说完的半句话是“但看我意”。

原不原谅还不是他给自己找的一个由头，只要他想，有什么是不能原谅的？爵微离开长庚岛的时候，当真是被失望填满了心头，心情可谓五味杂陈。可即使这样失望透顶，他也还是给自己留了一丝余地，想着日后总有重归于好的机会。但他没有想到，接下来萧演简简单单的几句话就将那点儿仅剩的余地都堵上了。

离开东城大牢，他马不停蹄地赶往万青庐，在那里待到后半夜回南珠流光，自始至终没有说过一句话。倒是活香草闹着要去望舒那儿时，被他反手一拽，力道没控制好，摔在地上磕伤了。

活香草哭也不敢哭，他满肚子的憋闷之气顿时烟消云散，颓唐地倒在凉台上。

下了一夜雨，他的寒疾复发，疼得闭不上眼，却又不肯唤任何人来。到底还是活香草心疼他这个新主子，悄悄地去司医局找来了旧主子。

有华井这张臭嘴在，不消三日，他缠绵病榻的消息就传遍蓬莱了。哪怕躲着藏着不想知道，也会知道。日子久了，身边亲近的人都看出了猫腻。来看他的人走了一拨又一拨，唯独望舒自始至终没出现过。

她大门不出，二门不迈，仿佛要将自己关死在藏书阁中。后来爵微病好了，也如她一般闭门谢客，除了日日去万青庐外，剩下的时间都耗在后山耕田锄地，似又要过起归隐的生活。

有一日梭罗子实在纳闷得紧，便拉着雪骊问道："你说他们俩到底是在闹什么？这都大半个月不见面了，不懂一日不见如隔三秋吗？"

雪骊瞥他一眼："谁像你这般黏人。"

梭罗子倚在她肩上佯装撒娇："我哪里是黏你，还不是想将你我错过的几万年时光都补上？"

雪骊浑身一抖，鸡皮疙瘩掉了一地。不知想起什么，她推开梭罗子起身，大步朝外走："我去看看南珠侯。"

"喂，你去看他做甚？"

雪骊想了想，笑道："我去替他拨开云雾。"

她先前从未来过南珠流光后山的这片地，只是听梭罗子说过，这里的庄稼、桃花、蒲苇都是他亲手栽下的。桃花象征吴歌，蒲苇代表月光神，庄稼是他甘当农夫的一颗心，只是这农夫太念情，太长情，过去这么多年，喜好的和不能放下的从来没变过。

水渠一周是三三两两的蒲苇丛，以南是桃花林，以北是四季麦田，一眼望不到头。雪骊找了一会儿，才在桃林里看到正在修剪树枝的爵微。

他身着一袭淡青色布衣，卷了衣袖，露出半截小臂，被午日的阳光蒸得满头大汗，脚下落了一堆花枝，看样子像是一大早就在林子里了。

雪骊上前，站在他身侧，位置选得好，刚巧挡住一大片阳光。爵微假装没看见，手下的动作一刻没停，雪骊便道："南珠侯，小藕病了。"

他眉头一蹙，停了停还是没有说话。

雪骊又道："她在冰城受了重伤，华井本想用活血草为她调理身体，但当时泰斗性命垂危，她就将活血草给泰斗用了，自己却落下病根。你也知道，她的身子一直都不大好，前不久也不知道因为什么，忽然就倒下了。华井说她忧思过重，怕会英年早逝。"

他放下手，抱起地上的花枝，只道一句："她生病，你该去找华井。"

"那如果是心病呢？"雪骊不甘，追在他身后，急声说道，"当年你给过她天下只此一枚的护心丹，后来她还你一株世间绝无仅有的活血草。你们之间的关系，一定要算得这么清楚？"

爵微身形一顿，忽然站住。他思来想去，不知该如何说，知道以她如今的心思，放弃活血草救泰斗绝非为了还他的恩情，定是发自内心地想保泰斗一命。可是不管怎么说，她始终都与他隔着距离，总拿那些理不清的老账簿来搪塞他。

他的失望和痛心是旁人无法理解的。

"我不想算清楚，只是不清楚，她便下不了决心。"他叹一口气，苦笑着朝雪骊颔首示意，继续往前走。

雪骊注视着他略显单薄萧条的背影，忽然大声说道："华井说当年赠你活香草，是因为它能嗅到月光神在世的气息，能带你去找她。那么你有没有想过，为什么活香草只带你去找望舒？"

爵微脚步不停，她语速飞快："莫非你当真以为，活香草去找望舒只是因为活血草？活血草已经没了，它还是要去找望舒，你不想想其中的深意吗？"

"你到底什么意思？"他丢下满怀的花枝，疾步从远处往回走，"雪骊，你在向我暗示什么？不妨坦白说，你知道了什么？"

他面无表情地看着她，周身的冷如同穿行在桃花林的风，忽然涌起，忽然寒冽。

"三千年前，月光神就回来了。"雪骊深吸一口气，"三千年前，望舒从莲藕身变成了女孩。”

他深深皱眉，像是不敢相信，声音艰涩道：“也许，只是时间上的巧合。”

“如果时间是巧合，活香草也是巧合，长元仙逝时蓬莱那场大雪是巧合，那她身上长出的和月光神一模一样的蒲苇文身也是巧合吗？”

雪骊颤抖不止，声线几乎撕裂，她强忍着内心的悸动，平静道：“酒神之战后，你在雪谷重生，当时月光神不知道你尚在人间，以为你死了，伤心欲绝，便用刺纹麻痹悲痛，我是亲眼看着她在自己身上刺满蒲苇文身的。而后长元为她带来你尚在人间的消息，她喜极而泣，痛哭失声，蓬莱便下了一整夜大雪。那是蓬莱自开天之后第一次下雪，第二次便是长元仙逝，你觉得这还是巧合吗？”

爵微身形踉跄，往后连退几步。

“你何时知道的这些？”

“就在她从冰城回来后不久，当时我发现她身上的文身就有所猜测，但还不敢肯定。当年刺纹楼之事，牵涉其中的长元仙君与先楼主均已不在世，要找确切的证据比较困难，这些日子我一直在秘密查访，才收集到这么多线索。”

顿了顿，她环视一周，压低声音道：“你我都知道，当年沧江地心火事件根本不是意外，而是人为，凶手很可能就是顾乘媛。单就她为父报仇的决心来看，她给长元下蛊，是想利用长元来杀你，但她为什么要多次刺杀望舒？”

爵微脸色一沉：“你的意思是，她知道望舒的真实身份？”

雪骊耸耸肩：“不是没有这个可能，虽然目前这一切都是我的猜测，但我一定会找到证据的，证明望舒就是月光神，顾乘媛就是当年杀她的凶手。而且我总有预感，顾乘媛离我们很近很近，似乎就在转身之间，我一定很快就能揪出她。”

她为帝君奔走于三垣六合之地，杀过数不清的恶人，不知不觉间练就了一种闭着眼睛也能敏锐地感受到敌人方位的本领。她的感觉从来没有出过错，顾乘媛就在他们身边。

此行的目的达到，她不再多说，转头就走。走了几步，她见身后没有一丝响动，到底还是不放心，回过头去。

那么光风霁月的一个上古之神，好像猝然衰老了般，茫然地站在十里桃花林中，哭也不是，笑也不是，望着天，又望着地，身子摇摇晃晃的，将眉头拧成了解不开的麻花绳。

他愁的，他苦的，他悲叹的，他埋怨的，都在那一双落寞的眼瞳里了。

雪骊心思一软，忍不住说道："望舒失去了前世的记忆，也还没有发现背后和小腿内侧的文身，但是总有一天她会知道的。南珠侯，你爱着的人，到底是月光神还是小藕，心里有答案吗？"

"我……"

"我相信，你会有答案的。"雪骊畅快一笑，背过身朝他挥挥手，"我走了，这一回就是真的走了，或许我希望你可以当作我没有来过，还是回到你和小藕像普通人闹个小别扭的时候，其实有时候知道真相也挺残忍的，对吗？"

她不知为何突然伤感，眼睛变得酸涩。

一边是她追随十万年的月光神，一边是在眼皮子底下一点点看着长大的望舒，失去哪一个她都痛不欲生。但是一个身躯不可能住着两个灵魂，望舒与月光神根本不一样，她知道，他也知道。真相也许残忍，但终究会来到。

早一点儿残忍，对他们而言或许有更多选择的未来，不是吗？

可等不到爵微做出选择，王邢笑就回来了。

那日在东城大牢，萧演试图以吴歌之事换取自由身，爵微只同他说了一句话。

“王邢笑死了，你也会死，对蓬莱而言这是皆大欢喜的结局，你且这么耗下去，没人会真正想帮你，但是你说出她的下落，她能活，你就能活，今后就还有更多可能。”

他做主留了萧演一条命，萧演所有的坏心思和小算盘都无用了，只得将王邢笑的下落和盘托出。

其实王邢笑就在离蝤蛴阁只有一墙之隔的旧楼里，萧演笃定最危险的地方最安全，任他们怎么找，将澄云岛和丰禾城翻了个底朝天，都没有想起蝤蛴阁后面还有个废弃的旧楼。

从“熔炉之光”到流毒症再到今日，已经过去近五个月了，王邢笑与小耳朵被萧演关在旧楼的密室里也五个月了，其间没有喝过一口水，见过一丝光，几乎瘦成了皮包骨，均已神志不清，是被人抬出来的。

消息一经传出，全城的人都跑来凑热闹，将旧楼门口堵得水泄不通。周臣临时调了两队守城人马，强行突破了一个包围圈，但现场秩序仍旧混乱不堪。也不知是谁趁乱作妖，将王邢笑的面纱掀了，她仿佛有所感应，先一步睁开了眼睛，但面纱还是被风吹走了。

她的脸也被众人看见了。

望舒没在现场，事后黄土妖向她转述，一句话还没说，就先跑出去吐了几回，然后才敢回忆起王邢笑那张脸。不是单纯的丑，也不像鬼刹布满伤疤般恐怖，只是半张脸妖艳异常，半张脸的皮子软趴趴地耷拉在脸上，布满皱纹。

一边还是芳华女子，一边却是耄耋老妪，就是这两种千差万别的脸组合到一起，因为无法协调一致的美感，所以显得无比诡异，令黄土妖每每想起都会泛起一阵恶心。

但是事情还远远没完，王邢笑当日被送去司医局救治，华井只是去了一趟茅房的工夫，她就又失踪了。也不知是自己走的，还是被人掳走的，总之华井将司医局翻来覆去找了三遍，没找到她的下落，一时气急不肯治了。

未承想三日后王邢笑就自个儿现身了。

她推开蝤蛴阁阁楼上那道朱红大门时，所有人都吓住了，不敢相信眼前的一幕。她仿佛浴血重生，整个人恢复了往日的艳丽，明眸皓齿，万种风情。

仅仅三日，就在她身后的那间屋子里脱胎换骨，有如神迹再现。

连蓬莱第一“小华佗”华井也未能让小耳朵在三日里恢复元气，更不用说将他的脸色养得这般红润有气色了，王邢笑是怎么做到的？她身后那间阁楼里究竟藏了什么？

众人不免伸长了脖子往里看，王邢笑却将门一关，又锁上了。

她的恢复速度实在太野蛮了，华井深思半宿，却是笑了，幽幽地看了众人一眼，从嘴巴里吐出两个字：“咬人。”

当时王邢笑还病重，根本无法做到这些，很显然她还有帮手。能无声无息地从华井的药庐接走王邢笑，还不断运送活体进阁楼喂养她而不被人发现，这个帮手是个高人，修为应远在王邢笑的心腹顾乘媛之上，大致与爵微不相上下。

蓬莱有这本事的人已经不多了。

华井又说王邢笑要彻底恢复，应该还会再伤几个人。于是雪骊连夜召集了蓬莱高手，于丰禾城上埋伏捉“人”。一整夜风声鹤唳，谁知“人”却没有出动。

连续多日之后，众人均微感疲倦时，“人”突然横空出现。完全不按常理出牌，竟是跑到十里外的终南山掳走了正在树洞里酣睡的八脚怪。雪骊几个人一路追赶，还是让他跑了，无奈之下只好搜索蝤蛴阁，结果里外找了几遍都没有发现八脚怪的踪迹。王邢笑反倒颠倒黑白，把罪名怪到他们头上，申诉他们平白无故冤枉好人，要向帝君讨个说法。

周臣有苦难言，只得让雪骊撤走。

若是寻常人也就罢了，但王邢笑捉的是八脚怪，便是周臣束手无策，昆仑镜也绝对不会息事宁人。雪骊前脚刚撤走，昆仑镜后脚就摸进了蜡蛴阁，与王邢笑大打出手。

望舒收到风声赶去蜡蛴阁时已经晚了，昆仑镜被王邢笑扔在黑咕隆咚的巷子里，几乎奄奄一息。鬼刹冲过去将他扶起，他却瞪着眼睛怔怔地望着一个方向，久久不语。

鬼刹以为他死了，猛捶他几下，一边捶一边喊："人常说祸害遗千年，你这家伙怎么可能是个短命鬼？你快说话啊，快说话啊，快应我一声啊！"

也许是他捶得太猛了，昆仑镜到底有了反应。他目光苍茫地望着天，口吻悲凉道："你可知她身后是谁？"顿了顿，他放声狂笑，泪湿了眼眶，"我真是不懂了，不懂上苍究竟是何意。"

"你别说话，我找人来救你。"

他的胸口被人刺穿，像是绽开了一朵血蔷薇，望舒急忙按住他的伤口，慌不择乱地撕扯衣裙往上按。昆仑镜已经疼得毫无知觉，他摇摇头，按住她的手："不必了，没用了，上苍要收我的命，救不活了。"

"你总说上苍，哪里来的上苍？他若有眼，你这么信他又怎会要你死？"鬼刹急了，一顿乱吼，"你若真的信他，他怎会负你？"

昆仑镜鼻头一酸，莫名悲从中来。他闭上眼，再不望天。

"你说得对，是我信错了人，是我张墨信错了人！"

"张……张墨？"

望舒被这个名字震惊到了。

酒神代魔王张墨，又称张魔，撒手锏是爆头，曾与四神交过手，但在札记中他已经死了，还死得相当惨烈，会……会是他吗？

她将信将疑，语带迟疑，昆仑镜却是呛着鼻涕笑出了泪花：

“现如今的蓬莱知道我是张魔的人已经寥寥无几了，你是第一个提起这个名字的。”

他不知是该庆幸，还是悲哀，庆幸的是时隔多年，蓬莱还有人知道张墨；悲哀的是，直到要死的这一刻他才幡然醒悟，他是张墨，一个永远洗刷不掉过去的杀戮和罪孽的张墨，一个在历史的大潮流中早就在死亡簿上被钉得死死的永无翻身之日的魔王张墨。

张魔，已成过去，是炮灰，是泡影。

那日在麦田，他和望舒说，他不知道自己这样活着有没有意义，但他已经感觉到有生之年无法亲见那一片自由的热土了，所以他渴望能提一提自己的过去，能让人记住他究竟是谁，哪怕他罪无可恕。

开天之战已太过久远，那时天地间还没有规则，没有对与错，那时的杀戮是因为成王败寇，弱肉强食，打杀的目的很简单，只为活命，好坏都不必再提。

他唯一觉得罪孽深重的，是北荒之战。

北荒是三不管的蛮荒之地，是困兽们的最后一片自由之地。但他性子太野了，心太大了，在北荒拘着觉得十分窝囊，所以脑子都坏了，被人三言两语就挑了臭脾气，盛怒之下将野兽放出牢笼，任由他们大杀四方。

之后战火越烧越旺，引发巨大的祸乱，南珠侯不得不亲自带着战灵军来镇压他。

一念之差，导致了北荒之战。死了无数的野兽，还牵连了四海生灵。之后他才知道同一时期西海鲛人族也在叛变，是因为北荒的闹事才给了他们起义的先机，西海的少年霸主吴歌也被杀死了。

吴歌是南珠侯的弟弟。

说实话，他对爵微是有几分敬仰的。开天之战时他输在爵微手上，爵微留了他一条命，他答应带部下退居北荒，永不滋事，但他最终还是食言了。他不仅食言，还间接害死了救命恩人的弟弟，这对张墨来说是无比耻辱的。

即便赢了，也不光明正大，所以最后关头他以死谢罪，终结了北荒之战。那一战，他将自己与反叛军困于极寒雪地，封住所有出口，煎熬三个月，反叛军全部被冻死饿死，他也几乎没了命。所以在札记中，他是一个死人。

后人为了将他说得更神话一些，便赋予了他壮烈的死法，自困雪地三月，无人足涉。他以为这样便对得起爵微了，对得起死去的无辜英灵，谁知他却没有死掉。

是白头翁救了他。

他醒来时已经改头换面，被封印在铜镜中，镇守无间狱大门。白头翁告诉他从此以后世间只有昆仑镜，再也没有张墨。他不甘，逃跑过，反抗过，但是无用，那面铜镜仿佛是为他量身打造的，比北荒还压得他紧，真是寸步都逃不出去。

直到很多年后，他被磨得没了脾性，忘了自己魔王的身份，庸庸碌碌地当起门神，才逐渐意识到要接受一种全新的命运也不是很难，至少可以活得没有负担，至少可以不用再背负曾经那些罪孽。

张墨应该是历史上觉悟最高的魔王了，否则不会有善心，也不会折磨自己那么多年，但是最终他还是渐渐接受了昆仑镜的生命。直到后来，他在无间狱又见到爵微，才知道里面竟然还关着死灵，吴歌竟然没有死，竟然一直在他的眼皮底下！

他几乎疯了，到那时才知道当年的西海鲛人族叛变，乃至北荒之战挑唆他的人都是白头翁一手安排的，原来他傻得无可救药，被人利用了这么多年全然不知。

他找到白头翁，问他为什么要这么做。

白头翁说这是上苍在给他改过自新的机会，终有一日他能光明正大地被释放出铜镜，恢复真身重获自由，能将北荒之战的血孽都洗去，能再一次以张墨的名字笔直地行走于九州大地。

他又信了。

虽然不知道他们促成西海、北荒等战事究竟在图谋什么，但是偌大的九州，胆敢算计南珠侯的人，除了天，除了上苍还会有谁？他便以为白头翁身后还有更深不可测的人，蓬莱的水是由那个人搅动，那是他无法抗拒的人与命。

不知是哪一日，白头翁又让他去守护有天下至纯肉身的八脚怪。他在无间狱被困得久了，早就将自己看作昆仑镜，一个屁没放就去了，借着萧演“山间事”的格局为八脚怪重塑信心，做起他的全能保姆。既要保护他的安全，又要督促他修仙成人，可谓操碎了心。

八脚怪虽然胆小，但是善良。他们朝夕相处，感情日益深厚。昆仑镜嘴上不说，心里却将八脚怪当作弟弟。八脚怪偶尔不怕他时也会闹一闹他，会关心他是否快乐。就是这样一份万年以来从未有过的名为真情的东西感化了昆仑镜，几乎让他以为自己活在这个世上是有重量，是被人真正需要时，那可笑的上苍竟然收回了八脚怪的命！

张墨回忆至此，突然狂笑道：“我张魔要不是信他个鬼上苍，何至于被虚无缥缈的自由束缚这么多年？何至于被人算计到今日？何至于连区区王邢笑也对付不了？何至于……”眼睁睁地看着八脚怪死在他面前。

护了多少年的小崽子，就这样死了，谁能忍？谁又能忍啊！

昆仑镜悲怆痛哭，血溅当场，瞪着眼睛，差点儿一命呜呼。

鬼刹不知万年前的事，听得稀里糊涂，望舒却深知其中的复杂关系，不由得抓紧昆仑镜的手，急急问道：“那个人是……是天机阁的白头翁吗？王邢笑身后的人也是他？”

“女娃娃，事到如今你还不明白吗？从北荒之战开始，蓬莱就在他们手中。吴歌、王琅、我张魔，都不过是一枚棋子，随人摆弄罢了。当年的酒神之战，死灵城的突起，沧海地心火月光神之死，刺纹楼被洗劫一空，长元仙君之疯魔，难道会和他们无关吗？下一个又会是谁？你看看，你往上看，那是天布的网，在捏泥人一样玩弄底下人的命，难怪……难怪我终其一生，只落得如此地步。”

张魔的话语无尽悲凉，但他的笑无畏而英勇。一无所有，他再没什么好怕的。

“我有没有骗你？上次在麦田时我说过吧，下次再见你，就该是我死的时候了。你看，本镜君没有说错。”

说完他又睁开眼，望着天。

“蓬莱真是个让人寒心的地方啊，一点儿也不能大意，稍不小心就动情，动情了又必然有伤怀。女娃娃，我的心好像被烧起来了，这滋味怎么这么难受？我张魔何时受过这样的切肤之痛？你说，你说八脚怪到阎王那里了吗？”他眼底全是泪，“我是不是该走了？你再叫声我的名字吧，我是谁啊？”

“张魔，张魔，你是张魔。”酸涩堵在喉咙里，望舒高声重复，“你是张魔！”

“不，我是八脚怪的阿哥。”

张魔笑了起来。

他改邪归正了，不再是当年的张魔。

一身罪孽无以清洗，但至少在八脚怪面前，他是干净的。

鬼刹和望舒都忍不住红了眼眶。

“你看那天，让人怎么闯？可是我闯不出去，你未必不行。望舒，听本镜君一句话，只有与天一样高了，才能握得住幸福，那种滋味才不是转瞬即逝的，才不会憋屈！”

他说完又是一阵癫笑，对着天狂骂不止，高声喊道：“我来了，我来了！”

张魔就这样走了。

黑深的巷口突然扑腾起一群乌鸦，“呀呀”地叫着，像是在为他送别。张魔死得太突然了，望舒往地上一瘫，二话不说脱掉鞋子。鬼刹惊得瞪大眼睛："你做什么？"

刚问完就看见她从鞋子里掏出两只锦囊，一红一蓝。

红色的是王琅给她的，蓝色的是长元仙君给她的。之前顾乘媛去搜刮长庚岛时她就猜到，终有一天她会来搜她的身，所以早一步做了准备，将真的锦囊藏于脚底，顾乘媛拿走的锦囊其实是假的。

这些日子以来，她始终不敢忘记长元临死前的交代，唯有一日当她躲不过蓬莱的浑水脏水，遇见危险的时候，才可将锦囊打开。可是在雪园"地龙"爆炸之时，在西海被围困之时，哪怕之前在冰城差点儿被死灵吃掉时，她都没想过要打开它，因为她总觉得那还不是万不得已的时机，可是现在她怕了，她真的怕再不打开，蓬莱就要被毁了，她所亲所爱的那些人终会一个接一个离开她。

不知是谁？不知谁会被先选中？不知白头翁拨弄的下一枚棋子又是谁？

鬼刹见她浑身颤抖，弄了半天也没有将锦囊的系绳解开，摇着她的肩膀大喊道："望舒，你清醒点儿！你醒醒！张墨已经死了！"

"他没死！我要救他，我要救他！"她红着眼，用尽全身的力气吼道，"不能再有下一个人了，你根本不知道会是谁，是梭罗子、姐姐、秦昭雪，还是华井、紫华君、帝君、他？又或是你？我们谁也不知道，你别拦我！"

她从未这样失控过，用近乎粗暴的方式将两个锦囊都撕扯开来。她以为里面或许会是什么能够起死回生的救命良药，谁知却是两瓣碎的玉璧。

两块碎玉拼在一起，刚好是二分之一完整的玉璧。半边染了血，半边晶莹欲滴，看样子像是罕见的千年血玉。

她将锦囊拎起来抖了抖，又翻来覆去看了许多遍，甚至将其撕扯成一块块小的布料，都没再发现其他东西，无奈将玉璧握在掌中，闭着眼睛狠狠地捶打胸口。她紧紧地咬着牙关，不敢发出一丝声音，生怕一张嘴就会忍不住痛哭起来。

此处与蛸蟒阁只隔了一条巷子，离得近，还能听见阁楼里的鼓乐声，一阵阵地传入耳中，沉淀到心里，剩下的只有无尽的死寂与绝望。

这种感觉真的太糟糕了，一个又一个人在她面前倒下，为什么要这么对她？究竟是为什么？

她想不明白，奋力地捶打胸口，似乎要将里面的痛苦都打出去。鬼刹拦不住，又怕她伤着自己，只好将她的拳头握着，往自己身上砸。

望舒砸着砸着也没了力气，身子一软，靠在他怀里。眼睛熬得通红，她看也不敢看张魔，强忍泪意唤了声：“鬼刹。”

“嗯？”鬼刹眼睛也红着，不敢看张魔，更不敢看她。

她的声音轻轻的，穿行在嘈杂的鼓乐声中：“你说，人是不是不应该有感情？”

鬼刹想了想，说：“感情是人的软肋，没有软肋自然无懈可击。”顿了顿，他又补充道：“可是没有感情，还是人吗？”

她淡淡地笑了：“所以才要像张魔说的，和天一样高，做人上人，才可以动情，才能握住幸福啊。”

没有一种不通过蔑视、忍受和奋斗就可以征服的命运，没有一片不通过杀戮、周旋和迎难而上就可以捅破的天。只有这样，才能保护所爱的人。

鬼刹浑身一个激灵。

他被降住了。

如果说这时他还懵懵懂懂不知这种被命运击中的感觉是什么，那么在不久后的某一天，当他很不幸地也要去见阎王的时候，她用一种湿濡濡的受伤又倔强的眼神死死地盯着他，电光石火的一瞬间，他忽然懂了，懂得了她的情与义。

后来秦昭雪问她何为道，她说："为天地立心，为生民立命，为往圣继绝学，为万世开太平。"他注视着她，心中热流滚滚，彻头彻尾地明白那种被命运击中的感觉是什么。

是臣服。

很多年后，她死生师友，众叛亲离，一个又一个人相继离开了她，他却始终像一棵雪松立在她身后，为她挡风遮雨。因为再也没有那样的时刻，可以让他亲眼看着一个女孩儿忽然变成一个大人，再也没有任何人可以给他那样被命运击中的震撼。

他活着，她是他的道，一生只为悟道。

这一夜，王邢笑也未得安生，将昆仑镜扔出去后，她便匆忙赶回瓠犀酒楼。

当年鉴宝大会，一群妖魔鬼怪为了抢夺美酒佳肴，在瓠犀酒楼大打出手，从那之后瓠犀酒楼的生意就萧条了许多。一方面珍藏的好酒被抢去了大半，另一方面因死灵出动，十六层毁于一旦，事后从废墟里扒出了不少尸首。消息传到外面去，被不知细情的人传了又传就变味了，以为瓠犀酒楼的机关阵法会吃人，大家都怕了，就不肯再来。

王邢笑一路风尘仆仆，进了酒楼脱去大氅，谁也没有招呼，自顾自从偏僻一角往里走。但见她七绕八拐，像是在走什么阵法似的，很快就消失无踪。

再出现时，她已然在一间茶室。门闩落芯，风穿堂而过。

茶室上座坐着一个黑袍加身的人，正低着头品茶。王邢笑一进去就朝此人跪下来，连磕三个头说道："主上，邢笑回来晚了，还请主上责罚。"

"责罚就免了，以后万事都得小心谨慎，不要再让人捉了去。”

品茶之人缓慢地抬起头来，蓬乱的白发盖住了大半张脸，隐约只见一双透亮的眼睛，带着老人家少有的和蔼笑意。白头翁放下茶杯，走下台阶将王邢笑扶起，又说道：“此次你栽在紫华君手上，我也没想到他个老酒鬼竟能发现雪湖的秘密，还让萧演钻了空子。若是早些通知你此事，也就不用受这个罪了。”

王邢笑挤出一丝笑容：“主上说的哪里话。”

她实在是有苦说不出，吴歌被藏在雪湖之下，她事先一点儿也不知情。白头翁有意相瞒，事到如今才说些冠冕堂皇的话来安抚她，她心下愤怒有之，埋怨有之，却都不敢表现出来，只得假意地奉承白头翁，将罪责都揽到自己身上。

白头翁一副老怀安慰的样子，郑重地拍拍她的肩：“张墨怎么样了？”

“这会儿应该已经死透了，还要多谢主上帮忙。”

“我原先以为他是柄好用的刀，听话，杀人如麻，可不想他在世间久了，竟然有了自己的意识，还妄想做起有情人来了。你猜他和我说什么？呵呵，简直可笑，他居然说什么以后不能再为我效劳，想带八脚怪离开蓬莱去云游四海，更可笑的是八脚怪还满心期待。唉……这刀啊，用久了就是会生锈。如今刀用得不顺手了，也是时候该丢掉了。你不必说谢，我杀他只是不想再用他罢了。”

他说着杀人的事，口吻淡得仿佛是在说捏死一只苍蝇，那样随意，那样漫不经心。王邢笑陡然一吓，腰弯得更低了。

“八脚怪都安排好了吗？”

“已经安排好了，我会用催眠术将他过去的记忆消除，以后他不会再记得世间有张墨这个人。”

白头翁满意道：“做得不错。”

王邢笑不敢邀功，将姿态摆得更低，只是她心中尚有疑惑未解。这次抓八脚怪是假，引诱昆仑镜上钩杀他是真，但她确实不知道这么做的原因。八脚怪只是区区一个还没成仙的小妖，究竟有什么过人之处，值得主子亲自出面？

白头翁似是看出她的困惑，忽然撩起脸上的白发，凑到她面前来。

“我让你做什么，你就做什么，不该问的不要问，不该想的也不要想，否则下一柄用不顺手的刀可能就是你了，懂吗？”

他依旧笑得温和可亲，一双眼睛却如铜铃般明亮慑人，王邢笑吓出一身冷汗，连连点头称是。

“好了，你也不必如此害怕，我又不是吃人的妖怪。”白头翁放下头发，转过身不再看她，“不过既然你这么好奇，我不妨给你透个底。八脚怪是天下至纯肉身，有帝王相。不只是蓬莱，将来整片天都会是他的。”

王邢笑一惊，对八脚怪实在有几分刮目相看的意味了。

白头翁沉吟片刻，又说道：“现在张墨死了，我暂且没有找到更好的人去接替他的位置，你就先多费点儿心。若他掉了一根头发，你便提头来见。”

王邢笑腿一软，连忙伏在地上，唯唯诺诺道：“邢笑知道了，一定不辜负主上的厚望。”

“嗯，那你退下吧。”

王邢笑刚要起身，白头翁似是才想起来什么，忽然问道：“我听说你在阁楼里藏了一个人，是前阵子捉人来给你吸血，为你疗伤的那个人？他究竟……是谁？”

王邢笑脸色煞变，一句整话都说不溜：“就……就是在桃花大会时新招进蛸蛴阁的一只狗腿子，小角色而已。”

“只是小角色？呵呵。”白头翁满怀深意地审视着她，良久，他笑道，“也罢，你手下能用的人确实不多，改日我再送一个帮手给你。”

“什……什么人？”

"张墨临死前最后一个任务带回的人。"

说完白头翁幻化成一团虚像，逐渐消失不见。王邢笑见他走得没影了，身子一软彻底倒在地上，用手背擦去额头上的汗。汗擦干了，从脚底升起的寒气还没消散。

张魔自北荒之战后便以昆仑镜之身为白头翁效力，到今时今日已有近十万年，即便是豢养的一头家兽，也会有感情，他却说丢就丢，一丝旧情也不念。做人无情到这份上，连一向心狠手辣的她都感到害怕。

这一次是张魔，那下一次会是谁？

会是她吗？

王邢笑匆忙起身，掸平了衣服上的褶皱，故作镇定地关上门，挺直了腰背往外走。待出了瓠犀酒楼，被冷风一吹，浑身惊颤不停，脚也不听使唤，一路飞奔回蝤蛴阁。

她整个人都仿佛蜕了层皮。

之后一连多日，她心情都十分不爽，逢人就骂，逮谁骂谁。众人看她心气不顺，不敢去招惹她，除她以外，看见鬼刹也都绕着走。

自打张魔死后，鬼刹也变得异常烦躁不安，整日黑着张脸，形同鬼差。

他往常不是个蠢货，但与张魔之情义说不清道不明，又被蓬莱迷雾般的局面笼罩着，有种做什么事情都束手束脚的感觉，才会因此急于打破僵局。私下里，他不只向管事的嬷嬷们打听张魔被杀那晚的情形，还偷偷跟踪王邢笑，悄摸进她的库房，不放过一丝有用的线索。

他强忍着将王邢笑一刀了结的冲动，每日周旋于她身侧虚与委蛇，以为演技很好未露破绽，却不想一举一动都被王邢笑看在眼里。她起先的确有几日浑浑噩噩，不知所云，但后来缓过劲来了，便不难发现鬼刹的异常。

一日，她约了“大客户”于蝤蛴阁中密谈要事，故意放出消息——这位“大客户”就是她身后之人。鬼刹果然上钩，将在外把守的侍卫都打发走，趁机偷听密谈，不想被她当场捉个正着。

在她失踪的那段日子，为了捉拿萧演，鬼刹曾四处散布她已经辞世的消息，还与梭罗子往来甚密，丰禾城上上下下几十个眼线都在事后将消息汇报给她。她以为他是为了捉拿萧演替她报仇，对他大加褒奖，还打算将蝤蛴阁全权交给他来打理。

谁想张魔一死，他就立刻露出了马脚，行事还越来越放肆。

王邢笑正是有气撒不出的时候，逮着鬼刹就是一顿狠抽，抽得累了，方才问道：“你与张墨是怎么认识的？为何要为他出头？”

“你心狠手辣，杀人如麻，知道了前因后果就能懂我与他的情义了吗？我若说和他同生共死过，你便能将他还回来吗？”

鬼刹浑身是血，被人五花大绑丢在大堂，无数双眼睛盯着他，他却丝毫不惧，坦然大笑，痛快大骂。

先有上驷大人，后有他鬼刹，他们都是这些年往死里替她卖命的忠仆，结果落得同样凄惨的下场。他就是要闹大，要让所有人看清王邢笑丑恶的嘴脸。

“我的脸为什么会变成这样？变得这么可怕？还不都是因为这个女人！这个蛇蝎一样的女人，内心是那样黑暗狭隘，因为自己曾深受脸被毁掉的伤害，所以也要所有人同她一样尝一尝毁容的痛苦！你们以为我能坐到大掌柜的位置是容易的吗？知道她将我关在黑罩屋里一刀刀将我的脸弄成这样的痛吗？整整三个月我没有出来过一步，她就一直站在那看着我笑，当时我就在想，普天之下怎会有这样阴暗的女人？不！她根本就不是人！”

鬼刹癫笑道：“你们知道她为什么从来不让你们进阁楼吗？那是因为里面藏着不能让你们看到的东西……”

其实他并不知道王邢笑的脸究竟是怎么毁掉的，也不知道阁楼里藏了什么，只是胡说一通，将自己演成一个悲痛的控诉者。

他成功地引起所有人的同情。

众所周知，王邢笑从不让任何人看她的脸，看到的也几乎都不在世上了。而阁楼里藏着的东西能让她在被囚禁五个月之久后区区三日内就恢复元气，不管里面是人还是物，都是神秘的存在，令人好奇，不免多想。

果不其然，王邢笑一见众人交头接耳，窃窃私语，顿时气上心头，再次甩出软鞭狠狠地抽打鬼刹。鬼刹嘴角淌着血，眼睛眨也不眨地冲着王邢笑，低低浅浅地哼笑，就好像当年在黑罩屋她冲他笑时的样子，阴森恐怖，令人胆寒。

王邢笑的理智都被怒火烧没了，铁了心要将他当场鞭毙。

鬼刹骨子是硬的，要死就死，绝不服软。众人看着都不免心惊，不敢上去求情，就在鬼刹渐渐没了力气时，平日里和他关系不错的一个嬷嬷趁乱悄悄地跑了出去。

片刻后，一双巨龙般的脚掌席卷蝤蛴阁，将王邢笑的软鞭全抽回她自个儿身上去了。

秦昭雪来了。

望舒紧跟其后。

她本在藏书阁与秦昭雪喝茶，谈及鬼刹近日来的种种表现，秦照雪很是忧虑，担心他会被王邢笑反将一军。谁知话音刚落，坏消息便传了过来。秦昭雪二话不说往外冲，望舒看他急吼吼的样子，心下又悔又恨。

千不该万不该掉以轻心，错估了张魔在鬼刹心中的分量。

一路上，她不停地给自己做心理暗示，祈祷幸运再次降临，可直到她亲眼看见鬼刹血肉模糊地倒在地上，他身边的血几乎流遍整座大堂，那一刻源于张魔死时就产生的某种真实的恐惧感，忽然排山倒海般再次爬上心头，密密麻麻侵蚀了她的每一寸肌肤，让她切实地认清了现状，幸运不会再来。

下一个会是谁？

是梭罗子、姐姐、秦昭雪，还是华井、紫华君、帝君，他？又或是你？

……

怎么也不该是鬼刹的。

望舒几乎是跪着爬到鬼刹身边的，他还在笑，眼睛却看向了更远的地方。他早年命运坎坷，不得亲爹看重，又迷恋上不该迷恋的人，正当少年时缺了一条腿，阎王门口多次转圜，最终捡回了命。做过乞丐，与恶人相斗，脸被毁掉也能忍辱负重，仅凭一身不怕死的气性做到大掌柜。他的一生坚硬无比，又好像高山上的雪般柔和干净。

他笑着说："你别哭，我最怕你掉眼泪。"

望舒说："不许死，死了就再也喝不到我的茶了。"

鬼刹一想，那可真遗憾。

"我不死，你亲我一下好不好？"

望舒怒瞪他："你也是骗子。"

她根本没往其他方面想，只是觉得鬼刹在故意逗她，在安慰她，在缓解他马上就要离开人世带给她的痛苦。她哭得喘不上气来，使劲地抱着他，用尽全力抱着他，不停地说："你不要死，不要死，不能死，不许死……你若死了，我永不原谅你，你和张魔一样，你们都是骗子！"

她身边的人似乎在一个接一个地离开她，她摇摇欲坠地站在万丈悬崖般，险些要向命运低头了。鬼刹却忽然抬起手臂，戳了戳她的脸颊。

"我不是，我不骗任何人，尤其是你。"

"那你一定要活着，我想要你活着，想要你长命万岁。你活着，我便一直煮茶给你喝，你和我永远都有以后。"

鬼刹咧开嘴笑了："好，一言为定。"

她不知因为这句话，他将自己的生命延续了多久。

他是顶天立地的。

秦昭雪也在这一刻忽然觉得他的小儿子长大了，他对王邢笑说："我要带走他，你给一句话，行还是不行？"

秦昭雪是鬼才在世，一身铜皮铁骨，满腹经纶绝学，王邢笑对他还是有几分忌惮的，只是当着这么多人的面，她断然不能随随便便让他们走，这样面子怎么都过不去！于是她强装镇定地问道："我凭什么？"

"就凭鬼刹是我秦昭雪的儿子。"

王邢笑一怔："他是你儿子？"

那是怎么着也杀不得了。

王邢笑余怒将息，想到方才对鬼刹的举动，不禁暗自后悔起来。可转念一想，她已经将他的亲儿子打得半死不活，日后他一定饶不了她，左右都成了敌人，何不就此撕破了？难道在蝤蛴阁的地盘还能让他们跑了不成？

她心思活络，秦昭雪也不傻，随便看一眼高楼四处的人，便笑道："你以为你能杀得了我？"

王邢笑也跟着看去。

要进入蝤蛴阁，首先就得交出生命里最重要的东西，这些东西比金银财帛更值钱，王邢笑一贯是以这些东西在掌控男男女女的命运，将他们驯得服服帖帖。她以为只要她一张嘴，这些人就会玩命一样为她效劳，但她错了。

她根本不曾真正地信任他们，如同不曾真正地信任过上驷大人与鬼刹，他们对她也是一样的，只不过是互相利用，谁还能为谁豁出命去？

这就是她与王琅的区别，人心是交易不来的，唯有真心可换。

见王邢笑迷迷惘惘，迟疑不定，秦昭雪乘胜追击道："你什么都没有，你算计的是人命，根本握不住人心。"

话尽于此，不必多说，秦昭雪抱起鬼刹往外走。人群自动地让开了一条道，谁也没有阻拦。只是在出门之前，望舒隐隐约约似在高楼间撞上一双眼睛，莫名觉得熟悉。可等她再定睛寻找时，那双眼睛却不见了，望舒也以为自己看错了。

他们走后，王邢笑终被眼前的一幕灼痛了，却依旧不肯承认自己的失败，关起门来清理门户，大杀四方。先前向秦昭雪通风报信的老嬷嬷从后门逃了出去，因鬼刹对她有恩，她始终难以忘怀，自知命不久矣，临死前还为他们送来一个有用的消息。

有一天，她从喝醉酒的守卫嘴里听说，王邢笑像个孙子一样，在伺候一个傻子。

那傻子就被养在蛸蛴阁后头的旧楼里，王邢笑怕他磕着碰着，几乎将所有的守卫都调去保护他了，并吩咐他们片刻不得离身。

老嬷嬷好奇，多嘴问了一句傻子长什么样，守卫喝大了，一脚将她踹开，打着酒嗝嘲笑傻子能长什么样，还不就是傻子的样。末了还补充了句，是从终南山来的傻子。

鬼刹放声一笑，泪溅当场。

后来修罗夜探旧宅，确认被关在旧楼的傻子，正是八脚怪无疑。

张魔真是死得太不值了。

他尸骨未寒，鬼刹也命悬一线，华井忙得脚不沾地的时候，望舒就像尾巴一样跟在他身后，不管他怎么骂怎么赶，她都不肯离开，非要看到鬼刹安然无恙不可。即使这般日夜颠倒，她也没感觉到一丝疲累，心思反而越动越深。

太气了，真的太气了。

绝对不能就这样善罢甘休。

就这样在药庐耗到第五日的时候，华井总算为她带来一个好消息，鬼刹一条命算是救回来了。望舒一喜，正要去看他，华井将她一拦，兜头将她抱住了。

“你知道我这人最不好管闲事了，除了治病救人，谁也休想让我上心，但是小藕，如今我也有怕的事了。不知是被那场流毒症吓的，还是人在鬼门关走过一趟，胆子变小了，近来也会时不时地伤春悲秋，想起一些故人，忧心起明日之事。我真的很怕，很怕下一个躺着送过来的就是你了。”

谁也没有他的感觉更真切，能真切地体会到蓬莱波诡云谲的局面正在一步步扩大。

长元、吴歌、八脚怪、小耳朵、鬼刹、南珠侯……一个接一个送到他面前来，哪怕是用尽心思，也仍旧死的死、伤的伤。往年他对自己的医术从不上心，直到这一年越来越多的人死在他面前，他才意识到自己原来是个庸医，医术平平，不过尔尔。

他多少有些气馁，怕再这样下去，连最看重的人也救不了。

“我没有医者仁心的那套虚伪功夫，偏心得很，若你与王邢笑一同送到我面前，我肯定先救你。但是小藕，千万不要连让我救你的机会都不给，这样我会很伤心的。”

“你怎么……”

“好了，肉麻的话就说这么多，再说下去就快把我自己恶心到了。”华井拊掌大笑一声，将她转过身子往前推，“去吧，去看看鬼刹，那小子快死的时候还惦记着你，心挺大的呀。”

说完他摸了摸鼻子，这是他掩饰心虚时惯有的动作，望舒一回头正好将他捉个正着。她想了想，忍不住上前抱住他。

他是真心待她好的。

长元还在世时，他就像老妈子一样嘀嘀咕咕叮嘱她日常三餐与穿衣保暖各项事情，心思十分细腻。若是生为女子，必是一代贤妻良母，只可惜枉作男子，反倒祸害了许多良家姑娘。

她打趣道：“那若是我与你的红颜知己一同送来，你先救谁？”

这就尴尬了，比妻子和亲娘掉进水里先救谁的历史性大难题还要难。鬼刹莞尔一笑，十分谦虚：“自然是先救你。”

“那我就记在心上了。”望舒微微一笑，还是郑重说道，“谢谢你，华井。”

华井最受不得这种场面，连连摆手将她往外推，讨着笑说：“要是真谢我，就喊一声哥哥来听听。”

“你年长我那么多，真会占人便宜。”

华井不知廉耻地逗趣：“来嘛，就叫一声，我好歹也是司医局第一药师，让你喊声哥哥不亏的。”

望舒晓得他贫嘴，不搭理他，背着手朝外跑。出了门，她站在敞亮的四合院里，大喊了一声“哥哥”，随后跑得没影。

华井依稀回忆着，只记起了洒满阳光的草庐下翻飞起的裙摆，衬得夏日一把好青色。

那声“哥哥”甜蜜地融化在心坎里。

望舒见完鬼刹后，便回到藏书阁，秦昭雪正在家中等她，见她归来，便知道鬼刹已经无恙，暗松一口气，之后与她聊了大半个时辰，方才离去。

又过几日，丰禾城上方有成群大雁悲鸣不止，城中人心惶惶。说书先生讲了几个月关于萧演的糟心事，自己讲烦了，观众们也听烦了，于是惊堂木一拍，他又说起鸿雁悲鸣的事，说着说着便顺势提到不久前发生在蝤蛴阁的一桩血案。

王邢笑清理门户，一夜间血杀十五条人命。次日于乱葬岗上，有人发现这十五个人死相可疑，像是被咬伤后，失血过多而亡。

这岂不就是发生在更早之前的咬人案？

是时王邢笑被萧演幽禁于蝤蛴阁旧楼五月有余，出来后三天就能活蹦乱跳，实在有悖自然伦常。帝君周臣曾派人夜围蝤蛴阁捉拿凶手，虽被其侥幸逃过一劫，但是非公道自在人心。

毒娘子之狠厉怕是遮不住天，眼下悲鸣的鸿雁便是最好的佐证，于是经由说书先生的嘴这么一传播，丰禾城上下杯弓蛇影，忧心忡忡，生怕王邢笑一个生气又出来大开杀戒。

消息传到王邢笑耳中，她自是不满，根本没有多想，就安排了人手去城楼将说书先生暴打一顿。原想借此给他点儿教训，也好堵上他的嘴，谁知当夜说书先生便一路告状到陈情堂，哭着求着让周臣为他做主，状告王邢笑杀人之罪。

他身上血迹斑斑，有好几道伤口，宅屋也明显有打斗的痕迹，最重要的是他手中捏着的刺客衣裳，正是王邢笑手下统一的守卫服饰，连图案也一模一样。

王邢笑没有做过，身正不怕影子斜，与说书先生对簿公堂，直言道衣服可以是盗取，刺客也可以是假扮，而且先生身上几道伤口均不致命，若真要杀他，哪里能留得住他的性命，任他在这里胡说八道？

区区几句话就将说书先生堵了个哑口无言，险些被她绕进去。但先生好歹也是念过书的人，被她盛气凌人的气势只压了一时，随后便找回头绪，声称打斗过程中曾抓破一名守卫的手，要将王邢笑的守卫都叫到公堂来一一对质。

王邢笑大骂他荒唐，谁想周臣却允了。王邢笑知道他有意偏袒，不得不暂且吃下这个哑巴亏，传人叫来了所有守卫。

蝤蛴阁的守卫均穿藏蓝色绣锦铠甲衣，手腿膝盖都有护甲，登记在府的共有三百一十八人，如今还剩两百八十四人，周臣将陈情堂所有人发动而出，只用了小半炷香时间便一一检查完毕，未发现有手背被抓破的守卫。

说书先生没辙，王邢笑无罪释放，一出闹剧就这样草草收场。

王邢笑从陈情堂出来，见门口不知不觉间会聚了许多人，因无罪得来的一身轻使她挺直了腰杆，雄赳赳气昂昂地穿过人群。瞥见人群后头的望舒，她脚步一顿，笑眯眯地迎上前去。

“怎么？看见我出来，是不是很不甘心？”

她摆明了挑衅，声音压也不压，由着众人听。望舒转头就走，王邢笑不由得笑了：“小丫头，我又赢你一次。”

“你没有。”

望舒站定，回头看她。

这一刻，喧闹、沸腾、浮华和杀戮仿佛都静止了，只剩下眼神的交锋。望舒第一次在对手眼中看到了完整的自己，这一次，她让对手不敢再蔑视、低看甚至嘲讽。

“你看清楚，是谁输了。”

王邢笑循着她的视线看过去，见说书先生一步三晃慢悠悠地从陈情堂走了出来，手上还托着一坛酒，十足地潇洒，完全看不出一丁点儿狼狈。察觉到她的视线，他得意地回瞪她一眼，然后喝着小酒走远了。

闹了这么一出，所有人都知道她与说书先生结了怨。若先生死了，凶手必是她无疑，所以就算他像个大尾巴狼在她面前晃悠来晃悠去，她也不能杀他。

如此也就罢了，王邢笑直觉不会这么简单。他们设计了一个圈套来害她，绝对不会只是为了让她少杀一个人，绝对还有更深的目的。再一看不远处还在等她吩咐的两百八十四名守卫，她终究回过味来，暗道一声不好，赶紧让人回蝤蛴阁旧楼，但是已经晚了。

若是修罗脚程够快，八脚怪此时应该在千里之外的西海了。

这一回，她终于对得起张魔和鬼刹，但这还远远没有完。

望舒平静地说：“总有一日，你会怕我的。”

这句话她曾在桃花大会上说过，当时王邢笑根本不屑一顾，但如今局势扭转，王邢笑再无笑话她的余地。

她说完后便消失在人群中，王邢笑歇斯底里，冲进人群找她，只可惜人喧马嘶，先机已失，茫茫人海又要去何处寻找捕风人的身影？她不甘、愤懑，更多的却是不安，想到当日白头翁耳提面命叮嘱她的话，顿时一股绝望没顶而来。

在人群散去后，两名深藏于树间的男子跳了下来，并肩行走在无人的街道上。丰禾城灯影朦胧，只堪堪能照亮脚下的路，照不清人的神色。

梭罗子捋着额边的小碎发，闷不吭声地傻笑了一阵，终是忍不住问道："你怎么看？"

旁边的人像个哑巴默不作声。

梭罗子笑得浑身发抖："这一回翻身仗打得真是够漂亮的，小丫头对阵毒娘子，气势丝毫不逊，那句'你会怕我的'真是辣得太性感了。啧，没想到望舒还能这么野，倒真是头一回瞧见，不过你俩那么熟，你应该早就领教过她的野辣了吧？"

爵微气到无奈，叹了口气："你究竟想说什么？"

"八脚怪被掳，昆仑镜被杀，鬼刹也险些遇害，出了这么大的事，你难道一点儿也不怕？不怕她也会突然遭遇不幸吗？"梭罗子敛了玩笑的意思，正经道，"究竟是在闹什么别扭，弄得你们到两不相见这一步？"

爵微黯然道："她身边有修罗保护，不至于落得如此下场。"

"遇见这么多事，她可以求助秦昭雪，可以同华井服软，甚至让周臣配合她演戏，却唯独连见你一面都不肯，你的心是铜墙铁壁，不会痛吗？"

不会，嫉妒吗？

梭罗子是性情中人，有一说一，是当真不懂他们之间的隔阂究竟在哪儿，但也真心替他们叫屈。若是没有那层要人命的隔阂，今时今日陪在她身边的就是他了。

"你……"

"我会。"爵微打断他，"我已经痛了这么久，嫉妒这么久，可她还是不肯先低头。我就算找一千个说服自己的由头，她若不肯向自己低头，隔阂就会一直在，我和她即便相见也如仇敌。你说在这样的命运里，是我更傻，还是她更傻？”

凉月寂寂，一条路走不到底，他便觉得累了。

累的不是这条路太长，而是陪在他身边的人，终究不是她。

第九章 她是骑士 他是暗香

案件暂且告一段落，蓬莱恢复了几日的安静。

鬼刹的身体也渐渐好起来，望舒似是被他先前血肉模糊的样子吓住了，在他静养的一段日子里对他十分客气，可以说是任劳任怨。

一日，鬼刹躺在榻上闲闷发慌，无聊透顶，央求望舒去藏书阁找几本有意思的画册来给他看。望舒知道他一时兴起，很可能看不了一会儿又想其他花样，但还是认命地去了。

录事君的藏书阁布局再也没有人比她更清楚，从香室往里走，右拐直通第二排书架，全是奇闻异录和民间画本。她很少看画本，不知道内容是否有趣，就随便挑了几册抱在怀中，之后从一排书架面前经过时，忽然脚步一顿。

当日她心血来潮，想要取南珠侯的画像看一看，谁料顾乘媛临时发难，之后便去了冰城，又经历王邢笑失踪、萧演落败、流毒症肆虐、吴歌归来、张魔惨死等事，当时的心思被一再耽搁，到如今终究变了味。

她说她是没良心的，他也认了。可她这样没良心的人，安静下来的时候依旧会想起他，会担心他的寒疾是否复发，会心心念念记挂着华井每次去万青庐出诊后的情况，也会情不知所起，思念一发不可收。

到底还是没忍住将画卷取了出来。

当年第一次看到这幅画时，他就在眼前，端坐在香案上，喝一杯不知是否已经凉透的茶，对她的突然闯入全然一副闲事莫理的样子。是时她匆匆一瞥，只觉得他五官精致，清贵静谧，确实像极了深山老林里化不开的雪。

只是后来与他走得近了些，才慢慢对他有了其他感觉，真实的感觉，譬如睿智，譬如温柔，譬如寂寞……譬如风流。

她私心里想收藏了这幅画卷，又怕被秦昭雪知道招骂。想了想，她将画一抱，藏于梁上，这样便只有她一个人知道了。不想一回头，身后却忽然站了一个人，她吓得差点儿从梯子上摔下来。

梭罗子含笑问道："小丫头这是藏什么呢？"

望舒惊吓之后便是心虚，不敢看他，支吾着解释道："一本萧演少时手写的札记，我怕秦昭雪看见触景生情。"

"你对秦昭雪这个师父倒是有心，就是对我这个朋友不太放在心上。"梭罗子眼中含笑，语带抱怨，"早就说好要联手对付王萧二人，可你却闷不作声地将了王邢笑一军，也不告诉我，莫非看不上我？"

"梭罗子大仙又埋汰我。"

她知道他在开玩笑，没放在心上，也知道他特地跑一趟绝不是为了逗一逗她。将散在地上的画本重新捡起来，她往外看了眼天色，说道："我还要将画本送给鬼刹，梭罗子大仙有话不妨直说。"

"欸，跟聪明丫头说话真是省工夫，多绕个弯儿都不用。"梭罗子往前踱了两步，靠在门边上赔着笑说，"我这次来是当和事佬的。"

望舒一愣，钢铁般坚固的心房几乎摇摇欲坠。

“原先他寒疾复发，你没来探望，我便晓得你俩肯定出了什么问题，之后一再追问，他才道出吴歌之事，我亦是心惊，可细细回想便发现其中盘根错节，相当复杂。我能想得出，他就能想得出。他不是心胸狭隘之辈，绝不会单就吴歌之事气成那样，同你一个小丫头闹这么久的别扭。所以我想着，你们之间应该还发生了其他的事。”

梭罗子长叹一声。

爵微是个性子温柔又冷淡之人，活的岁数大了，朋友也渐渐少了，如今身侧只剩下他一个人，而她身边却站着许多人。他若再不出头说些公道话，只怕自己的傻兄弟会委屈死。

尤其是感情的事，容不得冷却，冷久了就硬了。

“开天之战后，他的心愿就是天下太平，百姓安居乐业，这样他就能回归到普通人，安安心心做一个农夫。这么些年来唯有心中十分不痛快和难以平复之事，才会令他避不见客，日日耗在后山的田埂间，我便知道他有苦难言，这份苦是你给他的。”

望舒不知他日子竟然过成这样，心里亦有苦涩，可是她已经不能回头了。她不敢再往下听，匆匆说道：“梭罗子大仙，你……你说的我都听见了，要是没什么事我就先走了。”

她撂下一句话便往外冲。

梭罗子拦不住，也不想拦，掐住嗓子将声音放沉，忽然说道：“那样一个女孩子，初见我时总有些提心吊胆，还时时戒备，她在我眼皮子底下做的事几乎都是明知不可为而为之，目的摆得那样明显，却又让人无法拒绝，只因所有的算计都是为了她的阿爹。你可知她那一身的血和伤是从哪里来的？都是长元打的。她那样敬重他，被虐待多年也还是守着孝义，虽然有时毫无理智，愚不可及，但她总归还走在正道上，我便知道她心里是干净的。长元如今已经去了，她那一件件青衣却始终脱不下来，又是这样傻傻地念情。可你说说，那样有情有义的女孩子，可以同你下棋玩闹，同雪骊合被夜话，同周臣把酒言欢，却不愿意多看我一眼。你说，我究竟是哪里伤了她？”

望舒脚步一顿，生生停住。

“这是长元死后，你数次推拒他的好意，有一次他在莲花海多喝了几杯时同我说的话。望舒，说真的我都快动容了，难道你是石头做的吗？在如今的蓬莱还有谁能将你看得这样透，能这样肯定地说你的内心是干净的，你的情义是坚贞的，你的每一次抉择都是正确的？可就是这样的你，对所有人都很宽容，却唯独对他格外残忍。你说，他究竟是哪里伤了你？”

“别说了。”

望舒快要抱不动画册，身子晃了晃，抬起一只手臂搭住眼睛：“梭罗子大仙，你的好意我心领了，但你不清楚我同他之间的事，不是三言两语能说清的，我……”

“望舒，他年纪大了，你让一让他，不好吗？”

望舒眼睛“唰”地通红，强忍着酸涩，平静地问道：“你让我如何让他？”

梭罗子似是不敢相信她可以这样残忍，定定地看她良久，终是拂袖而去。望舒手一软，画册全掉在地上，她蹲下身抱住膝盖。

怎么可以不残忍？

她若不残忍，对他残忍的便是上苍了。

漫长的夏日终于过去了，转眼到了深秋，蓬莱竟是罕见地下了一场雨，大约是象征着冷冬即将到来。天没亮透，望舒便去田间采茶，鬼刹没有一道去，站在屋檐下等她。

青瓦红墙，门廊回转，九重天的院墙和人间别无二致，是一样高，一样深。他等了许久，没等到望舒回来，担心雨水积沉不好走路，来不及撑伞，拄起拐杖便去寻她。

大雨将连月来的血腥与杀戮都冲走，空气中透着一股清甜。

田间泥泞，路不好走，鬼刹跌跌撞撞找了几圈没见望舒，又去丰禾城中找她，仍旧无果，便将长庚岛、藏书阁和她往日会去的地方一一找了，最后竟在碰碰运气的莲花海上方找到了她。

整个世界大雨滂沱，她浑身湿透地站在一处。他以为她是忽然傻了愣了，走到一半发起呆，可临到近处才发现她的眼睛透亮传神，望着的是天渊河对岸的方向。

他心里一个激灵，像是明白了什么。

他以为她去采茶，却偷偷跑来这里。鬼刹脸色一沉，有些生气。他的衣服也都湿透了，脱下来拧干水，抖了抖披在她身上。

望舒这才回过神来，惊讶地看着他："你……你怎么在这里？"

她的模样太惊慌了，透着股心虚。鬼刹哼笑一声，抓住她的手往回走。回到藏书阁，他让人准备热水，不由分说地将她推进屋子里，关上门背对着她。他整套动作一气呵成，像是在同她置气，又像是在同自己置气。可气了一路到这会儿气也消得差不多了，他便长长地叹了口气，说道："你身子弱，别着凉了，快洗个热水澡吧。"

望舒点点头："鬼刹，你……"

"放心，我的嘴很严。"鬼刹背靠着门，似是而非地笑了声，"你不想让那个人知道，我就不会说的。"

他笑自己傻，怎么怕成这样？

鬼刹放下拐杖，干脆靠着门坐下来，揉了揉断腿的位置，他的声音微微沙哑："望舒，我能问你一个问题吗？"

望舒察觉到他的不对劲，隔着一扇门轻轻地应了声。

鬼刹思索片刻，问道："你有害怕的事吗？"

"有。"望舒说，"以前我最怕阿爹离开我。"

“现在呢？”

“我怕身边的人越来越少。”

鬼刹眼眶泛红，手几乎打战：“我……我也算吗？”

“嗯。”她低声回应，却是重重点头。

她从未和任何人说过这些话，但不知为何，也许是因为他们曾一起在冰城经历生死，也许是因为张魔死时只有他们去送他了，抑或是他说自己的嘴巴很严，望舒只是由衷地觉得，她可以信任屋外的这个少年。

他的生命力是惊人的，像一棵蛮横生长的树，用一次次的新生感动了她。

这个答案对鬼刹来说已经很知足了。

他的手搭在断腿的位置，雨水的冲刷令伤口隐隐作痛，但他的心是温暖的。他闭着眼睛笑，笑得很温柔。

“我不会的。”

“嗯？”

“望舒，我不是骗子。相信我，我永远都不会离开你。”

这是鬼刹的承诺，他为此遵守了很久，很久……

雨后的天澄碧透亮，望舒向鬼刹分享了她的秘密，浓浓的心事好像也被这场雨带走了，整个人如释重负，轻松了许多。秦昭雪唤她喝新茶，还为她带来一个好消息。

他刚去过万青庐，与华井迎面遇上。华井研制了一味新药，虽还在尝试阶段，但看其信心满满的样子，里面那位应该是有救了。

望舒心中一喜，又去泡了一盅茶。

秋日里的茶性温一些，健脾养胃，她心情好，气色也跟着好了许多。秦昭雪正说起萧演被送往无间狱永生囚禁的事，望舒心下有些不安，对无间狱的那位白头翁多有怀疑，认为将萧演送去那里，倒不如放在东城大牢安全。

话还在嘴边，那头坏消息就传来了，萧演在被押送去无间狱的途中又一次逃跑了。这一回让他跑了，想再捉他就没那么容易了。

秦昭雪听罢消息长长一叹：“在牢中好歹能换个长命百岁，他偏不信邪。你且看着吧，这回用不着我们去找他，他的下场必是凄惨无疑。”

“你这么笃定？”

“当日我在雪园说过他会输在自己手上，冰城一战他确实输在自己手上。如今我说他会不得好死，他便一定不得好死。你若有意，不妨与我赌一赌，他会死在谁手上？”

望舒没有回答，端看秦昭雪面色泰然，没有一丝波动，也猜不准他对萧演之死的猜测抱着怎样的心思，当真伤痛都被时间平复，漠然至此？

她想了想，说道：“这个我猜不到，除了王邢笑还会有旁人吗？”

“你呀，还是太嫩！你以为蓬莱除了王邢笑就没有旁人了吗？还是说你认为蓬莱就只有她一个恶人？难道善人就不会杀人？”

恶人是什么？欺凌弱小，强权霸道，为达目的不择手段。

善人又是什么？

至少在蓬莱，善人一定是——人不犯我，我不犯人。被欺到头上，连兔子都会咬人，更何况是有血有肉的人？

秦昭雪指了指她的脑袋，双手负于身后，又到回廊上望天。望舒不知道他究竟在看什么，也从未问过，但她相信他，相信他双眼所见的真实。

他说：“天还在变，风还在起，蓬莱又要走人了。”

望舒心下一沉，浓重的不安再度席卷而来。她让黄土妖与方槐盘踞于丰禾城，打听王邢笑与萧演的消息，当真是一丁点儿的动向也不敢放过，日夜不眠地紧盯着丰禾城，未想先出事的却是莲花海。

起因还得从三日前说起。

自打雪骊与梭罗子在一起后，她便时常去莲花海走动，一来二去不免令女姬们嫉妒生恨。哪怕被冷眼相待，她也根本不屑一顾。私下里不管女姬们如何对她评头论足，她都不在乎，还是和之前一样来去自由，高兴了就多待片刻，不高兴了甩手就走。

梭罗子也就是喜欢她这个臭脾气，处处由着她，但到底身处的环境多是女子，红粉香闺，乱花丛中，即便他能够片叶不沾身，也防不住有人想尽办法往他身边凑。

雪骊就是当场捉住了一名女姬。

是时她来找梭罗子相商要事，因为走得急，一路闯进了内宅，便看见女姬躺在梭罗子怀里。梭罗子亦是一副还未醒酒的模样。

雪骊环视一圈，屋里到处倒着酒壶，撒着花生吃食，乱成一团，也不知前夜闹得有多凶。

她二话没说转头往外走，走到一半甚是愤怒，冲进屋里将梭罗子乱揍一顿，直将蓬莱第一美男子揍了个鼻青脸肿。

梭罗子也霎时醒酒了，再看一看身边的人和物，顿时哭笑不得。

女姬这才明白，雪骊从未真正怀疑过梭罗子，将他打醒也是故意做给她看的。只因冰城之战后的那场盛会，她与梭罗子斗舞，一时高兴多喝了几杯，脑子糊涂，误打误撞地跑去了温泉池。雪骊误以为她偷听，事后一直揪着此事不放。

不管她怎么解释，雪骊就是对她心存偏见，所以当着她的面公然与梭罗子打情骂俏，像是杀她威风一般。她万分羞愤，当下便撞了墙。

这一撞就撞出事了。

也不知是谁先挑起的头，非要将女姬撞墙受伤的事怪在雪骊头上。雪骊又哪里是受得了委屈的性子，一句话不解释就坦坦荡荡地认了，让不服者直接向她挑战。

她是帝君手下的人，修为地位自不必说，谁敢同她动手？顶多就是散播谣言，败坏她的名声罢了。到第三日，望舒也在市井听到了关于雪骊的谣言，仍觉得不可置信。

昨日雪骊还来找过她，难得忙里偷闲，与她绕着长庚岛走了一圈，说的都是家常话，全程也未见一丝不对劲，更是只字未提女姬之事。

秦昭雪一字一句，尚且言犹在耳。望舒身处暗流中心，对世事皆敏感异常。她心中万分担忧，便去陈情堂寻找雪骊，却被周臣告知她一夜未归。她心下一沉，顿时预感到不妙。

果不其然，待到莲花海时，就看到陈元方身中十数剑倒在地上，已然命在旦夕。另一边雪骊与一名女姬对峙着，最终，她长臂一挥，将对方一剑封喉，溅起一道飞血。

女姬正是三日前撞墙之人。

望舒认得她，是从冰城回来后梭罗子大摆宴席为他们庆祝那日与他斗舞的异域女子，名字叫作艾瑟。艾瑟倒在地上，还没断气，流出的血将她足履上的草染成鲜艳的红色。

望舒心急如焚，没有细看她脚底的草，匆匆跑向陈元方，谁知在经过艾瑟身边时，她忽然抬起手，扣住了她的手腕。

望舒被她手掌间的力道震慑住了，定定地与她对视，眼睛也不敢眨一下。

直到这时梭罗子才出现，他不知去了何处，衣衫有些凌乱，鬓发也都压得变形了，看样子像是宿醉方醒，眼睛里还有淡淡的血丝。他显然被眼前的一幕吓住了，愣了会儿，才撇开与他同来的爵微朝雪骊飞掠过去，整个过程没有看艾瑟一眼。

艾瑟似乎想笑，可一张嘴血就往外溢。她痛苦得整张脸都扭曲了，极力撑着，抿动上下嘴唇，轻轻地唤了句什么。望舒没有听清，朝她凑近了一点儿，却见她忽然转了视线望向另一边。

那一边有梭罗子、雪骊和陈元方。

不知她究竟看的是谁。

忽然，她一个挺身，大笑起来，血从嘴角流出。整个场面异常诡异，她就在大笑中耗尽了生命，闭上眼睛，手缓慢地滑落，落在地上。

陈元方忽然痛哭失声，推开雪骊朝艾瑟爬过去。他一句话也说不出来，但朝着她扑过去的姿态像是玩命一般，终于，他将自己的命也赔了进去。

只有一点点，他就能碰到艾瑟的手了，可他最终还是没有握住，到死眼睛也没闭上，但他临死前看了望舒一眼。

因为背对着众人，他的前方只有艾瑟和望舒，所以除了她，谁也没有看到这一眼。

望舒想不通，真是怎么也想不通，不知道到底发生了什么，他为什么要推开雪骊扑向艾瑟？他那样天真无邪一清二白的人，明明不久前才尝到喜欢一个人的滋味，甚至根本不懂什么叫作恨，怎么会露出那样充满杀气的眼神？

仿佛一夕成魔，堕入地狱，几乎恨红了眼。

究竟怎么回事？

那一眼到底要告诉她什么？

望舒恍恍惚惚，被艾瑟生命尽头的一个拉扯和陈元方最后的眼神弄得心神不安，另一头雪骊还在看着她，她的心就更乱了。

被莫名的道德感推着往前走，可是脚步怎么也挪不动，看着陈元方与艾瑟近在方寸之距的手，她强忍着将他们拉在一起的冲动，往前跨了一大步。

她的心更慌了。

走了没两步，又被路中央的剑拦了一脚，刚好摔倒在艾瑟脚边。爵微当即快步上前，想要扶她，谁料人到近前却被周臣抢先。

他脚步一缓，又往后退了些。

望舒是听到声音的，但是没有回头看，由周臣陪着走向雪骊。雪骊被梭罗子揽着，半靠在他怀中，失神地望着陈元方，想要解释一句，又不知从何说起，屡次张开嘴最后只道了一句：“他到底是厌恶我杀人的。”

陈元方心思简单，善良淳朴，他无法接受雪骊用那样残忍的方式杀害艾瑟，所以在最后关头扑向了艾瑟。从一开始，他就不懂她的怒和恨，正如她也不懂他为何早就离开青崆，却还固执地遵守那一套虚有其表的律言，为何喜欢她却不敢娶她。

他们的信念是不一样的。

雪骊敢爱敢恨，是骑士，是杀手；陈元方先入青崆，后入蓬莱，万丈红尘在手边，心仍守着一灯苦海，是蠢驴是木鱼，更是朴素的白茉莉。

望舒说服了自己，为心中的疑虑一一找到了答案，而后在雪骊的解释中才知道事情的原委。

原来艾瑟早就心慕梭罗子，撞墙之举只是为了博他同情，私下里却多次挑衅雪骊，更试图对她暗下杀手。

也是凑巧，不知怎的，这一日陈元方跟着她来了莲花海，刚好撞见艾瑟迷晕了她。陈元方赶紧阻拦，却不是艾瑟的对手。艾瑟怕事情败露，便对他狠下杀手。雪骊将体内迷药的毒性都逼出去时已经晚了，之后就是他们见到的那一幕。

说完，雪骊就笑了。

她笑得很是轻狂与落寞，望舒从笑声中解读出她对陈元方的痛惜之情。

真是死得太随便了。

本来她已经劝服他，让他随百家学堂的书生去人间开私塾。百年树人，桃李之教，对他而言未尝不是一个好的选择，总好过在深山老林里踽踽独行，孤独终老。

他木头一样固执的人，她花了许多工夫，好不容易才将他说服，谁想他竟然这么轻易地死在了一个女姬手上？最让人遗憾的是，他直到死还守着青崆修仙一派的老套规矩，怨着她、怪着她，始终没有正眼看一看她。

这得让人多恨哪！

是想让她永生永世都不敢忘记他吗？

后来，梭罗子一手承办了陈元方的后事。

他很喜欢这个傻小子，甚至觉得他的性情很可爱，万万没想到他的结局竟是如此。梭罗子一方面觉得世事难料，另一方面觉得人心难测。好比艾瑟，自打莲花海建成之日就跟随在他身边，到如今已过去上万年。

在短短的三日之前，他从不晓得她倾慕他，更没想到她可以变得那么疯狂。

平日里她很安静，很少与女姬们一起采莲玩闹，大多数时候她都是独处，性情有点儿孤僻，但是她很爱跳舞。每次只要一跳舞，她就像是开了屏的孔雀，变得无比自信热情。

她的身躯里仿佛住了两个截然不同的人，一个冰冷，一个炽热。

他并不知那一晚究竟她为什么要撞墙寻死，随后更是做出一连串反常的举动，最让他费解的是，她临死前那一眼究竟是什么意思？

当时她看着的方向有三个人，但是他很笃定，她在看他。她的眼神强烈而坚决，几乎将他烧灼，将他撼动。

直到很久之后，他才知道那一刻艾瑟的眼神是动情的，所以才令人震撼。

为了缅怀那一刻动情的眼神，他走遍五湖四海，都没再找到一样的眼神，最后他终于不得不承认，他的灵魂枯竭了。

为一生一次的动情。
为真正的骑士。
为永别的她。

尾声

江山不夜月千里，天地无私玉万家。

又是一年雪寒时，物是人非非人事。

万青庐的草舍里烧了十几炉茶，紫华君的小徒弟也不知跑去哪里偷懒，任由炉子上的水沸腾，铁盖“扑通扑通”响，水咕噜咕噜转，升起的白雾蹿到屋瓦上，将整个四合院缭绕，映着白雪，似要将万青庐收入一片云山中。

望舒出了门，低着头系上姜枣色的毛呢氅子，远远地同紫华君打了声招呼，一脚踩进雪地里。紫华君嘱咐她小心慢走，她嘴边刚应下就撞着了人，往后一个趔趄，摔了。

堂口都是水汽、白雾、积雪，成片成片的白，映得凌晨的天也透着雪亮。

这么早谁来万青庐？

望舒揉着膝盖抬头望去，迎面是穿堂而过的一条小径，雪化了些，将青砖的印迹拨出来，先是人的足履落到视线之内，待得水雾消散些，衣角也映入眼帘。

绀青色、绀青色。

万青庐……

望舒知道撞上谁了。她懊悔地扶了扶额头，从地上爬起来，奈何雪地太滑，她又急躁得很，冷不丁又摔了一跤。这回摔得不轻，隔着老远紫华君就听见一声闷哼，连忙挑起衣裳过来察看，一边走还一边念叨。

“早就和你说不要日日过来，有什么消息自会派人去通传，你倒好，从不把老头子的话放在心上。这十头牛都拉不回的倔性子怎么和长元一模一样？”紫华君语带笑意，话跟连珠串似的，根本不给望舒开口的机会。

“昨夜下了那么大一场雪，还以为你今早不会来了，没想到来得比往日更早。你这丫头，心思未免太重，要是不想碰见南珠侯，不来不是更好？何必每日天不亮就往我这里跑，万青庐的门槛都快被你踏平了，你说说你……”

紫华君走到庭院，看见坐在雪地中、头快钻进氅子里的丫头，刚想教训，视线一瞥瞧见不远处负手而立的男子，话到嘴边一个大回旋，硬生生地憋回去了，差点儿憋出内伤。

紫华君尴尬不失礼貌地笑道：“南珠侯，今日也来这么早？”

“下雪了，老毛病又犯了，左右睡不着便过来了。”爵微上前一步，在望舒面前停了停，以为要说些什么做些什么，结果却跟没看见她似的，腿一抬直接过去了。

紫华君搓搓手，一副左右为难的样子。好在望舒摔得不重，自个儿爬了起来。她心虚得像只来偷油的老鼠，迅速地向紫华君比了个手势，便一瘸一拐地溜了。

出了万青庐，天已大亮。

院子里的人没再往里走，就站在院子里说起了话。紫华君抱怨天气反复无常，更是纳闷几乎从不下雪的蓬莱，自长元仙君仙逝后，倒是年年都下雪了。爵微便说道：“大约是这两年，有些人经常哭鼻子，连天都变得感性了。”

“哭鼻子？”紫华君一头雾水，抓耳挠腮地问道，“南珠侯说的是小娃娃吗？可蓬莱这两年没什么新娃娃降生啊！”

爵微淡淡地笑了声。

紫华君又感慨道：“深秋的雨，初冬的雪，春日的响雷，夏日的寒冰，蓬莱近些年的异象真是越来越怪了。南珠侯，我心中有个预测，不知当讲不当讲？”

“紫华君但说无妨。”

“旧星回归，乃是凶相。”

且看这一年蓬莱死了多少人，起了多少事，平添多少怪象，便知吴歌之归来，险象环生，凶险异常。紫华君是个实在人，有些话憋闷在心中不吐不快：“依我看，最凶险的时刻应该不远了。若是此次能逢凶化吉，旧星便会苏醒了。”

“最凶险的时刻？”

该是什么时刻？又该如何逢凶化吉？

爵微再问紫华君，紫华君却道天机不可泄露，一个字都不愿多说。他与秦昭雪并称蓬莱两大先知者，一个听风声以度人心，一个观天象以知变故，他二人说的话是要放在心上的。

不过一大早被莽撞丫头一撞，他到底是心不在焉，只留了片刻便从万青庐中离开。

沿小径往西走，到一片桃花林中。林子占地约十平方米，茂密幽深，寻常人走必会迷路，因为林中到处布满高妙的陷阱和阵法。

穿林而过，对岸有条溪流直通西海，沿岸从东寿山往西一直到千松岭，遍植三十米高的云杉，郁郁葱葱，直冲云霄。

整片云杉林雾霭沉沉，鸦雀无声，仿佛一座与世隔绝的云上天堂，一片宁静的灵魂栖息地。

可以看出来建林子的人花了许多心思，山水环绕，桃林雪松各有气度与芳华，正如长眠在此的人，也各有不为人知的过去与忠魂。

爵微一路西行，先是看到了一座无名墓穴，墓碑上的刻字苍劲有力，写有“万古长青”四字，碑前摆着一枝早已干枯的桃花，除此以外，再无其他。往下走仍旧是一座座无名墓穴，墓碑笔迹均出自同一人之手，写有“空前绝后”四字，再往下挨个是“遗世独立”“正道沧桑”“天真无邪”和“缘浅情深”。

六座墓穴之后便是一座空墓，没有刻字。想来主人家还没有想好上面要刻什么，又或者，主人家也在等下一个送来的人。

今日是长元仙君的忌日，等待是一件有尽头的事。

爵微等了一会儿，便听到身后有脚步声传来。他转头看去，只见望舒剪了一捧桃花枝正朝他走来。她照旧喜欢低着头走路，像是在数步子，又像是在算时间，嘴里嘟哝着什么。

就这样看着，还像是没长大的孩子。

他往前走一步，脚踩在厚厚的落叶上，声音脆响，她愣住了。

许是没想到他会来，她揉了揉眼睛，以为自己看错了，再定睛一看，果然是他，神情懵懂了片刻。待意识到他真的就在眼前，便将情绪都收敛起来，端端正正地走过来。

爵微且看着她，嘴角噙着一丝浅笑，看不大清楚，也不知是笑还是没笑。

清晨时分两个人一前一后去万青庐看吴歌，碰上了只当没碰上。如今又一前一后来云杉林，碰上了总不能再扭头就逃。

望舒心里打鼓，思忖着该如何开口，未想人到近前，他却忽然转身，朝旁边走去。她愣了一会儿，见他步子走得慢，像是在等她，想了想，到底还是跟上了。

从空墓面前往回走，隔了百米，便是一座新墓。爵微看着墓碑上刻的“缘浅情深”四字，忽然开口：“你的字比往日见长，笔锋锐利，很有自己的气性了。”

望舒不敢邀功，盯着脚尖说：“是秦昭雪指点得好。”

“也要你肯下功夫。”

望舒没接话，暗自琢磨着他突然到此的目的。爵微也知道她那点儿心思，偏不戳破，细致地打量起面前的墓。新墓，周边落叶很少，墓碑上的字迹还很鲜艳，应该下墓不久，大约就是秋天里的事。

秋天送来的人？

爵微猜到是谁，只是有些意外：“这是艾瑟的墓？你瞒着梭罗子和雪骊为她建的？”

望舒摇摇头，从怀里抽了一根桃花枝摆在墓前，小声说道：“她看着是个可怜人。”

不管怎么说服自己，她都无法忘记艾瑟抓住她手腕时的那股劲，仿佛是在向她传达什么无声的讯息，只可惜她并未能解读出她的眼神，但是那股力量实在太震撼了，令她久久难以忘怀。

艾瑟只是莲花海众多女姬中平平无奇的一个，死后也没有人来看她，就连收拾衣冠也都无人问津。落到这一步，她的确可怜。

至于在此建墓，其实是梭罗子的意思。

那日他要将陈元方下葬，寻遍蓬莱各处也没有找到合乎心意的地方，无奈之下找到秦昭雪，想烦请他指个风水宝地，谁知秦昭雪大手一挥指向了她。梭罗子是相信秦昭雪的，二话没说，便来求她。

说是求，那就是真的求。

起先他因为做和事佬不成，还被她的冷漠无情气得当场拂袖而去，可为了情敌陈元方以及叛徒艾瑟，他竟然来求她。望舒起初也觉得惊讶，但是后来梭罗子说了句话，令她十分动容。

他说：“陈元方是个好人，艾瑟爱错了人。”

她便知道梭罗子是个心胸宽广的人，他从未将陈元方视作情敌，也从不认为艾瑟背叛了他，他是真的怜惜那两个傻子。

在这样一个乱世出英才的风云年代，他们竟是死在这样轻于鸿毛的命运中，难道不可笑、不可悲？

望舒私心里也很喜欢陈元方的真性情，便答应梭罗子，将他与艾瑟葬在了此处，一前一后都是秋天里刚下的墓。艾瑟身份特殊，她和梭罗子便默契地没有告诉雪骊。

瞒是瞒了，也瞒得有情有义。

爵微却笑："你说他有情有义，那你呢？"

望舒不答，钻到墓后翻出来一把扫帚，将零零散散的落叶都归到一处去。爵微也沉默不语，兀自盯着她的背影。难得今日换了身衣裳，雪色长衫逶迤在地，袖口以银线绣着大片月白荷花，令她整个人看上去淡若出尘，仿佛是与那天、那山、那遍野的雪融为一体。

林子里安静了一阵，忽然不知从哪里钻出一只穿山甲，将好不容易聚到一起的落叶钻了个七零八落，再被风一吹，又各回原位了。望舒气得去追那穿山甲，谁知它惹了祸早就跑得没影，无可奈何，她只好拿起扫帚继续堆落叶，扫着扫着面前出现一双脚。

两个人几乎是同一时间开口。

"你的寒疾又犯了？"

"为何躲着我？"

望舒又说："我没有。"

"你有。"他将扫帚从她手中夺过，扔在一旁，微微弯腰平视着她。良久，终是一叹，"望舒，我以为我能看懂你，但是现在我才发现，更多时候我都看不懂你。"

若非梭罗子提起，他根本不知道蓬莱还有这么一处远离喧嚣、安静空灵的地方。不知她究竟是什么时候动的心思，又是如何瞒过众人的？不知她为此付出了多少不眠不休的日夜，又是如何做到深藏不露的？

长元之魂万古长青，王琅之才空前绝后，画皮仙子之壮烈遗世独立；

张魔因八脚怪改邪归正，却死于正道沧桑；

陈元方天真无邪，是个好人；

艾瑟爱错了人，与梭罗子缘浅情深……

悄无声息地做了这么多，只是为了还给长眠之人一片宁静之地。她看似人情淡薄，有如镜中花水中月，却有情有义，璞玉浑金，可她为何总要这样对他？

他不去，她便不来；他当作没看见，她更是跑得飞快；他往后退一步，她便干脆闭门不出；他若不去抓她，她便会像风中浮尘越飘越远……他越来越觉得她在和他捉迷藏，勾着他，引着他，转个身儿却笑着离开他，逗弄他。

为什么她就不能先朝他走一步？

爵微几乎气馁了："望舒，你真的没什么想对我说的吗？"

"你想让我说什么？"望舒低下头，约是受寒了，鼻音有些重，"说在无间狱时，是吴歌不让我告诉你的，因为他不想让你难过，还是说我为什么要躲着你，因为我……我不想再同你有任何瓜葛？"

她盯着脚尖，继续说："你是上古唯一神佛南珠侯，身份尊贵，无人可比，我与你走在一起，必定要被人说高攀，还要被人指着脊梁骨问到底将阿爹放在何处。明知他直到死都恨着你，我却在他死后与你越走越近，如此也就罢了，还有月光神……你到底如何看她，又如何看我？"

她抬起头，双眼通红地看着他。

"你还爱她吗？"

爵微手臂一松，往后退了一步。

他就知道她的爪子一贯是藏起来的，只有在伤人的时候才会伸出来，出其不意地挠一爪子，便是鲜血淋漓。

"望舒，事到如今还不肯给我一句真话，你当真是从未看得起我。"

长元仙君、月光神、吴歌，颠来倒去说了多少回，都不过是搪塞的理由，都是假话虚话，说完他转身就走。

望舒见他脚步凌乱，身影踉跄，哪里还有往日的半分神韵天成？看着就像个一夕苍老的耄耋老人，无尽地萧条与寂寞。她没忍住追了上去，走到他身后，他忽然停下，她的气性也当即没了，身子一转就要跑，却不敌他的动作更快，长臂一捞，将她从后面抱住。

“望舒……”他浑身发抖，声音沙哑得不像话，“你到底为什么……为什么要这样对我？”

她挣扎，他反而抱得更紧。

声音越沉越哑，几乎就是在求她了。怎么就将他逼到这种地步？他是温柔到骨子里的上古之神啊，是酒神代随处一站便千万人难敌的南珠侯，怎么可以这样卑微？

他不该是这样的。

“你放开我，放开我，我说得还不够清楚吗？还要我说得更清楚一些吗？周臣待我更好，我自小便跟在他身后，将他奉为师长兄长，更是……更是自小就对他有别样的心思。往日他在后山一心参禅，我无可奈何只好事事去求你，一来二去便和你走得近了些，难免会产生错觉。可自从他下了山，我的心思就一直飘忽着，我想过就这么错下去，但是这种事情就算骗得了别人，又怎么骗得了自己？我……我心里始终都更向着周臣……”

话说到最后，她轻轻一挣，便脱离了他的怀抱。

似乎能感受到他的无力和绝望，她强忍心痛，转过头对他笑道：“之前我说得委婉，是不想伤着你的自尊。在你回来之前，我与周臣便已经情投意合了。当时接近你，是因为你是阿爹心病的症结所在，我还故意捏造自己的出身，让你误以为我和月光神有千丝万缕的关系，在最后我更是明知神魂假离之法会耗损你半生修为，但我依旧没有过一丝犹豫……阿爹每每病重，我只寻你而不找周臣，是因为我心疼他的身子骨，我怕他受伤，我……”

“别说了。”

长元死后，她谁也不见，是周臣将她唤出门的。

在那之前，每每周臣出现时，她的视线都是定在他身上的，心思和想法简单得很，甚至没想藏过。

他不是傻子，看得出来他们之间若有似无的暧昧。可是他以为那只是小女孩朦胧的心思，是对感情错误的解读，对周臣更多的是敬重和仰慕，没想到……没想到她竟藏得这样深，步步为营，环环相扣。

血气忽然涌到喉头，被他强行震下，压在小腹，伤的到底还是自己的脾脏。也到底是温柔到骨子里的人，哪怕直到此时才得知真相，他也不觉一丝愤怒，只有满心的遗憾和心酸。

“我爱错人了吗？”

他问自己，也问她。被命运玩弄成这样，到底是谁更傻？

望舒根本不敢回头看他的表情，强逼着自己说完最后一句：“我告诉你这些，是自觉对你亏欠良多，不想再骗你，你以后……以后不要再来找我了，更不要来救我。不管发生什么事，都不要再救我了。”

“不救你？”

他望着她，就这样望着，念起长元仙逝那一日修罗棋盘上浮现的第二步棋，顿时笑出了声。

修罗归来时曾说过第一步棋是她，蓬莱起风的源头是她；而第二步棋依旧是她，蓬莱波诡云谲的大势终结也是她。修罗曾私下来找过他，向他暗示，待大局终了，世上将再无望舒此人。而他也笃定这个终结点离他们不远，很可能就是紫华君先前说的最凶险的时刻。

这不是二选其一的命题，而是命运再一次的拨弄，拨弄着注定是在死局里的她和局外的他。

难道让他眼睁睁地看她去死吗？

“你叫我如何不救你？”

望舒将背挺直，咬着牙往前走。他的声音写满落寞，追问道：“若我死了，你会将我葬在这里吗？”

她继续走。

“你会在墓碑上为我刻哪四个字？”

她脚步一顿，风吹响了云杉，“哗啦啦”地盘旋在耳边，好像不久前玉席上哗啦啦的解衣声。朝登凉台上，夕宿兰池里，乘月采芙蓉，夜夜得莲子。望舒终于回头看他，说道："至死不渝。"

这四个字，就像梦一样美丽。

爵微终于醒了。

后记

这一年漫长的冬日终究熬过去了。

不久，萧演死了，秦昭雪哭了。隐藏在暗波下的真相也逐渐揭开了面纱，关于艾瑟之死，关于陈元方最后的那个眼神，关于上驷大人口中的“鬼”，关于昆仑镜最后一个任务带回来的人，关于月光神，关于他……

关于下一枚棋子，下下一枚棋子。

终有一天，望舒正式向秦昭雪拜师。

在蓬莱最高的地方，将万里风光都踩在脚下，秦昭雪对她说道：“你就是你，蓬莱九重天唯一的望舒。”声音压下去，只说给她一个人听：“望舒，你想要那个位子吗？”

风穿透耳膜，苍天触手可及。

她渐渐眯起眼睛，似乎还听见了一个声音，说着：“我想要天下无战，清风永在，想要蓬莱明日下雪，流光地开满桃花。还想要后世繁荣，不必再为一盘卤水花生而争吵不休，想要子孙繁衍生息，老来孩提绕于膝下……”

想要吗？

想要。

意林精品图书推荐

告白的书 系列

《那个神秘的宣愉小姐》
简介：心理分析小说，一次亲情伤痛造成的人格分裂，一场守护爱情的计划……
定价：32.80元

《对方正在输入中》
简介：你是否能从他涨红的脸颊看到他比阿尔卑斯山还强大的内心，让他的病只为你发作。
定价：29.80元

《你是年少的欢喜，喜欢的少年是你》
简介：古风作家吾玉打造都市清风之作，告诉你，如何学着去爱一个人。
定价：29.80元

《余生请对我好一点》
简介：时光回望，今日的纠葛，竟好似还了往日的债。
定价：32.80元

告白的书 系列

《比心》
简介：暗恋被冷酷拒绝，离开却突然收到女孩的短信，只有一行字，却让他笑了……
定价：32.80元

《从此晚安我自己》
简介：95后作家何家豪青春成人礼童话，将16个故事，说给长成大人的你！
定价：29.80元

《我不愿让你一个人走过青春的荒芜》
简介：写给你深情的告白书，15篇故事，有作者的亲身经历，也有勾勒的世间温暖。
定价：29.80元

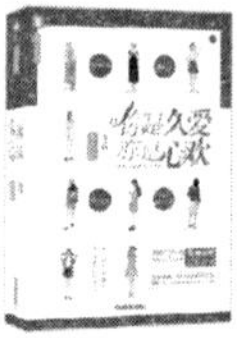

《你是久爱，亦是心欢》
简介：青春与梦想，爱和守护的故事，孤冷少女与霸道阔少相爱相杀深情开演。
定价：32.80元

新武侠 系列

《胭脂将》
简介：魔幻江湖的纷乱，胭脂女将的传奇！
定价：32.80元

《一两江湖之望星记》
简介：古风作家一两打造全新江湖，一醉江湖三十春，尽在《望星记》！
定价：29.80元

《一两江湖之琵琶误》
简介：家仇国恨，爱上不该爱的敌国先锋，如何面对这生死纠缠的爱情？
定价：29.80元

《月光蒲苇①·夜阑时》
简介：阴谋、友情、爱情，上古四神的恩怨，今生能否化解？
定价：32.80元

心灵成长 系列

《世界的另一个你》
简介：18岁少女的奇幻冒险，唯美魔幻的童话世界，寻找世界的另一个你！
定价：32.80元

《绯色黎明》
简介：人类并不孤单，在黑暗种族的环伺下，被掩盖的真相等着你去探寻。
定价：32.80元

《这一杯，我敬的是年少无知》
简介：悬疑作家何慕精心打造的都市心理悬疑成长小说集。
定价：32.80元

《我的人生无须证明给你看》
简介：是选择梦想，还是安于现状？马叛用这些故事告诉你答案。
定价：32.80元

套装精选

多味之恋
简介：七彩青春，多味之恋，寻找身边错过的小美好。
定价：29.80元/册

十八而志
简介：十八岁之前的远大志向，决定了十八岁之后的梦想人生。
定价：29.80元/册

深夜暖心
简介：青春絮语，灯下最好的陪伴，马叛、张芸欣、冷亦蓝深夜暖心之作。
定价：29.80元/册

初心讲义
简介：初心故事讲给你听，拥有一个又一个的小温暖。
定价：29.80元/册